पेन्टर की प्रेम-कहानी

10 अक्टूबर 1906 को जन्मे आर. के. नारायण ने पंद्रह उपन्यास, पांच लघु-कथा संग्रह, यात्रा-वृत्तांत आदि लिखे। 1960 में उन्हें उनके उपन्यास 'गाइड' के लिए साहित्य अकादमी पुरस्कार से सम्मानित किया गया। 'मालगुडी की कहानियां', 'स्वामी और उसके दोस्त', 'डार्क रूम', 'नागराज की दुनिया' और 'इंग्लिश टीचर' उनकी अन्य जानी-मानी कृतियां हैं। पचानवे बरस तक पाठकों को अपनी रचनाओं से गुदगुदाने के बाद 13 मई, 2001 को उनकी मृत्यु हो गई और उनकी कलम हमेशा के लिए थम गई, लेकिन मालगुडी और उसकी कहानियां आज भी लोगों के दिलों में ज़िंदा है।

'पेन्टर की प्रेम--कहानी' एक-दूसरे से बिल्कुल अलग दो किरदारों की रोचक कथा है, जिसमें मनोरंजन, व्यंग्य और प्रेम का आर. के.नारायण की अपनी शैली में विशेष मिश्रण है।

पेन्टर की प्रेम कहानी

(The Painter of Signs का अनुवाद)

आर.के. नारायण

राजपाल

अनुवाद

महेन्द्र कुलश्रेष्ठ

स्थापित 1912
100 वर्षों की
श्रेष्ठ प्रकाशन परम्परा
राजपाल

₹ 275

ISBN : 9789350640159

पहला संस्करण : 2012, पाँचवाँ संस्करण : 2025

PAINTER KI PREM KAHANI (Novel) by R.K. Narayan

मुद्रक : जी.एस. ऑफसेट, दिल्ली

राजपाल एण्ड सन्ज़

1590, मदरसा रोड, कश्मीरी गेट, दिल्ली-110006

फोन : 011-23869812, 23865483, 23867791

website : www.rajpalpublishing.com

e-mail : sales@rajpalpublishing.com

www.facebook.com/rajpalandsons

1

एलामन स्ट्रीट पर रमन का आखिरी घर था; नदी से लगे मैदान पर फैली रेत के अंत में पिछली दीवार से खुलता एक दरवाज़ा। वह रेत पर सूखने के लिए सफ़ेद या काले रंग से पुता लकड़ी का एक तख़्ता डाल देता था। यहाँ काम करने में उसे कोई ख़ास परेशानी नहीं होती थी, पत्थर की सीढ़ियाँ, जिनपर नहाने वाले लोग आते-जाते थे, यहाँ से काफ़ी दूर थीं; बस, कभी-कभी कोई बकरी चराने वाला दीवार से झाँककर शांति ज़रूर भंग करता था; और हाँ, जब कभी वह सावधान न होता, तो नदी की तरफ़ से बहती तेज़ हवा लकड़ी के गीले तख़्ते पर रेत बिखेर कर चली जाती थी। क़रीब दो महीने पहले एक वकील के लिए काम करते हुए उसे काफ़ी परेशानी झेलनी पड़ी थी, जो कबीर स्ट्रीट पर अपना दफ़्तर खोलने के लिए अपने नाम की पट्टी लिखवाना चाहता था, और जिसने एक निश्चित शुभ दिन पर इसे बना देने के लिए उसे आर्डर दिया था।

इस वकील ने मार्केट गेट पर कुछ ही दिन पहले उसे घेर लिया था। उसने उसे अचानक रोक लिया और कहा, 'अरे, मैं तो तुम्हारी ही तलाश कर रहा था।' उसने कॉरेस्पान्डेन्स (पत्राचार) कोर्स से वकालत पास की थी। 'मैं तुम्हें अच्छी ख़बर दूँ कि मैंने वकालत की डिग्री अभी हासिल की है, और मैं अपना काम शुरू करने में तुम्हारी मदद चाहता हूँ; तुम जल्दी से मेरे नाम की पट्टी (नेम प्लेट) बना दो।'

'ज़रूर बना दूँगा। मैं तो आपकी ही सेवा करने के लिए हूँ,' रमन ने कहा।

वकील बोला, 'मैं जानता था कि तुम मेरी मदद ज़रूर करोगे। बृहस्पत को ग्यारह बजे तक बना दो।'

'यह तो बिलकुल संभव नहीं है', रमन ने कहा। 'मुझे कम-से-कम पाँच दिन चाहिए—सूखने में वक्त लगता है...।' उसे हर ग्राहक को यह बात समझानी पड़ती थी, कि पेन्ट सूखने में काफ़ी समय लगता है। लेकिन कोई इसका महत्त्व समझ नहीं पाता था, जिससे उसे बहुत परेशानी होती थी।

वकील ने कहा, 'आओ, तुम्हें काफ़ी पिलाता हूँ, वहीं ठीक से समझाऊंगा।' मार्केट गेट पर शाम की भीड़ उन्हें धकियाती चली जा रही थी; किसी तरह अपनी साइकिल चलाते रमन उसके साथ सड़क के पार रेस्तराँ तक गया—यहाँ तले जाते तेल की गंध चारों तरफ़ फैली थी और दीवार से लगे रेडियो से किसी फिल्म का तेज़ संगीत निकल रहा था। वे एक मेज़ पर बैठ गये। वकील ने लड़के को बुलाया, जो मेज़ों के इर्द-गिर्द सर्विस करता घूम रहा था और प्यालों की खड़क और बातचीत के शोर-शराबे में ज़ोर से चिल्लाकर अपना आर्डर दिया। फिर काफ़ी के घूँट लेते हुए भावी वकील ने कहा, 'मुझे बृहस्पत को ग्यारह बजे तक नाम-पट्टी हर हालत में मिल जानी चाहिए। यह समय बहुत महत्त्वपूर्ण है।'

'क्यों महत्त्वपूर्ण है?'

'मेरे ज्योतिषी ने बताया है। देखो, मेहरबानी करके...।' फिर उसने गर्दन आगे बढ़ाई और शोर को जैसे दबाते हुए बहुत ज़ोर से कहा, 'मैं ''ना'' सुनने वाला नहीं हूँ। और पैसे कितने लोगे?'

'कम-से-कम तीन लाइनों के तीस रुपए, तीन और डेढ़ फीट की तख़्ती, और कीलें भी इसी में शामिल हैं।'

'अरे नहीं, कुछ तो कम करो। देखो, मैं काम शुरू ही कर रहा हूँ।'

'अठारह रुपए का तो सामान ही आयेगा—' रमन ने समझाना शुरू किया।

'मैं चाहता हूँ कि शब्द तिरछे लिखे जायें,' वकील बोला।

रमन ने सोचा, अभी कुछ हुआ नहीं और यह आदमी स्टाइल की बात कर रहा है।

'यह संभव नहीं है,' रमन ने ज़ोर देकर कहा। वकील का नाम किस तरह के अक्षरों में लिखा जाये, इसके बारे में उसके अपने विचार थे। उसने कहा, 'तिरछे लिखे शब्द सिर्फ तेल-व्यापारियों और साबुन बनानेवालों को ही शोभा देते हैं।'

लेकिन वकील ज़िद करने लगा। रमन ने उसे लेखन-कला का अपना दर्शन समझाना शुरू किया। 'साहब, मेरी बात सुनिये। वकील के साइन बोर्ड पर अक्षर एकदम सीधे सिर उठाकर खड़े होने चाहिए, ज़मीन पर गिरते हुए नहीं। सीना ताने।' लेकिन वकील अपनी पसंद पर अड़ा था। रमन ने महसूस किया कि इस नासमझ को सही ज्ञान की ज़रूरत है, इसलिए वह भी तर्क पर तर्क देकर अपनी बात समझाने लगा, और तेज़ी इतनी बढ़ी कि अगल-बगल की मेज़ों पर बैठे लोग अपनी बहसें बंद करके इनकी बातें सुनने लगे।

रमन ने कहा, 'आप वकील बनने जा रहे हैं, मिट्टी का तेल बेचने नहीं।'

लेकिन उसने भी नरमी दिखाये बिना कहा, 'मुझे तो शब्द झुके हुए ही चाहिए, बायीं तरफ, नहीं तो यह मेरे किसी काम के नहीं रहेंगे।'

अब रमन को इसका कारण जानने की इच्छा हुई, और उसने पूछा, 'आप इसे इतना महत्त्व क्यों दे रहे हैं?'

'यह भी ज्योतिषी ने ही कहा है, कि बायीं तरफ़ झुके अक्षर ही मेरे लिए शुभ होंगे, क्योंकि मेरा ग्रह शनि है।'

यह सुनकर रमन बेहद परेशान हो उठा। दिन भर उसकी बुढ़िया चाची उससे कहती रहती थी कि ग्रहों के अनुसार यह काम करो और यह मत करो। लेकिन वह स्वयं दुनिया में तर्क का युग स्थापित करना चाहता था। उसने चीख़कर कहा, 'मैं हर काम का तर्क से समर्थन चाहता हूँ। नहीं तो मेरा मन उसे स्वीकार करने के लिए तैयार नहीं होता।' वह अपना पक्ष मनवाने के लिए कमर कसे था, 'मैं कट्टर तर्कवादी हूँ, मैं ऐसा कोई काम करने के लिए तैयार नहीं होता जो मुझे सही न लगे।'

लेकिन वकील तो हर बात को गलत साबित करने के लिए तैयार रहता है, वह बोला, 'तुम्हें इससे बड़ा तर्क क्या चाहिए, कि मैं इसका पैसा दे रहा हूँ। इसलिए जो मैं चाहता हूँ, वही तुम्हें करना पड़ेगा, मुझे तिरछे शब्द ही चाहिए। इसके अलावा कुछ करने का तुम्हें अधिकार ही नहीं है।'

'यह बात तो ठीक लगती है,' रमन एकदम बोला और अपना हाथ आगे बढ़ा दिया। 'लेकिन यह मत भूलिये कि अभी तक आपने मुझे कुछ भी पैसा नहीं दिया है, इसलिए आपका आदेश उचित नहीं हो सकता।' इस पर वकील ने बड़े नाटकीय ढंग से अपना बटुआ निकाला और दस रुपए का एक नोट उसे पकड़ा दिया। रमन बोला, 'इसे बीस कर दीजिए। मुझे लकड़ी की पट्टी और पेन्ट खरीदना होगा। बाकी काम पूरा होने पर दे दीजियेगा।'

'बृहस्पत को ग्यारह बजे से पहले ज़रूर दे देना।' वकील ने फिर अपनी बात दोहराई, फिर दोनों कुर्सियों से उठे। कबीर स्ट्रीट के मोड़ पर अलग होने से पहले रमन ने फिर पूछा, 'तो आपको तेल बेचने वाले का स्टाइल नापसंद नहीं है?'

'मैं वही करता हूँ जो मेरा ज्योतिषी कहता है। इससे बहुत सी परेशानियों से बच जाता हूँ।'

'मैं अपने बारे में खुद फैसले करना पसंद करता हूँ।' रमन ने अपने घर की तरफ साइकिल मोड़ते हुए अंतिम बात कही, 'और वल्लुवर से लेकर बर्नाड्शा और आइन्सटाइन...तक सब बड़े दिमाग वालों ने यही कहा है...'

'क्या कहा है?' वकील ने रुकते हुए पूछा।

'यह तो इस वक्त मैं नहीं बता सकता,' रमन बोला, 'मैं खुद अपना विचार बता सकता हूँ, लेकिन किसी दिन मैं उनकी बातें आपको लिखकर ज़रूर दूँगा।'

'बृहस्पत को ग्यारह बजे से पहले, कम-से-कम आधा घंटा पहले। उसे दीवार पर लगाना भी तो पड़ेगा।'

रमन बुधवार की रात देर तक इस पर मेहनत करता रहा, और बृहस्पत को सवेरे ही साइकिल के हत्थे पर साइन बोर्ड को गत्ते से कसकर बाँधकर कबीर स्ट्रीट जा पहुँचा। नये वकील ने अपने दफ़्तर का उद्घाटन करने के लिए बहुत शानदार इन्तज़ाम किया था, दरवाज़े पर शुभ-सूचक आम के पत्तों की बंदनवार फैली हुई थी। रमन सोचने लगा कि बैंड और शहनाई भी बज रही होती, तो शादी का समारोह बन जाता।

वकील साहब ने कुछ अतिथि भी निमंत्रित किये थे, जिनका स्वागत उनके बूढ़े पिता कर रहे थे; वे उन्हें गलियारे में बिछी दरी पर जहाँ कई पंडित बीच में आग जलाये ज़ोर-ज़ोर से मंत्रपाठ कर रहे थे, ले जाकर बैठा देते थे। वातावरण में खुशबूदार धुएं की बहार थी। बहुत-से छोटे-छोटे बच्चे शोर मचाते एक-दूसरे के पीछे दौड़-भाग रहे थे। नये वकील साहब ख़ुद भी बहुत पवित्र लग रहे थे—लाल सिल्क के कपड़े और माथे पर लंबा पीले रंग का तिलक लगाये वे बहुत शानदार दिख रहे थे। सवेरे से धर्मग्रंथ का लगातार पाठ करते रहने से उनकी आवाज़ बदल कर सख़्त और खुरदरी हो गई थी। रमन ने घर के सामने बहते गटर के बगल में लगे खंभे के सहारे अपनी साइकिल टिकाई और उसमें ज़ंज़ीर बाँधकर ताला बंद करने लगा, तो घर के भीतर से किसी की आवाज़ आई, 'ताला लगाने की ज़रूरत नहीं है; हम सब यहीं पर हैं।'

आप यहाँ हैं तो क्या हुआ?—रमन धीरे से बुदबुदाया। आप हैं कौन? मैं कैसे जानूँ कि खुद आप ही साइकिल चुरा नहीं लेंगे? उसने और भी तेज़ी दिखाते हुए ज़ंज़ीर पहिये में डाली और ताला कसकर खड़खड़ाते हुए बंद दिया। यही ठीक है। अब कोई चुराना भी चाहेगा, तो उसे साइकिल कंधे पर लादकर ही ले जानी पड़ेगी, क्योंकि ज़ंज़ीर से जड़ा पहिया घूम ही नहीं सकेगा। अब उसने साइन बोर्ड साइकिल से उतारा और बड़ी कोमलता से उठाकर उसे घर में ले गया। इसे देखते ही कुछ लोग चिल्लाये, 'बोर्ड आ गया। बोर्ड आ गया।'

वकील भी बोर्ड आता देखकर उत्तेजित हो उठा और ज़ोर से बोला, 'रास्ता दो। अलग हटो। बोर्ड को आने दो।'

रमन ने सिर ऊँचा करके अपने हाथ पर लगी रिस्ट वाच दिखाई और बोला, 'साढ़े दस का मतलब साढ़े दस ही है, मेरी डिक्शनरी में।'

'लेकिन मैं चिंतित था, क्या यह सही समय पर आ जायेगा, अगर देर हो जाती तो...'

मोटी चुटिया बाँधे एक पंडित ने टिप्पणी की, 'सही समय का ही महत्त्व है; एक मिनट भी इधर या उधर होते ही आदमी करोड़पति या भिखारी, कुछ भी बन जाता है।'

रमन ने कहने की कोशिश की, 'हमें वैज्ञानिक होना चाहिए, वैज्ञानिक दृष्टि से...', लेकिन कई लोग साइन बोर्ड पकड़ने के लिए झपटे तो उसका दिमाग़ भी हिल गया। उसने डपट कर कहा, 'अभी मत छुओ। अभी नहीं। अभी यह सूखा नहीं है। ''ए'' अक्षर की लकीरों पर इतनी ज़्यादा शेडिंग हैं, कि सूखने में वक्त लगेगा। कुछ भी करो, यह अक्षर बिल्कुल मत छूना।' फिर बोर्ड सामने किया और वकील साहब को दिखाने के लिए प्लास्टिक को ज़रा-सा सरकाया।

वकील ज़ोर से बोला, 'अच्छा...मेरा ख़्याल है, अच्छा ही होगा।...मेरा मतलब है, अक्षरों का झुकाव...'

रमन ने उसकी अक्षरों संबंधी परेशानी और इस बारे में उसके विचारों को नज़रंदाज करते हुए कहा, 'आप कोई कमी नहीं पायेंगे, जैसा कहा था, वैसा ही बनाया है। पहले मैं इसे टाँग दूँ। बताइये, कहाँ लगाना है...'

वकील साहब बोले, 'मैंने कीलों का इन्तज़ाम कर लिया है...'

रमन ने तुरंत कहा, 'उन्हें अपने पास रखिये। मैं कीलें भी देता हूँ और उन्हें दीवार में ठोककर लगाने के लिए हथौड़े की सेवा भी प्रदान करता हूँ।' उसने कंधे पर लटके एक थैले की तरफ़ इशारा किया, जिसके ऊपर हरे रंग में गाँधीजी की प्रतिमा छपी थी। उसने देखा कि उसके चारों तरफ़ लोग घिर आये हैं जो उसे प्रशंसा की नज़रों से देख रहे हैं। उसे लगा कि अब वे उससे ऑटोग्राफ़ माँगेंगे। इस तरह मुझे क्यों देख रहे हैं ये लोग? कुछ करने को नहीं है, इसलिए...इस क़स्बे के सैकड़ों-हज़ारों लोग बिलकुल फ़ालतू हैं, कुछ करने को नहीं है, इसलिए हर वक्त चारों तरफ़ देखते ही रहते हैं, देखते ही रहते हैं, आँखें फाड़े।

वकील का पिता, बूढ़ा, सिकुड़ा-सा आदमी शोर-शराबे के ऊपर ज़ोर से बोला! 'ठीक पंद्रह मिनट बाद तुम कीलें लगाना शुरू कर सकते हो।' वकील और उसके दो-तीन रिश्तेदार अचानक खड़े हो गये और रमन को जैसे ज़बरदस्ती ढकेलकर किचेन की तरफ़ ले जाने लगे, 'भाईसाहब को काफ़ी और इडली दो।' 'एक जने के लिए इडली निकालो।' छोटे-छोटे लड़के-लड़कियों का दल उसके आगे-पीछे चल रहा था धुएं से भरे रसोईघर से एक औरत नाक और आँसू पोंछती बाहर निकली; उसके हाथ में केले का पत्ता था, जिसपर दो सफ़ेद इडलियाँ रखी थीं, उनपर लाल रंग की मिर्च और तेल लगा हुआ था—जिन्हें देखते ही रमन की भूख जाग उठी। काम में लगे रहने के कारण उसे नाश्ता करने का वक्त ही नहीं मिला था, हालांकि चाची कई दफ़ा उससे पूछ भी गईं थी। एक दफ़ा उसने कहा भी था, 'सवेरे से कुछ भी

खाया-पिया नहीं है। बताओ, क्या लोगे?' लेकिन उसने ज़रा भी ध्यान नहीं दिया था; क्योंकि उसे हर हालत में बोर्ड तैयार करके देना ही था। अब उसने साइन बोर्ड सँभालकर दीवार के सहारे रखा, दोनों इडलियाँ आराम से खाईं, ताँबे के बर्तन में दी गई काफ़ी गले से नीचे उतारी, और तरोताज़ा महसूस किया—हालांकि उसका यह कहने का मन हुआ, कि काफ़ी बहुत पनीली है, इसे सही ढंग से नहीं बनाया गया है, इसे इतना ज़्यादा गर्म होना चाहिए कि ज़बान जल जाये और पता ही न लगे कि खाया क्या जा रहा है। लेकिन इडली सही बनी है, एकदम हलकी है—आप सबको धन्यवाद!

चारों तरफ़ घेरे खड़े लोग बड़ी बारीकी से उसके हर काम को देख रहे थे, और वह सोचने लगा कि कहीं ये लोग उसके विचारों को तो नहीं पढ़ रहे हैं। पिछले कुछ दिनों से वह यह महसूस करने लगा था कि वह दो धरातलों पर बातचीत करने लगा है—आवाज़ के साथ और बिना आवाज़ के, और दोनों काम एक साथ ही होते है। चारों तरफ़ से खुले आँगन में हवन का धुआँ और रसोई से आया धुआँ, दोनों घुमड़ रहे थे, और यह बेचारी औरत—पता नहीं कौन है वह?—रसोई की ज़रा-सी काली कोठरी में इडलियाँ बनाते-बनाते अंधी होती जा रही है। मुंडेर पर काले कौए लाइन लगाये बैठे हैं, कि कब कुछ खाने की चीज़ गिरे और वे लपककर उसे उठा लें। बच्चों के शोर में कमी होती नज़र नहीं आती थी। गर्मी और भीड़ ज़बरदस्त थी, और रमन का मन होने लगा कि कीलें-वीलें लगाने का काम उन्हीं पर छोड़ कर वह यहाँ से भाग जाये। लेकिन यह उसके धंधे की नैतिकता के खिलाफ़ होता। उसे सही ढंग से बोर्ड लगाना अच्छा भी लगता था। उसने सोचा कि कुछ लोग इतने भौंदू होते हैं कि बोर्ड को उलटा लटका देंगे, और कहेंगे कि पेन्टर ने अक्षर उलटे लिख दिये हैं।

वकील का खुरखुरा बूढ़ा पिता सामने आया और बच्चों से डपटकर कहने लगा, 'छोकरो, रास्ते से हट जाओ।' समय पास आ रहा था, और उसकी उत्तेजना बढ़ती जा रही थी। रमन फुर्ती से उठ खड़ा हुआ और उसके पीछे-पीछे चला। उसने बाहर की दीवार पर एक जगह इशारा करके कहा, 'इस जगह लगाना है।' रमन ने बोर्ड को खोला और दीवार पर टिकाकर उसके चारों तरफ़ पेंसिल से निशान लगाया। फिर अपने हथौड़े से ठोंकने लगा। सड़क पर फेरी लगाने वाले आवाज़ लगाना बंद करके उसकी तरफ़ ध्यान से देखने लगे। राह चलते भी ठिठककर खड़े हो गये। लेकिन उसने इनकी ओर रुख नहीं किया और काम में लगा रहा। पंडितजी ने आगे बढ़कर बोर्ड को फूलों की माला पहनाई और उस पर चंदन का तिलक लगाया। फिर ज़ोर-ज़ोर से मंत्र पढ़ने शुरू किये और वकील से कहा कि वह भी साथ-साथ मंत्र दोहरायें। फिर घंटी बजाकर कपूर चारों तरफ घुमाया—सब काम एक साथ ही

उसने किए। घर के सभी कोनों से कई औरतें बाहर निकल आईं और नये वकील को शुभकामनाएं देने लगीं। दीवार पर जहाँ बोर्ड लगाया गया, उसके ठीक सामने गटर बह रहा था।

बूढ़े पिता की आँखों में आँसू भर आये। वह कह रहा था, 'हमारा वकीलों और जजों का पुराना खानदान है। मेरी दिली इच्छा थी कि बेटा भी वकील ही बने। ये सब लोग मेरे मेहमान नहीं हैं, मेरे भाई-भतीजे और नाती-पोते हैं।'

ठसाठस भरे घर में किसी ने ग्रामोफोन चला दिया था। वकील ने अचानक बोर्ड को हाथ से छूते हुए कहा, 'क्या है यह? धूल लगी है। अपने नाम पर लगी धूल के साथ मैं अपनी वकालत शुरू करूँगा?' रमन यह सुनकर परेशान हुआ, और यह नया संकट खड़ा होते देखकर चिंतित हो उठा। उसने जब तक संभव हो, चुप रहने का फ़ैसला किया, और सोचने लगा कि किसी तरह यहाँ से भाग लूँ। भीड़ भी एकदम चुप हो गई, और इंतज़ार करने लगी कि अब क्या होता है। इस बीच वकील ने रमन के हाथ कसकर पकड़ लिये थे और उसे बोर्ड की तरफ़ खींचकर लाने लगा था। लेकिन रमन ने झटके से अपने हाथ छुड़ा लिये, और ज़ोर से कहने लगा, 'बोर्ड को छूना मत। चारों ''ए'' अभी तक गीले हैं, और खराब हो जायेंगे। शुक्र है कि आप बैरिस्टर-इन-लॉ नहीं हैं, नहीं तो तीन ''ए'' और बढ़ जाते, और आपके अक्षर तिरछे लिखने के शौक के कारण यह काम कभी पूरा ही नहीं हो पाता।'

बोर्ड दीवार पर लगाने का शुभ समय बीता जा रहा था। भीतर बज रहा ग्रामोफोन भी रुक गया था, और जाने कहाँ से हिप्पी नज़र आने वाले कई कॉलेज के लड़के—उनके बालों के अंदाज़ और बढ़ी हुई कलमों से वे हिप्पी ही लग रहे थे—वहाँ आ धमके और देखने लगे कि क्या हो रहा है। तर्कयुद्ध छिड़ गया था। वकील ने पूछा, 'तुम चाहते क्या हो? मैं अपने काम की शुरुआत धूल-लगे नाम के साथ करूँ?'

रमन के मन में आया कि कहूँ, कभी-न-कभी तो यह होना ही है। तो अभी से क्यों न हो? लेकिन ऊपर से उसने जबरदस्ती की हँसी चेहरे पर लाकर कहा, 'अरे, यह धूल बिलकुल नहीं है। नदी की रेत है। इससे शब्दों में ''स्टक्को'' प्रभाव पैदा होता है।' वकील ने चुनौती-सी देते हुए पूछा, 'यह ''स्टक्को'' क्या बला है?'

एक हिप्पी लड़के ने समझाया, 'अंकल, आप ''स्टक्को'' नहीं जानते? आर्किटेक्चर का नया प्रभाव है—सतह का पक्का लगना।' जाहिर है कि लड़का इंजीनियरिंग पढ़ रहा था।

रमन ने मन-ही-मन उसे धन्यवाद दिया, उसके बालों और कलमों की तारीफ की—ये इसी तरह बढ़ती रहें। उसकी तरफ मुड़कर बोला, 'तुम राबर्ट लुई स्टीवेन्सन लगते हो—फेराडे और दूसरे बहुत से वैज्ञानिक ऐसे ही लगते थे।'

'लेकिन मैंने तो यह कहा नहीं था,' वकील ने ज़ोर देकर कहा। 'अपने नाम

के पहले बोर्ड पर रेत लगाने के लिए मैं पैसे देनेवाला नहीं हूँ।' रमन समझ गया था कि यह कैसे हुआ होगा। घर के पिछवाड़े बोर्ड को रँगने के बाद जब वह आराम करने लगा था, तब नदी की तरफ़ से ठंडी हवा का एक झोंका आया था, जिससे वह आँखें मूँदकर सोने लगा था, लेकिन उसी के साथ रेत की एक परत भी गीले बोर्ड पर आकर चिपक गई थी।

रमन के मन में अचानक ईमानदारी जगी और वह बोला, 'मैं दूसरा बोर्ड बना दूँगा। आज इसी से काम चला लीजिये, क्योंकि शुभ समय निकलना नहीं चाहिए।' यह सुनकर जैसे सभी को चैन मिला, और लोग गटर के किनारे से हटकर ज़रा दूर जाकर खड़े हो गये। रमन आगे बढ़ा।

बूढ़े पिता पंडितजी के साथ आगे आये और कहने लगे, 'ठीक है, मैं भी यही कहना चाहता था। बात यह है कि हम सब पुराने ज़माने के लोग हैं और नए फ़ैशन के बारे में ज़्यादा कुछ नहीं समझते। जो हो रहा है, वह सब ईश्वर की इच्छा से हो रहा है, और हम उसमें कुछ नहीं कर सकते।'

रमन ने कहा, 'मैं जल्दी ही इसे बदल दूँगा,' और साइकिल की चाभी तलाशने लगा।

वकील बोला, 'चलो, ठीक है। लेकिन तुम अभी रुको।' उसने अपने एक भतीजे को आदेश दिया, 'इनको नारियल और पान दो।' वे दौड़कर एक कागज़ का गुलाबी थैला ले आये जिसमें एक नारियल और पान के पत्ते थे और उसे रमन के आगे बढ़ाया—इसका अर्थ यह था कि अब आप जा सकते हैं।

वह सोचने लगा, कबीर स्ट्रीट पर तो बड़ी भीड़ रहती है। लोग यहाँ रहते कैसे हैं? वह साइकिल पर चल पड़ा और मार्केट रोड के चौराहे पर पहुँचकर सोचने लगा कि अब उसे क्या करना चाहिए। उसने बगल की एक पटरी पर पैर लगाकर साइकिल रोक दी और विचार करने लगा कि उसे कहाँ जाना चाहिए। वकील के यहाँ उसने दो घंटे बिताये थे। दोपहर का एक बज रहा था। उसे याद आया कि उसे अपनी मेहनत के पैसे नहीं मिले हैं, इसलिए, तकनीकी नज़र से, उसका यह दिन बेकार गया है। अब अगर वह वकील को नया बोर्ड बनाकर देगा, तो यह घाटे का सौदा रहेगा। लकड़ी का तख्ता खरीदने में चार रुपए लगेंगे और एक रुपए का नया ब्रश आयेगा और एक ही रुपए का पेन्ट भी लगेगा। वकील ने उसे दस रुपए ही दिये थे, उसमें इसका पड़ता नहीं पड़ता था।

फ़व्वारे के पास पुलिस के सिपाही ने उसे आगे बढ़ने के लिए सीटी बजाई, तो उसका ध्यान भंग हुआ। लेकिन रमन फिर भी आगे नहीं बढ़ा, तो उसने दोबारा

सीटी बजाई और ज़ोर-ज़ोर से हाथ भी हिलाये। रमन को लगा कि ये लोग उसे शांति से जीने नहीं देना चाहते। यह कस्बा एक जंगल है जिसमें एक जानवर दूसरे के माँस पर मुँह मारने को हर समय तैयार है। जैसे यह कोई न्यूयार्क शहर है और मैंने ब्रॉडवे पर यातायात रोक रखा है। वह समझ नहीं पाता था, लेकिन सन् 1972 में मालगुडी बदल रहा था। यह मेम्पी की पहाड़ियों में कहीं बन रहे एक हाइड्रो इलेक्ट्रिक प्रोजेक्ट का आधार नगर था, इसलिए यहाँ की मार्केट रोड से हर समय लारियाँ और ज़ीपें गुज़रती रहती थीं। शहर में नया पुलिस सुपरिटेन्डेंट नियुक्त हुआ था, जो इन्तज़ाम के नये-नये तरीक़े आज़माया करता था। कुछ-कुछ क़दम की दूरी पर सिपाही तैनात थे। वह सोचने लगा, ये लोग यातायात के कारण हर समय उत्तेजित रहते हैं, और मानते हैं कि ज़रा भी ध्यान न दिया तो गाड़ियों और पैदल चलनेवालों की मुठभेड़ होनी शुरू हो जायेगी।

पुलिस वाले ने तीसरी दफ़ा सीटी बजाई तो उसने धीरे से साइकिल आगे बढ़ाई। वह सोचने लगा कि ये लोग मुझे यह निर्णय करने का समय नहीं देंगे, कि अब मैं कहाँ जाऊँ। अगर वकील साहब मुझे लंच के लिए रुकने का निमंत्रण देते तो मेरी बहुत-सी चिंता दूर हो जाती। वह देख रहा था कि दावत का इन्तज़ाम किया जा रहा है, लेकिन इस कंजूस ने मुझे दो इडली और एक नारियल देकर ही पिंड छुड़ा लिया, और काम का पैसा भी नहीं दिया।

अगर वकील साइन बोर्ड का बाकी पैसा चुका देता, तो वह मज़े से आनंद भवन में बैठकर खाना खाता, जहाँ काफ़ी कुछ बंबई की तरह का खाना मिलता है, लेकिन अब उसे या तो घर जाना होगा, या एलामन स्ट्रीट के होटल जाना पड़ेगा, जिसका नाम बोर्डलैस यानी नामहीन होटल है, और इससे प्रभावित होकर ही जहाँ कई लोग खाना खाने आते हैं। रमन अक्सर उसके मालिक से पूछता, 'तुम्हारे लिए नामहीन होटल का बोर्ड बना दूँ?' फिर वह सोचने लगता कि अगर सब लोग नाम रखे बिना अपना धंधा करने लगें, तो उसका काम तो एकदम ठप हो जायेगा। तब शायद ये लोग दीवारों पर अफ़वाहें लिखवाने का काम मुझसे करवाने लगें—जिन्हें उनसे प्रभावित लोग मुझसे ही उन्हें मिटवायेंगे, फिर दूसरी अफ़वाहें लिखी जायेंगी...। म्यूनिसपैलिटी का चेयरमैन शिवानंद ही बहुत सी अफ़वाहों का विषय हो सकता है, जिनसे शहर की सारी दीवारें भर जायें। उसके दुश्मन एक लाइन लिखवाने के पाँच रुपए देंगे, तो वह खुद हर लाइन मिटवाने के दस रुपए देगा। यह रोज़ के अखबार से ज़्यादा ताक़तवर हथियार साबित हो सकता है, क्योंकि इसकी ज़िंदगी ज़्यादा होगी। हर दिन किसी-न-किसी आदमी के बारे में एक नई बात, जैसे बाज़ार की दुकानों की किरायेदारी, सड़क के किसी टुकड़े को फिर से बनाने का ठेका, किसी मंत्री को खुश करने के लिए उसके आगमन पर उसके नाम की घोषणा, और इस

तरह के हज़ारों दूसरे भले-बुरे काम। उस अमेरिकी दूध-पाउडर की असलियत, जो ग़रीब बच्चों के लिए मुफ़्त आता है, लेकिन जिसे काला-बाज़ार में सरेआम बेचा जाता है...! सरकारी अस्पताल के उस डॉक्टर की कहानी जो हत्यारे की तरह चाकू चलाकर ऑपरेशन करता है, और जिसने बेईमानी की कमाई से रेल लाइन के पार की कीमती ज़मीन औने-पौने में खरीदकर आलीशान इमारत खड़ी कर ली है...। इसी तरह अनाज के उस आढ़तिये की कहानी जिसने ग़रीबों के लिए निश्चित राशन को बेचने के लिए कोऑपरेटिव स्टोरों का धंधा शुरू कर दिया है। अगर कोई उसे इस काम के लिए पैसे दे और लिखने के लिए बड़ी-सी दीवार मुहैया करा दे, तो वह इन सबको बेनकाब कर देगा—लेकिन वह इन्हीं सबके लिए साइन बोर्ड बनाकर अपनी रोज़ी-रोटी कमाता है। आज की दुनिया और ज़िदगी में साइन बोर्ड बहुत ज़रूरी वस्तु बन गई हैं, ये इज़्ज़त के प्रतीक हैं और माना जाता है कि इन्हें लगाने वाले सब भले-ईमानदार लोग होंगे। पर उसे यह सोचकर अपने ऊपर शरम भी आई, कि वह खुद भी आज की पैसे की लालची दुनिया में उन्हीं का एक हिस्सा है। वह सोचने लगा कि काश! वह इसके बिना भी रह सकता, लेकिन यह कुछ ऐसा ही था, कि गटर की गंदगी में दूसरों के साथ खुद भी डूबा हुआ आदमी अपने लिए साफ़-सुथरी ज़मीन की तलाश करे। वह किसी-न-किसी तरह बिना पैसे के यह काम करने का उपाय खोजेगा। साइकिल चलाते हुए उसके दिमाग़ की कुछ ऐसी स्थिति बन गई, जिसमें नये विचार बुलबुलों की तरह भीतर से उठते, कुछ देर उबलते रहते, और फिर अपने आप ही टूट कर खत्म हो जाते।

वह घर पहुँचा और सीधा अपने कमरे में चला गया। गर्मी का दिन था, इसलिए पसीने से चिपकती कमीज़ और बनियान उतार दी। फिर पीछे का दरवाज़ा खोल कर नदी तक गया और सीढ़ियाँ उतर कर पानी में डुबकी लगाई। इससे कुछ ताज़गी महसूस हुई। उसने देखा, एक औरत साड़ी ऊपर उठाये घुटनों तक पानी में खड़ी कपड़े धो रही है। वह आगे बढ़ा, जब तक पानी उसकी ठोढ़ी तक नहीं पहुँच गया, फिर सिर झुकाकर नदी में डुबकी लगाई, और क्षण भर के लिए न उसे कुछ दिखाई दिया, न सुनाई दिया, ठंडे पानी की लहर उसके नथुनों तक दौड़ गई; इस समय ऊपर लगे पीपल के पत्तों की खड़खड़ भी सुनाई देनी बंद हो गई थी। फिर जब उसने सतह के ऊपर सिर निकाला, तो उसे औरत की जाँघें दिखाई दीं। सुंदर दृश्य था, उसने सोचा; उसकी जाँघें चेहरे से ज़्यादा गोरी थीं, जो स्वाभाविक था। उसने ज़रा देर इस दृश्य पर निगाह टिकाई, फिर अपने को रोका कि यह भावना पवित्र नहीं है, सिर हटा लिया और बाहर निकलकर तेज़ी से घर आ गया। नदी के किनारे

रहने के कारण उसे अक्सर ऐसे दृश्य दिखाई देते थे, लेकिन इनका अंत हमेशा अपनी आलोचना में होता था। वह सेक्स के विचारों से बचना चाहता था, इन्हें कम महत्त्व देना चाहता था, जैसे वह धन को भी कम महत्त्व देने की कोशिश करता था। उसने सोचा, पैसा और सेक्स, दोनों बड़े ताकतवर विचार हैं, हर जगह बहुत ज़्यादा फैले हुए हैं—साहित्यों में, पत्र-पत्रिकाओं में, नाटकों में, और सिनेमा तो सेक्स के अलावा और कुछ दिखाता ही नहीं—लेकिन ऊपर तक पानी से भीगी यह औरत उसे बहुत आकर्षित कर रही थी।

यह सब सोचते हुए वह अपने कमरे में वापस आ गया, यहाँ उसने अपने बदन को सुखाया और कपड़े बदले। उसकी चाची, जो एक कोने में बैठी ऊंघ रही थी, जागकर पूछने लगीं, 'सवेरे तो तुम कुएँ पर नहाये थे, अब नदी पर नहाने की क्या ज़रूरत पड़ी?' यह सुनकर उसे ज़रा चिढ़ पैदा हुई। इसे मेरे नहाने की इतनी फ़िक्र क्यों है? चाची ने बात पूरी की, 'ज़्यादा मत नहाना, ठंड लग जायेगी।'

उसने इस सुझाव की अनसुनी की और पूछा, 'तुमने खाना खा लिया?'

'आज मेरा व्रत है,' चाची ने जवाब दिया। हर पंद्रहवें दिन वह व्रत रखती थी। रमन ने यह कहना ठीक नहीं समझा कि उसने खाया नहीं है। उसने शीशे में अपना चेहरा देखा और बाल काढ़ने लगा; उनमें से पानी की बूँदें गिर रही थीं। इस पर कविता या कुछ और लिखना चाहिए; उसे उस आदमी का ख्याल आया, जिसने पहली बार शीशे में अपना चेहरा देखा और गश खाकर गिर पड़ा। मैं इतना बुरा नहीं लगता! मेरा ख्याल है कि हरेक को अपनी शक्ल-सूरत पर ज़्यादा ध्यान नहीं देना चाहिए। यह भावना का सवाल है।

'दावत कैसी रही?' चाची ने कोने में बैठे-बैठे ही पूछा। रमन ने सवेरे कहा था कि वह वकील साहब के यहाँ ही खायेगा।

'हमेशा जैसी,' उसने सच्चाई से बचते हुए जवाब दिया। सच क्या होता है, वह सोचने लगा। तीन अवसरों पर आप को सच नहीं बोलना चाहिए : किसी की जान बचाने के लिए, इज़्ज़त बचाने के लिए...और तीसरी बात उसे याद नहीं आई, शायद चाची को अपने लिए खाना बनाने की मेहनत से बचाने के लिए।

इसके बाद वह बोर्डलैस होटल में लंच करने के लिए निकल गया।

धुएं से भरे हॉल के अपने प्रिय कोने में सामने बिछे केले के पत्ते से, जो टीक की चिक्कट मेज़ पर रखा था, उसने खाना शुरू किया, और अपने ही जैसे अक्सर यहाँ खाने-पीने वाले साथियों से हँसी-मज़ाक और बातचीत शुरू की—जिनमें गुप्ता सबसे ज़्यादा बातूनी था और सरकार की हर काम से संबंधित नीतियों—शहर, राज्य, राष्ट्र, विदेश इत्यादि सब विषयों पर निर्धारित अच्छी-बुरी सब प्रकार की नीतियों की हमेशा डटकर आलोचना करता था और मानता था कि अगली सुबह ज़रूर

कुछ-न-कुछ दुर्घटना हो जायेगी। रमन का यह मानना था कि गुप्ता की कोई भी बात सुनने लायक नहीं होती, लेकिन वह उसे काम बहुत ज़्यादा देता था, क्योंकि हर साल वह इनकम टैक्स, सेल्स टैक्स वगैरह बचाने के लिए नए नाम से एक नया बिजनेस शुरू करता था नया उद्योग शुरू करने का मतलब उसके लिए यही था कि पुराना नाम मिटाकर उसकी जगह नया नाम लिख दिया जाये; और वह हर अक्षर लिखने के पाँच रुपए देता था। वह हर उस आदमी की प्रशंसा करता था, जो उसके राजनीतिक विचारों की आलोचना न करें। बोर्डलैस होटल में वह रोज़ एक निश्चित समय पर खाना खाता था। 'इन्दिरा गांधी निश्चित रूप से बहुत उद्यमी हैं लेकिन मैं उनके...'—वह उनके बैंकों के राष्ट्रीयकरण, निर्यात नीति, या और किसी भी विचार को गलत ठहरा सकता था।

'हाँ, ठीक है,' रमन बीच-बीच में कहता जा रहा था, हालांकि उसके मन में नदी में कपड़े धोती औरत ही घूम रही थी; उसे अफ़सोस हो रहा था कि वह वहाँ से इतनी जल्दी क्यों भाग आया, उसे ज़्यादा खुलकर क्यों नहीं देखा।

'अब राष्ट्रीय एकता का सवाल ले लो,' गुप्ता कह रहा था। 'मैं गुप्ता हूँ और तुम हो रमन, दोनों देश के दो सिरों के निवासी हैं। लेकिन मैं यहाँ व्यापार करता हूँ, और तुम भी यहीं अपना काम करते हो...कोई सवाल पूछना है?'

'नहीं,' रमन ने धीरे से कहा, 'कोई सवाल नहीं है। हो ही नहीं सकता।' हालांकि अपने मन में उसने यह सवाल इस तरह पूरा किया, वह लड़की थी, या युवती, या महिला, या सिर्फ सामान्य औरत? दुबली-पतली थी, या मोटी, और काली, साँवली, या गोरी? खूबसूरत या बदसूरत? ध्यान से तो वह कुछ भी नहीं देख पाया। सिर्फ साड़ी के नीचे जाँघ की एक झलकभर देखी थी, फिर यह सब अच्छा नहीं है, इन विचारों से घिरकर वह वहाँ से भाग आया था। मैं सीढ़ियों से वापस क्यों लौट आया? इसलिए कि सिद्धांत आड़े आ गया, अपने मन से सेक्स के विचारों को—बलशाली विचारों को—नियंत्रित करने के लिए!

अब भोजन समाप्त होने लगा था। छाछ परस दी गई थी। गुप्ता नल पर हाथ धोने लगा और ज़ोर की आवाज़ करते हुए कुल्ले करने लगा। रमन ने दूसरे नल पर हाथ धोये और बाहर निकला। बाहर आते हुए उसने होटलवाले की मेज़ से पान का बीड़ा उठाया। और यह कहते हुए बाहर निकल आया कि, 'बिल मेरे हिसाब में लिख लेना।' फिर मज़ाक के स्वर में कहा, 'या जब तुम मुझसे बोर्डलैस होटल का साइन बोर्ड बनवाओगे, तब उससे इसे चुकता कर लेना। हिसाब बराबर हो जायेगा।' गुप्ता को उसने हॉल के बीच में ही छोड़ दिया था। भला आदमी है, भाषण पूरा न सुनो, तो भी बुरा नहीं मानता।

रमन ने सड़क पार की और घर वापस आ गया। चाची ने दरवाज़ा बंद नहीं

किया था, इसलिए वह उसे जगाये बिना अपने कमरे में आ गया। वह चुपचाप भीतर आ गया, यह उसे अच्छा लगा, नहीं तो वह हमेशा सवाल पूछती या कुछ कहती रहती है, या कोई कहानी सुनाती रहती है। उसके कमरे में न मेज़ थी और न कुर्सी। एक चटाई थी और लिपटा हुआ बिस्तर था। जब उसे सोना होता, तो बिस्तर बिछाकर सो जाता, और जब पढ़ना होता तो चटाई पर बिस्तर का तकिया बनाकर बैठा कोई पुरानी किताब पढ़ता रहता। उसकी अलमारी में कॉलेज के जमाने की किताबें भरी पड़ी थीं—प्लेटो से 'पिकविक पेपर्स' तक, जिनमें से कई दो कॉलमों में छपी होती थीं, जिनका कागज़ पीला होकर भूरा पड़ गया था, और भुरभुरा हो गया था। मार्केट के कोने पर पुरानी किताबों की एक दुकान थी, जिसमें दुनिया भर की किताबें भरी होती थीं। उसे इस दुकान से अपनी पसंद की किताब का सौदा करना बहुत अच्छा लगता था। उसने उसके लिए भी साइन बोर्ड बनाया था और कुछ समय बाद इसका रंग-रोग़न चमका दिया करता था, जिसके बदले में वह पैसे की जगह एक-दो किताबें ही ले लिया करता था। यह दुकानदार उसे बहुत पसंद था, क्योंकि यहाँ कोई ग्राहक नहीं आता था, और उसने अपनी असफलता को स्वीकार कर लिया था। यह निराश व्यक्ति अपनी निराशा का जैसे उत्सव मना रहा था, और अपने को चारों तरफ से किताबों से घेरे बैठा अपनी असफलता पर हँसता नज़र आता था। कागज़ के कीड़ों ने किताबों को काट-काटकर और उनके पन्ने खा-पीकर उनपर तरह-तरह की जालियाँ काढ़ दी थीं; इन्हें देखकर वह उत्तेजना से भर उठता था। इन्हें वह घंटों देखता रहता था और रमन से कहता, 'इन कीड़ों को कलाकारी और डिज़ायन की अच्छी समझ है।' फिर वह इन्हें दिखाते हुए कहता, 'देखो, कुछ किताबें शुरू से आख़िर तक बड़ी सफ़ाई से काट रखी हैं, कुछ भूमिका तक ही काटी हैं, और कुछ में सिर्फ़ जिल्द की दफ़्ती और पन्नों के भीतर ही अपनी डिज़ायनें बड़ी खूबसूरती से बनाई हैं, एक इंच भी इधर-से-उधर छेद नहीं किये हैं। क्लासिक श्रेणी की किताबों के प्राचीन संस्करण ही पढ़े जाने चाहिए, जिनका शुरू से आख़िर तक मनोयोगपूर्वक अध्ययन इन कीड़ों ने किया होता है, और जिनपर अपनी विशिष्ट कोड-भाषा में अपनी टिप्पणियाँ अंकित की होती है।'

दोपहर बाद पढ़ने की किताबों में रमन भेदभाव नहीं करता, वह गिबन की 'डिक्लाइन एण्ड फॉल' भी पढ़ सकता है, या दसवीं शताब्दी का तमिल काव्य 'कुरल' भी पढ़ सकता है। किताबों का उसका एक सामान्य दर्शन है—उन्हें अच्छी किताबों और बुरी किताबों में ही बाँटा जा सकता है, और पुरानी किताबें इकट्ठी करनेवालों की किताबें अच्छी ही होनी चाहिए, इसका भरोसा किया जा सकता है। रमन यह करता था कि किताबों की अलमारी में अपना हाथ डाल दे और उसकी अंगुलियाँ जिस किताब को पहले-पहल छुएं, उसी को पढ़ने के लिए खींचकर निकाल ले। पढ़ना

शुरू करने से पहले वह कमरे का दरवाज़ा भेड़ देता था, जिससे चाची उसे परेशान न करे, और न चाची से मिलने आने वालों की आवाज़ें उसे सुनाई दें, जो दोपहर के बाद उससे अपनी घरेलू समस्याओं पर सलाह-मशवरा करने आते थे, या देवी-देवताओं की कहानियाँ सुनने, या उससे किसी बीमारी की घरेलू दवाइयाँ लेने, या उसे अपनी या अपने किसी भाई-बंधु की जन्मकुंडली दिखाने आते ही रहते थे। रमन चाची से इतना घनिष्ट था, कि अनेक क्षेत्रों में उसके ज्ञान और योग्यताओं पर उसकी नज़र ही नहीं जाती थी। चाची से जो भी मिलने आता, वह उसके अनेक गुणों को देखकर चकित रह जाता था। लेकिन रमन इससे बिलकुल प्रभावित नहीं था, और कई दफ़ा यह भी सोचता था कि वह कई बातों में बोगस है।

चाची को जब कभी रमन का ध्यान आकर्षित करने का अवसर मिलता, विशेषकर भोजन के समय, तो वह बिना रुके लगातार बोलती चली जाती और कुछ ऐसे वक्तव्य देती : 'अगर तुम मेरी ज़िंदगी की कहानी लिखो, तो वह बड़ी महत्त्वपूर्ण किताब बन जायेगी, जिसे लोग बड़े चाव से पढ़ेंगे।' लेकिन वह चुपचाप ये बातें सुनता रहता। एक दिन चाची की यह चुनौती सुनकर कि 'अगर तुम मेरी कहानी लिखो तो शहर के व्यापारियों के नाम लिख-लिखकर तुम जितना पैसा कमाते हो, उससे कहीं ज़्यादा कमाई कर सकोगे,' उसने पलटकर जवाब दिया, 'मैं व्यापारियों के ही साइन बोर्ड नहीं लिखता, वकीलों, डॉक्टरों और सरकारी अफसरों के भी साइन बोर्ड लिखता हूँ।'

'हो सकता है, लेकिन अगर तुम मेरी कहानी लिखोगे तो हमेशा के लिए ब्रश से रँगना बंद कर दोगे। रोज़ कितने लोग मेरे पास आते हैं और मेरी कहानी सुनते है।' वह अपनी कहानी लिखाने के लिए इतनी उतावली लगती थी, कि खाना खाने के बाद रमन अपने कमरे में गया और कागज़-कलम लेकर लौटा और बोला, 'बताओ, क्या है तुम्हारी कहानी।'

चाची रसोईघर की सफ़ाई कर रही थी। 'ठहरो', उसने कहा, हालांकि रमन बड़े नाटकीय ढंग से कागज़-कलम लिये उसके सामने खड़ा था। वह छोटी-सी झाड़ू से फ़र्श वगैरह घिस-घिसकर साफ़ करती रही, फिर बोली, 'सुनो, मैं हमेशा पचहत्तर या अस्सी साल की बुढ़िया नहीं थी। कभी मैं सिर्फ़ दस साल की ही थी। सबसे पहले तो तुम यही बात लिखो।'

रमन ने कागज़ में यह बात नोट कर ली। फिर कहा, 'आगे बोलो।'

'ज़ोर से पढ़कर सुनाओ, क्या लिखा है,' चाची ने कहा। रमन ने सुनाया, 'मैं पचहत्तर या अस्सी साल की पैदा नहीं हुई थी।'

चाची कहने लगी, 'जब मैं दस साल की थी, मुझे अच्छी तरह याद है, हमारे

घर में दीवार पर जो शीशा टँगा था, उस तक मैं पहुँच जाती थी और उसे देखते हुए अपने बाल काढ़ती, जो बड़े घुँघराले थे और मेरे कूल्हों तक नीचे फैले हुए थे। लोग मुझे देखते और बड़ी तारीफ़ करते थे।'

रमन ने यह लिखना शुरू किया, और क्षण भर के लिए उसके सिर पर एक नज़र डाली, जिसपर अब दूध की तरह सफ़ेद थोड़े से बाल पीछे की तरफ छोटी-सी पोटली की तरह गुड़ी-मुड़ी लिपटे थे। चाची ने यह देखा और अपने सिर पर हाथ फेरकर कहने लगी, 'तुम मुझ पर विश्वास नहीं करते? हो सकता है...लेकिन उन दिनों फोटोग्राफी नहीं होती थी...नहीं तो...।' उसने वाक्य पूरा नहीं किया। रमन ने उस पर गहरी नज़र डाली। उसे इस बहुत दुबली, सूखी तुड़ी-मुड़ी बुढ़िया को अपने इस वक्तव्य से मिलान करना समझ में नहीं आया। चाची ने कहानी जारी रखी : 'घर में बहुत सारे बच्चे थे, मैं भी एक थी। आजकल की तरह लोग बच्चों से डरते नहीं थे। उन दिनों घर भरा-पूरा होता था। जब तक बखार में अनाज भरा रहता और चूल्हे पर चावल पकता रहता, किसी को कोई परवाह नहीं होती थी। मेरे पिता पंडित थे और जन्म तथा मृत्यु और सब तरह के धार्मिक अनुष्ठानों पर पूजा-पाठ करते थे, और कमाई के रूप में चावल, सब्ज़ियां, नारियल और गन्ने लाते थे। कभी-कभी उन्हें गाय भी दान में मिलती, जो तुम्हें पता होगा, मृत व्यक्ति की आत्मा को परलोक तक सही-सलामत पहुँचाने के लिए ब्राह्मणों को दी जाती है।'

'यह कैसे होता है?' तर्कवादी रमन ने प्रश्न किया।

'अब यह सब मुझ से मत पूछो, 'चाची ने जवाब दिया।' 'हमारे शास्त्रों में यह कहा गया है, और उन पर सवाल उठाना सही नहीं है। जीवित व्यक्तियों का यह कर्तव्य बनता है कि वे मृत आत्माओं की सही विधियों से सहायता करें।' रमन को उसके विश्वासों पर झुँझलाहट हुई। लोगों के ये विश्वास बने रहेंगे, तो तर्क का युग कैसे स्थापित किया जायेगा। असंभव है यह!

वह बोला, 'ठीक है। आगे की कहानी बताओ।'

'घर में हम सब खूब खाते-पीते थे। मैं विशेष भाग्यवान थी क्योंकि मेरा नाम लक्ष्मी था, धन की देवी' कोई यह नहीं कह सकता था, ''लक्ष्मी, वापस जाओ'', क्योंकि यह अशुभ बात थी। सब लोग यही कहते थे, ''लक्ष्मी, आओ, हमारे घर आओ'', और गाँव के सभी सौ घरों में हर जगह मेरा आदर होता था। मैं जहाँ भी जाती, मेरी खूब आवभगत होती, खूब खिलाया-पिलाया जाता, इसलिए मैं मोटी हो गई थी।'

रमन ने पूछा, 'अब वह माँस कहाँ चला गया, चाची?'

बुढ़िया का काम अब खत्म हो गया था। उसने झाड़ू-पोंछा लगा दिया था, इसलिए बर्तन वगैरह एक तरफ़ करके वह कहने लगीं, 'पिता के घर में कोई हमेशा

रहकर मोटा नहीं हो सकता, खासतौर पर जब वह लड़की हो।' उसने कहानी में बताया कि किस तरह गाँव के एक हेड-कांस्टेबिल से उसकी शादी हुई, कैसे बहुत जल्दी उसकी मौत हो गई, और कैसे वह निस्संतान तथा विधवा हो गई।

आज शाम रमन की उँगलियों ने किताबों की दुकान से कीड़ों की खाई सुनहरी किनारों वाली एक ऐसी किताब ढूँढ़ निकाली है जिसके लेखक ने सौ से ज़्यादा साल पहले मेम्पी पहाड़ियों में चाय के बागान लगाये थे; किताब में उसके संस्मरण हैं। यह आदमी सुदूर कार्नवाल से इन पहाड़ियों में आया था, और उसने बादलों से घिरे इस प्रदेश में अपनी दुनाली बंदूक और किसी की परवाह नहीं—की वृत्ति के सहारे चाय की खेती के काम में सारा जीवन गुज़ार दिया था। किताब पढ़ते हुए रमन पहाड़ियों में फैले हरे-भरे जंगलों, ऊपर उमड़ते बादलों, ठंडी हवाओं, पानी की बौछार और इधर-उधर विचरते शेर-चीतों और हाथियों के, जिन्हें अंग्रेज़ की बंदूक नियंत्रण में रखती थी, मनोरम दृश्यों में खो गया। एक नई दुनिया जहाँ मज़दूरों का एक झुंड चाय के पौधे उगाता था, अंग्रेज़ प्लान्टर उनपर कड़ा अंकुश रखता था, और कम-से-कम पचास मील दूर किसी और प्लान्टर के बागान भी इसी तरह फलते-फूलते रहे होंगे। रमन सोचने लगा कि साइन बोर्ड बनाने का काम खत्म करने के बाद वह भी ऐसे ही किसी प्रदेश में रिटायर होकर रहना चाहेगा...और वह किताब सीने पर रखकर सो गया। थोड़ी देर बाद यह काफ़ी मोटी किताब थड की आवाज़ करती सीने से ज़मीन पर गिरी, तो एकदम उसकी नींद खुल गई, और पहला विचार उसे यही आया कि चूड़ीवाले से पैसे वसूलने चाहिए, क्योंकि छह बजे वह चला जायेगा। उस पैसे से वह नया ब्रश भी खरीदेगा, क्योंकि पुराना वाला ब्रश इतना सख्त हो गया है कि बोर्ड पर खरोंचें डाल देता है।

साइकिल का ताला खोलने की आवाज़ से चाची का ध्यान उसकी ओर गया। 'इतनी जल्दी चल दिये', उसने प्रश्न किया।

ज़रा झुँझलाहट के साथ उसने कुछ उत्तर बुड़बुड़ाया। सोचने लगा, सब कुछ जानना चाहती है, और साइकिल नीचे उतारकर तेज़ी से रवाना हो गया, कहीं चाची आकर कुछ और सवाल न पूछने लगे। पश्चिमी फाटक से उसने मार्केट में प्रवेश किया, जिससे दूसरे फाटक पर काम करने वाले जयराज से उसकी भेंट न हो जाये, जो अपने को अच्छा साइन बोर्ड पेन्टर मानता था। निरक्षर आदमी—उसे लंबाई कितनी रखी जाये, इस तक का कोई ज्ञान नहीं था, उसके बनाये साइन बोर्ड किनारे पर टेढ़े लटककर सारी जगह घेर लेते थे—लेकिन वह काफ़ी आर्डर बटोर लेता था, और बहुत से तो खुद न बनाकर एंटनी से, सिर्फ़ बीस पैसे प्रति अक्षर के हिसाब से,

बनवाता था, जो इसके लिए उसका हमेशा कृतज्ञ बना रहता था। इस व्यापार में अब काफ़ी घटियापन आता जा रहा है, इसमें ऐसे अनपढ़ लोग आ गये हैं जिन्हें लेखन-शैली का कोई ज्ञान नहीं है, और जिनमें कला की कोई भावना नहीं है। अगर यही चलता रहा, तो वह यह शहर छोड़ देगा, किसी चाय बागान में काम की तलाश करेगा, वहीं एक कुटिया बनाकर रहने लगेगा, और खाली समय में आकाश को निहारता ज़िंदगी बिता देगा।

चूड़ीवाले की दुकान, केले के गोदाम से लगा एक ज़रा सा खोखा, लेकिन इसमें औरतों की भीड़ लगी थी, जो गप लगाती, सौदेबाज़ी करती, चूड़ियों को बार-बार देखती और अदल-बदल करती और चूड़ियाँ पहनाने के लिए बार-बार बाँहें आगे बढ़ाती दिखाई देती थीं। चूड़ीवाला एक के बाद दूसरी औरत की बाँहें सूँत-सूँतकर चूड़ियाँ पहनाता जाता था। रमन सोचने लगा, कितना खुशनुमा काम है। उसने देखा कि कल उसने जो साइन बोर्ड इसे लाकर दिया था, वह अभी तक कागज़ में बँधा पड़ा है। ज़ाहिर था कि चूड़ीवाला पूरे समय बाँहों से खेलता रहा है, और उसे इसे खोलने का वक्त ही नहीं मिला है। लंपट कहीं का! रमन ने बोर्ड उठाया और उसको खोलकर दिखाया। स्कूल की कुछ लड़कियों ने उस पर लिखे 'नक़द भुगतान, उधार नहीं,' शब्द पढ़कर हँसना शुरू किया। शब्द बड़े गाढ़े रंग में लिखे गये थे और ''नक़द'' शब्द तो आग के शोले की तरह चमक रहा था।

यहाँ औरतों की जैसे बू ही आ रही है—इत्र, पाउडर, सिर में चमेली का तेल, और पसीने की बदबू—रमन ने सोचा, यही सब इस लंपट को पसंद है, लेकिन मुझे बिलकुल नहीं है।

चूड़ीवाले ने एक औरत की कलाई को कसकर थामे हुए ही ज़ोर से कहा, 'यह ''नकद'' शब्द बहुत ज़्यादा लाल है...इससे लोग नाखुश हो जायेंगे।'

'लेकिन तुम तो ऐसा ही चाहते थे।'

चूड़ीवाले ने इस बात का कोई जवाब नहीं दिया और एक औरत की गद्दर बाँह को मल-मलकर उसमें चूड़ियाँ डालने की कोशिश में लगा रहा। औरत भी जैसे इसका मज़ा ले रही थी और ज़ोर लगने पर कराहती भी जा रही थी। रमन ने कुछ देर तक यह दृश्य देखा, फिर अपने आप से ही कहा : खूब मज़ा ले रहा है! अब मैं समझ रहा हूँ कि यह आदमी इस मामूली से धंधे में क्यों लगा हुआ है—अगर निशाना साधकर कोई दो कंकड़ियाँ भी फेंके तो यहाँ सब टूट-फूट जायेगा। अरे, तुम इस काम के लिए दो लड़कियाँ क्यों नहीं रख लेते, जिससे पेन्टर के साथ काम की बातचीत करने के लिए तुम्हारे पास समय रहे।

इस आदमी से बातचीत करना संभव ही नहीं लग रहा था, और रमन को इससे झुँझलाहट महसूस हुई तथा उसे यह अपना अपमान भी लगा। 'तुम मेरे पैसे क्यों नहीं देते? आज के दिन ही आने को तुमने कहा था,' उसने औरतों की चीख़-पुकार के बीच ज़ोर से कहा।

'मुझे ''नकद'' शब्द का रंग पसंद नहीं है। इसे तुम्हें बदलना होगा।'

'लेकिन तुमने तो यही कहा था।'

'इतना ज़्यादा लाल नहीं। इससे मेरे ग्राहक भड़क जायेंगे।' यह कहकर वह एक लड़की की तरफ़ मुड़ा जो उसका इन्तज़ार कर रही थी। 'तुम बताओ, यह तुम्हें कैसा लगता है,' उसने लड़की से पूछा। लड़की ने सिर घुमाया और खिलखिलाकर हँसना शुरू कर दिया। उसने फिर कहा, 'शर्माओ मत, जो मन में आये, वही कहो।' गाँव की लड़की ने अदा से कहा, 'मुझे तो नीला रंग पसंद है।'

यह तो बहुत आकर्षक धंधा है, रमन ने सोचा, लेकिन इसमें मेरे लायक आमदनी नहीं है। इसी क्षण उसके मन में एक बड़ी हास्यास्पद बात आई, उसे लगा कि साइन बोर्ड अपने हाथों में इन सबके सामने उठाये वह जैसे उसे नीलाम कर रहा है।

अब उससे रहा नहीं गया और वह चूड़ीवाले से पूछ बैठा, 'आज तुम्हारी दुकान पर इतनी भीड़ क्यों है?'

चूड़ीवाले ने जवाब दिया, 'अरे, यही तो चूड़ियों का मौसम है। पोंगल आ रहा है, सब औंरतें नई-नई चूड़ियाँ पहनती हैं। बड़ी-बड़ी दूर से ये चूड़ियाँ पहनने आती हैं। उन्हें पता है कि यहीं उन्हें सब तरह की-काँच की और प्लास्टिक की और नये-नये डिज़ायनों की चूड़ियाँ मिलेंगी।' यह कहकर उसने चारों तरफ़ बैठी औरतों पर गर्व की नज़र डाली।

अब रमन ने सीधा सवाल किया, 'तुम मेरा पैसा दे रहे हो या नहीं?'

'दूँगा, लेकिन रंग बदलकर नीला कर दो।'

'तुम यह क्यों नहीं समझते कि लाल रंग के शब्दों के बीच एक शब्द नीला होगा तो लोग हँसेंगे। वे तुम्हें गंभीरता से नहीं लेंगे। अभी जो रंग है, उसी में बात समझ में आती है। और मैं दूसरा बोर्ड नहीं बना सकता।' लेकिन चूड़ीवाला उसकी बात मानने को तैयार ही नहीं था। लग रहा था कि वह मुकर रहा है। रमन ने कहा, 'अगर तुम्हें यह पसंद नहीं था तो इसे बनाने का आर्डर क्यों दिया था?' इसका उसके पास कोई जवाब नहीं था। फिर भी उसने एक लड़की की कोमल कलाई पकड़ी और डरावने ढंग से उठकर खड़ा हो गया। वह अपनी ग्राहकों को शायद यह दिखाना चाहता था कि वह 'हीरो' है और दूसरों को धमका सकता है। रमन उसका यह रुख़ देखकर चौंका और ज़रा-सा पीछे हट गया। यह आदमी मज़बूत और कद्दावर था। रमन बोला, 'ठीक है। तुम्हें यह पसंद नहीं तो कोई बात नहीं, मैं इसे वापस

लेता हूँ।' यह कहकर वह बोर्ड बग़ल में दबाये दुकान से वापस लौट पड़ा।

उसने अपने आप से कहा, 'इस आदमी का काम लेकर उसने गलती की। मार्केट के पश्चिमी फाटक पर खड़ी अपनी साइकिल उठाकर वह चलने को हुआ। तीन दिन की मेहनत बेकार गई... और वह वकील भी! कई दफ़ा दिन ही खराब होता है, जब सब काम गलत हो जाते हैं।

मार्केट रोड हमेशा की तरह चहल-पहल से भरपूर थी और लोग काम-काज में लगे थे। इस वक्त रेलवे स्टेशन पर मालगाड़ी आती थी और सब तरह के छोटे-बड़े डिब्बे, कनस्तर और बंडल उतरते थे, जिन्हें बैलगाड़ियों पर लादकर मार्केट के पीछे बने गोदामों में ले जाया जाता था। इन हिलती-डुलती हुई चलनेवाली गाड़ियों से बचाकर साइकिल चलाता रमन सोचने लगा कि वह यहाँ के किसी दुकानदार को अपना बोर्ड बेचने का प्रयत्न क्यों न करे। बड़े चुभते रंग में नकद भुगतान करने का संदेश देनेवाला यह बोर्ड सभी को पसंद आ जायेगा। उसने देखा कि भंडारी स्टोर्स का मालिक दुकान के सामने ही खड़ा है, और वह उसके पास जाकर रुक गया। बेहद दुबला-पतला यह आदमी, लेकिन लंबी, इतनी नुकीली मूंछें कि ज़्यादा पास जाने पर आपकी आँखों को ही छेद दें, जो अपने को राजस्थान से आया बताता था और कई पीढ़ी से यहाँ बस गया था, रमन से अच्छी तरह परिचित था। यह तमिल का ऐसा रूप बोलता था जो रमन को बहुत पसंद था, उसने आगे बढ़कर कहा, 'बहुत व्यस्त लग रहे हो।'

'हाँ, काम तो लगा ही रहता है,' यह कहकर वह साइकिल से कूदकर उतरा और दुकान के भीतर जाकर बोर्ड खोलकर उसे दिखाने लगा। 'कैसा लगता है यह?' उसने पूछा।

दुकानदार व्यापार की बात होते ही सतर्क हो गया और बोला, 'उधार के बिना तो मेरा व्यापार चल ही नहीं सकता। ईश्वर ही जानता है कि पैसा वसूलने में कितनी परेशानी होती है।'

'आपको एकदम नक़द का ही व्यापार करना चाहिए,' रमन ने अपनी बात दोहराई–उसके मन में चटख़ रंग का प्रभाव अभी तक उमड़-घुमड़ रहा था।

'मैं तो कितना चाहता हूँ कि यही करूँ, लेकिन यह तो अगली दुनिया में ही संभव होगा।'

रमन समझ गया कि यहाँ उसकी दाल नहीं गलेगी, फिर भी उसने कहा, 'इसी के नीचे हरे रंग में यह भी लिख दूँ, ''उधार भी मिलेगा''–इससे ग्राहक खुश होंगे।'

दुकानदार ने केवल 'हरे' शब्द पर ध्यान दिया, बुरी बात शायद उसने सुनी ही नहीं, इसलिए उसने कहा, 'हाँ, हरा रंग ठीक रहेगा। यह लाल रंग बहुत गहरा है। ग्राहक को पसंद नहीं आयेगा।'

रमन के मन में बहुत-से विरोधी विचार आये लेकिन उन्हें वह दबा गया। सुंदर क्या है, इसमें लोगों को शिक्षित करने की ज़रूरत है। इसे हरा रंग पसंद है! हरा! दुनिया को क्या हो गया है यह! उसे लगा कि वह यहाँ रुका तो उसकी इस आदमी से लड़ाई हो जायेगी, इसलिए वह जल्दी से नमस्कार करके साइकिल पर पैडिल मारता तेज़ी से आगे बढ़ गया। उसे बहुत सारी चीज़ें परेशान कर रही थीं—सिर्फ यही एक नहीं कि दुनिया के लोग नक़द शब्द को 'हरे' रंग में लिखवाना पसंद करते हैं। हमारी शिक्षा व्यवस्था ही दोषपूर्ण है, राजनीतिक नेता भी कुछ कम नहीं हैं; जिन्हें समाज को सही ढंग से शिक्षित करना चाहिए, वे दूसरे कामों में व्यस्त हैं।

वह टाउन हॉल के सामने से होकर गुज़रा। देखा कि आज फ़व्वारे में से पानी झर रहा है—जो बहुत कम होता था। वह यहाँ कुछ आगे बढ़ा, साइकिल चबूतरे से टिकाई ओर गरम हो रहे भेजे को ठंडा करने के लिए पानी की बौछार के नीचे बोर्ड को बगल में दबाये सिर कर दिया। फिर सिर घुमाकर देखा तो पाया कि टाउन हॉल का प्रोफ़ेसर—एक सिरफिरा जो हर शाम टाउन हॉल में बैंगनी रंग का गाउन पहनकर प्रकट होता था और तरह-तरह के विषयों पर लोगों को भाषण देता था—चबूतरे पर पालथी मारकर बैठा चारों तरफ़ इकट्ठे लोगों को आध्यात्मिक ज्ञान दे रहा था : 'भूत गुज़र गया है, वर्तमान गुज़र रहा है, और कल उसके आगामी कल का पिछला दिन है। इसलिए किसी भी बात की चिंता क्यों की जाये? इस सबके भीतर ईश्वर है। वह अखंड और अविभाज्य है। वह कल भी था, कल भी होगा और आज भी है। आप इस पर सही तरह से विचार करें तो किसी भी आने या जाने वाले की चिंता से मुक्त हो जायेंगे।' उसने एक कागज़ का टुकड़ा उठाया, उसे मोड़कर गोंद से चिपकाया और कहा, 'इसमें मेरा संदेश है जो आपकी सहायता करेगा। इसकी कीमत पाँच पैसे है। इसे घर ले जाइये, खोलकर पढ़िये, तो आपका मन पवित्र और जाग्रत होगा। मैं इसे मुफ़्त भी दे देता, लेकिन इसकी कीमत निकालनी है।' कुछ लोग आगे आये उन्होंने पैसे दिये और संदेश की पुड़िया खरीदी। प्रोफ़ेसर ने कहा, 'इसे घर ले जाकर पूजा के कमरे में भगवान की मूर्ति के सामने ही खोलना, और जो हमने लिखा है, उसका पालन करना।' अचानक वह बोला, 'यह युवक जो संदेश लिये जा रहा है, उसे देखो, ''नक़द भुगतान''—यह पैसे के लिए पागल हो रही दुनिया के लिए संदेश है। ''नकद'' क्या है? ''भुगतान'' क्या है?'

रमन इस बात को सुनकर चौंक गया, और उसने सबको दिखाने के लिए बोर्ड को सामने कर दिया। लोगों ने गंभीरता से उसका अध्ययन किया और हर आदमी अपने-अपने ढंग से उसपर टिप्पणी करने लगा। रमन ने झुँझलाकर पूछा, 'कोई लेना चाहता है इसे? सिर्फ़ पंद्रह रुपए।' उसने महसूस किया कि आम लोगों को इसे बेचकर वह चूड़ीवाले से बदला ले रहा है।

प्रोफेसर बोला, 'उधार नहीं दोगे? नक़द, नक़द, नक़द। भुगतान, भुगतान भुगतान। दुनिया किधर चली जा रही है!'

सब रमन की तरफ़ देखकर हँसने लगे। उसे बुरा लगा कि उसका मज़ाक उड़ाया जा रहा है। वह बोला, 'इसमें ग़लत क्या है? पैसे के बिना कौन रह सकता है? कोई रह सकता है? बताओ।'

शोर में उसकी आवाज़ सुनाई नहीं दे रही थी। लोग कह रहे थे, 'विद्वान के साथ बहस मत करो। क्या तुम उससे ज़्यादा बुद्धिमान हो?'

'वह मुफ़्त उपदेश नहीं दे रहा, पैसे लेकर ही, दे रहा है,' रमन ने कहा।

'यह ठीक कहता है,' कुछ लोग उसके समर्थन में बोले।

प्रोफ़ेसर पहले तो यह बात सुनकर परेशान हुआ, फिर चतुराई से जवाब दिया, 'लेकिन मैं तो बहुत कम ले रहा हूँ। इतने गंभीर उपदेश के लिए सिर्फ पाँच पैसे।'

रमन ने उससे सवाल किया, 'आप इसे चबूतरे पर क्यों नहीं लटका देते?'

'हाँ, हाँ, क्यों नहीं?' प्रोफेसर ने तुरंत कहा और झपट कर रमन से बोर्ड ले लिया, और उसे चबूतरे पर रख दिया। कहा, 'इसे मैं तुमसे पैसे की जगह ले रहा हूँ।' फिर संदेश की पुड़िया उसके हाथ में रख दी। 'इसे घर ले जाकर पढ़ना और इसके अनुसार काम करना। तुम्हें बहुत लाभ होगा। ज़िंदगी बदल जायेगी तुम्हारी।' सौदा बहुत आगे बढ़ गया था और अब रमन कुछ नहीं कर सकता था। उसने क्षण भर के लिए विचार किया, और यह देखकर एक तरह से खुश ही हुआ कि यह बोर्ड फ़व्वारे पर लगाया जा रहा है? वह हाथ में पुड़िया पकड़े सोच ही रहा था, और प्रोफ़ेसर का वक्तव्य जारी था : 'कल, कल था। यही हमारी समस्याओं का हल है।'

तभी एक शराबी धक्का देते हुए आगे आया और पूछने लगा कि पुड़िया में क्या लिखा है। 'यह मत सोचना कि मैं शराबी हूँ। मैं सब जानता हूँ, कि क्या-क्या है। पंडित जी, मुझे बतायें कि इसमें क्या है। मैं कोई ऐसी चीज़ नहीं खरीदता जो मैं नहीं खरीदना चाहता। मैं नहीं खरीदता जो मैं...मुझे कौन चुनौती दे सकता है? मुझे किसने शराब पीते देखा है? असली बाप का कोई सी असली बेटा इसे साबित करके दिखाये। तुम्हारे बाबा की जायदाद है क्या? मैं यही कहता हूँ यही...।' वह हिलते-डुलते बड़बड़ करता रहा, लोग उसे किनारे करके आगे बढ़े और संदेश की पुड़िया लेने लगे। रमन को लगा कि ज़्यादा खड़े रहने का कोई फ़ायदा नहीं है। प्रोफ़ेसर से हुआ सौदा बदल नहीं सकता था। वह चटपट पीछे हटा और साइकिल उठाकर घर के लिए रवाना हो गया।

अपने कमरे में पहुँचकर उसने प्रोफ़ेसर के संदेश की पुड़िया खोली। पतले से काग़ज के टुकड़े पर अंग्रेज़ी और तीन और भाषाओं में लिखा था : 'यह गुज़र

जायेगा।' चार लाइनों में बड़ी खूबसूरती से छोटे-छोटे शब्द लिखे थे। उसे लेखन-कला पसंद आई। उसने तय किया कि इस सुलेखक से वह यह कला सीखेगा। गुंडे-बदमाश चूड़ीवालों के लिए बोर्ड लिखने की अपेक्षा उसे इससे कहीं ज़्यादा लाभ होगा। उसने संदेश पढ़ा और जब इस पर विचार करना शुरू किया तो उसे इसमें बहुत गहराई प्रतीत हुई। उसे लगा कि सचमुच वह वस्तुओं और घटनाओं पर फिसलता रहता है। अचानक उसकी जड़ता समाप्त हो गई और वह बहुत हलका महसूस करने लगा।

रमन को घर के पिछवाड़े से चक्की चलने की आवाज़ आ रही थी। वह सोचने लगा, चाची ज़रूर कुछ पीस रही होगी। शायद आटा, अगले दिन कोई पकवान बनाने की तैयारी का पहला क़दम। उसके लिए उसके मन में सहानुभूति का भाव पैदा हुआ। सालों से वह उसके लिए सवेरे से शाम तक कुछ-न-कुछ बनाने के काम में लगी रही है—उसने उसकी ज़रूरतों का कितना ध्यान रखा है। बदले में उसने उससे कभी कुछ नहीं चाहा, कभी भी किसी तरह की कोई माँग नहीं रखी। वह खुद ही हमेशा बाज़ार से सौदा-सुलुफ़ भी लाती रही। एलामन स्ट्रीट और मार्केट रोड के कोने पर चेट्टियार की दुकान उसकी खास दुकान थी। यहाँ चावल और दाल के बोरों और तरह-तरह के डिब्बों में ज़रूरत के सब सामान के बीच दुकानदार बैठा ग्राहकों को निबटाता रहता था। उसका सिद्धांत था कि ग्राहक जिस चीज़ की भी माँग करे, उसके लिए वह यही कहे कि, हाँ, है। और ऊबड़-खाबड़ से दुकान के बड़े से हॉल में से वह चीज़ तत्काल निकालकर उसे दे दे। अगर कोई चीज़ न होती, तो भी वह यही कहता, 'कल माल आ जायेगा,...बजे आ जाना।' उसका दर्शन था कि धन की देवी लक्ष्मी उस व्यापारी की इज़्ज़त नहीं करती जो 'ना' में जवाब देता है। उसकी दुकान के दो हिस्से थे, सामने वाले हिस्से में रोज़मर्रा की ज़रूरत की दाल-चावल जैसी चीज़ें होती थीं, और भीतर की तरफ वाले दूसरे हिस्से में कम ज़रूरत वाली हज़ार के करीब चीज़ें रखी होती थीं। वह कहता था, 'अगर कोई पुराने जूते के तले का एक इंच का टुकड़ा माँगता है, या ज़ंग-लगी कील माँगता है, तो मैं यह दूँगा, या बालों की कतरन या बिल्ली की पूँछ; मैं स्टॉक में हर चीज़ रखता हूँ, और हर चीज़ पर उसका नाम लिखा होता है। कई दफ़ा लोग बहुत अजीब चीज़ों की माँग कर बैठते हैं, खासतौर पर दवाएं बनाने वाले, जैसे भबके की चीज़ें या जादुई तावीज़, लेकिन मैं हर चीज़ उन्हें देता हूँ। मैं कभी किसी को वापस नहीं लौटाता।'—आज से पाँच साल पहले जब रमन अपना पहला साइन बोर्ड बनाकर उसके पास गया था, उसने यह बात कही थी। दुकानदार बोर्ड पर सिर्फ अपना नाम लिखवाना चाहता था, 'चेट्टियार स्टोर', और कुछ भी नहीं। अब नाम के सफ़ेद शब्द एकदम धुंधले

पड़ गये थे और नीचे का काला रंग दीवार के रंग से एकरूप हो गया था—क्या लिखा है, पढ़ा ही नहीं जाता था। वहाँ से गुज़रते हुए रमन को यह बोर्ड बड़ा अजीब लगता था, और एक दफ़ा उसने कह भी दिया, 'इसपर मैं फिर रंग चढ़ा देता हूँ', लेकिन दुकानदार इसी से संतुष्ट था, और उसने कहा, 'मुझे अपना नाम बताने की ज़रूरत नहीं है। सब लोग मुझे जानते हैं, और चेट्टियार से ही सामान खरीदते हैं।' उसका नंगा बदन दुकान की कालिमा में छिप जाता था। यहाँ की सब वस्तुओं में पत्थर जैसी स्थिरता थी। यहाँ पीढ़ियों से कुछ नहीं बदला था—बाबा से पिता और पुत्र तक सब ऐसा ही चला आ रहा था। चाची हर रोज़ निश्चित समय पर यहाँ आती थी। चेट्टियार की दुकान के बगल में गणेशजी का एक छोटा-सा मंदिर था, जहाँ चाची हर शाम दर्शन करने आती थी—वह देर तक श्रोताओं के साथ वहाँ बैठी रहती और पंडित जी की कथा सुनती थी।

सारा दिन चाची शाम के इस कार्यक्रम की प्रतीक्षा करती थी। अपना काम खत्म करके वह दरवाज़े में ताला लगाती और गायब हो जाती थी। अगर रमन जल्दी घर लौट आता, तो वह मंदिर के दरवाज़े पर रुककर उसका ध्यान अपनी ओर खींचने की कोशिश करता। दस मिनट के भीतर ही वह उसकी तरफ देखती, और रमन को लगता कि यह टेलीपैथी का करिश्मा है। चाची उठकर उसके पास आती और चाभी उसे देकर पूछती, 'मेरी ज़रूरत तो नहीं है?'

रमन कहता, 'नहीं, तुम बैठकर कथा सुनो।'

'अलमारी में मैंने...रख दिया है', वह बताती कि वहाँ क्या बनाकर रख आई है। चाभी लेकर जब वह मंदिर से लौटता तो सोचता कि चाची को लगता है कि मैं हमेशा भूखा रहता हूँ, अगर वह मुझे पौष्टिक भोजन नहीं देगी, तो मैं कहीं भी गिर पड़ूँगा—खाना ही उसके दिमाग़ में रहता है। तभी मंदिर के कथा वाचक की आवाज़ सुनाई देती, 'जब श्री भगवान प्रकट हुए...' भगवान से उनका कितना घनिष्ठ संबंध है, जब पंडित जी चाहते हैं, प्रकट हो जाते हैं।

घर में प्रवेश करते हुए वह हमेशा सोचता कि यहाँ कितना अकेलापन है, विशेष रूप से रोशनी जलाने से पहले। इस समय तो इतना बुरा लगता था, कि क्या कहे, बस, जब वह पीछे की तरफ़ जाता तो ज़रूर कुछ शांति मिलती—यहाँ कल-कल बहती नदी की आवाज़ और बसेरा लेने से पहले पक्षियों के चहचहाने का स्वर। नदी-किनारे जगह-जगह लोग दल बनाकर बैठे, कुछ रेत पर, घूमते-फिरते, औरतें किनारे पर कपड़े धोतीं या बर्तनों में पानी भरतीं—रमन इन्हें देखता रहता। पीछे के वरांडे पर फूस की छत पड़ी थी, इसी में रमन के काम का सामान, लकड़ी के तख्ते, रंग-रोगन और ब्रश रखे रहते थे, और मिट्टी के तेल की एक लालटेन, जिसे जलाकर रात को वह काम करता था।

एक शाम रमन ने सोचा कि परिवार-नियोजन के डिज़ायन का वह काम उसे कर डालना चाहिए। उसने दीवार से एक तख्ता उतारा और उसपर अपना हाथ फेरा। बहुत चिकना लगा, इस पर से तो सफेद रंग फिसल जायेगा। इसे कुछ खुरदरा होना चाहिए। उसने छोटा रंदा उठाया, उसे सतह पर चलाया और देखा कि कुछ खुरदरा हो गया है। फिर उसने पेन्ट का डिब्बा लिया, उसमें ब्रश डुबोया, तख्ते की सतह पर दो दफ़ा चलाया, फिर उसे दीवार के सहारे, पेन्टिंग की सतह को दूसरी तरफ़ करके, सूखने को रख दिया। सोचा, बहुत ज़्यादा 'स्टक्को' नहीं बनाना है, वकील के साथ इसी से इतनी मुसीबत हुई। फिर जेब से कागज़ निकाला और उसे पढ़ा कि क्या लिखना है। वह इस काम में ज़्यादा खतरा नहीं मोल लेना चाहता था, जिससे पैसे वसूल करने के लिए महीनों चिट्ठी-पत्री करनी पड़े। लिखना था : 'परिवार नियोजन केन्द्र—परामर्श सेवा मुफ़्त'। आबादी! बढ़ती आबादी! कितनी बड़ी समस्या है! शादी न करने वाले लोगों को ये इनाम क्यों नहीं देते?—जैसे वह खुद है। शादी न करने का मतलब है, बच्चे न होना—लेकिन नहीं, यह ज़रूरी नहीं है। टाउन हाल के वरांडे में, मार्केट की सड़कों पर, मालगुड़ी के खाली मैदानों में, सब जगह छोटे-बड़े बच्चों की भीड़ लगी हुई है, घुटनों के बल चलनेवाले बच्चों से चार फुट के बड़े बच्चों तक, धूल-धक्कड़ से भरे, चीथड़े लपेटे बच्चे ही बच्चे—पाँच साल में यही विकास हुआ है। इस तरह से तो बहुत जल्द ये सारी धरती पर छा जायेंगे—कोई बात नहीं; हालांकि ये सब भूखे लगते हैं, इनकी काली या भूरी चमड़ी तो सेहत से चमकती रहती है और कीचड़ से भरी आँखों में ज़िन्दगी की रोशनी भी जलती दिखाई देती है। ये कहाँ से आये हैं? इनके माँ-बाप की शादियाँ होते किसने देखा? या कौन थे इनके माँ-बाप? इनके दुनिया में आने में शायद ग़लत कुछ नहीं था। इनके यहाँ रहने का उतना ही अधिकार है जितना दूसरों को है, बस, खिलाने के लिए ज़्यादा मुँह हैं, इतनी सी बात है। एक बात से दूसरी बात पैदा होती है। रमन सोचने लगा कि खाना कैसे पैदा होता और बनता है, कितनी ज़मीन बंजर पड़ी है, वगैरह, वगैरह। उसने अपने से कहा : मैं साइन बोर्ड पेन्ट करके सही काम नहीं कर रहा हूँ। मैंने यह काम इसलिए शुरू किया क्योंकि मुझे लेखन-कला पसंद थी, मुझे अक्षरों के आकार, उनके घुमाव, शेड वगैरह अच्छे लगते थे। लेकिन इन बातों की किसी को परवाह नहीं है, अच्छे लिखे शब्दों पर उनका ध्यान ही नहीं जाता। जैसे वह चूड़ीवाला और वकील, और यह आदमी—इन्हें अपनी पसंद का ही काम चाहिए, नहीं तो ये पैसा ही नहीं देंगे। समझौता ही करना पड़ता है, और कोई उपाय नहीं है—और अब यह परिवार नियोजक पता नहीं क्या चाहता है, काला और सफेद, या सफेद पर काला, सादा या शेडदार! ऐसे काम तो कोई भी कर सकता है, उस जयराज के लिए बोर्ड बनाने वाला आदमी भी।

लेकिन यह काम तो मुझे ही मिला है—अगर अच्छा हुआ तो और भी काम मिल सकता है।

अब वह उस औरत के बारे में सोचने लगा जिसने उसे यह काम दिया था। उसने अपना नाम डेज़ी बताया था, सिर्फ़ डेज़ी। साड़ी पहने दुबली-सी लड़की। उसका पति कौन है, या माता-पिता और भाई कौन हैं, यह कोई नहीं बता सकता था—या वह कहाँ की रहने वाली है, और कहाँ से अचानक मालगुड़ी में आ पहुँची है। डेज़ी! इतनी सामाजिक, मधुर और भारतीय लगती है, फिर भी यह विदेशी नाम! इस काम की देखभाल करने वाली स्त्री तो ऊँचे-पूरे कदवाली, ज़रा भारी-भरकम होनी चाहिए थी, जैसे कान्वेन्ट की मदर सुपीरियर—लंबी, बड़ा चेहरा, अफसर की तरह हाथ हिलाकर ही दूसरों को प्रभावित करके उनसे काम कराने वाली। लेकिन यह लड़की तो कोई छोटी उम्र की नर्तकी लगती है। उसे लगा कि इसके बारे में कुछ और पता करना चाहिए। मार्केट रोड के न्यू ब्लाक में काम लेते समय जब इससे पहली दफ़ा मुलाक़ात हुई थी, तब वह इसे ज़्यादा ध्यान से देख नहीं सका था। वह मेज़ के पीछे कुर्सी पर बैठी थी, इसलिए उसका नीचे का हिस्सा वह देख नहीं सका था, और सोचता रहा था कि अगर वह खड़ी हो जाये तो पता लगे कि वह लंबी भी है और चौड़ी भी।

कस्बे का सबसे कामकाजी आदमी, वीरप्पा, न्यू ब्लाक का मालिक था, और उसी ने इसमें दफ़्तर के लिए जगह दी थी। कॉलेज के जमाने से वह रमन का दोस्त था और अब भी बोर्डलैस होटल में कभी-कभी उससे मिलता रहता था; और उसी ने परिवार-नियोजन केन्द्र की डेज़ी से उसका परिचय कराया था। लेकिन मुलाक़ात के दौरान वही खुद लगातार बातचीत करता रहा था और उसने रमन को मौक़ा ही नहीं दिया था, कि वह डेज़ी को ध्यान से देख सके। उसे डेज़ी की आवाज़ बहुत पसंद आई थी, हालांकि उसमें कुछ मर्दानापन था, और वह चाहता था कि चुप बैठकर देर तक उसे देखता रहे, जिससे उसके शरीर की बनावट और व्यक्तित्व का अध्ययन कर सके, लेकिन वीरप्पा बार-बार उसे टोककर कहता, 'इधर देखो', या 'बात यह है', वगैरह।... उससे ज़्यादा बात करने के लिए रमन नई-नई समस्याएं सोचता जा रहा था, लेकिन वीरप्पा खुद उनका जवाब दे देता और डेज़ी को बोलने ही नहीं देता था।

रमन ने पूछा, 'इसकी लंबाई क्या होगी?' तो उसके सवाल पूरा करने से पहले ही वीरप्पा ने कहा, 'इसे तो तुम ही बेहतर समझते हो। मैं जानता हूँ कि ये भी इससे सहमत होंगी।'

रमन यह भी पूछना चाहता था, 'आपको डेज़ी क्यों कहते हैं? लेकिन इसकी हिम्मत वह नहीं जुटा सका। वह यह भी जानता था, कि अगर वह यह सवाल पूछ लेता तो वीरप्पा निश्चय ही उसका कुछ न कुछ जवाब देने लगता। उसका रक्षक

कौन था, उसे क्या हो गया कि वह इस दुबली-पतली लड़की को देश की आबादी की समस्या अकेले ही सुलझाने के लिए यहाँ छोड़ गया। इसका रंग गोरा है या गेंहुआ? आँखें गोल हैं या उन पर रंग लगा है? नाक कैसी है? ये कुछ ज़रूरी बातें थीं जिन्हें रमन साफ़-साफ़ जानना चाहता था। अब उसे लग रहा था कि साइन बोर्ड क़ा काम मजेदार है। साइन बोर्ड समाज का एक जरूरी हिस्सा है, जो सब तरह के लोगों और कामों को एक-दूसरे के साथ जोड़ता है। साइन बोर्ड न होते तो सब लोग अकेले अपने-अपने काम में लगे होते और किसी को पता नहीं चलता कि दूसरा क्या कर रहा है और कहाँ क्या हो रहा है।

वह चाहता था कि काम से संबंधित सवाल ही इस तरह पूछे कि उसकी व्यक्तिगत बातें भी पता लगती जायें, और सौभाग्य से उसे इसका अवसर भी मिल गया, जब वीरप्पा नाक छिनकने और सुँघनी सूँघने के लिए एक मिनट के लिए बाहर गया, तो उसने जल्दी से यह पूछ लिया कि आप कहाँ की रहने वाली हैं।

'यहाँ से ज़्यादा दूर नहीं, नंबर सात के तीसरे क्रास पर बने आउट हाउस में, जिसका दरवाज़ा चौथे क्रास पर भी खुलता है, और आने वाले को मुख्य फाटक से भीतर जाने की ज़हमत नहीं उठानी पड़ती।' वीरप्पा वापस आया और ज़रा देर के लिए बाहर जाने की सफ़ाई देने लगा, तो रमन काफ़ी संतुष्ट नज़र आ रहा था। लगता था कि डेज़ी के साथ जैसे उसकी एक गुप्त संधि हो गई है, और वह भी इस समय उसे कुछ ऐसी ही दृष्टि से देख रही थी, जिससे इस भाव की पुष्टि भी हो सकती थी।

करीब दो घंटे पहले यह बात हुई थी। अब उसकी इच्छा हुई कि फिर उसके पास वापस जाये और इस बीच उसके मन में जो सवाल पैदा हुए थे, उनको भी पूछ ले। लेकिन सारी शाम उसी के दफ़्तर में रहने के बाद अब फिर वहाँ पहुँच जाये, यह सही नहीं लग रहा था। उसे विश्वास नहीं था कि वह फिर उसके लिए दरवाज़ा खोलेगी—या खिड़की के पीछे से ही उसकी शंकाओं का समाधान कर देगी। अब उसने निश्चय कर लिया था कि उसका काम अच्छे-से-अच्छा करेगा और उसे खुश कर देगा; उसने बड़े प्यार से लकड़ी का तख्ता पसंद किया, और अब वह नया सीपिया पेन्ट खरीदेगा, जिससे बोर्ड में शान पैदा हो जाये। उसकी फिर इच्छा हुई कि साइकिल पर सवार होकर तुरंत उसके पास पहुँच जाये, लेकिन उसने अपने आपको रोक लिया। मुझे अपने को बेवकूफ नहीं साबित करना चाहिए, ऐसा आदमी जो सेक्स को ज़्यादा महत्त्व देता है। किसी औरत का ऊपरी आधा हिस्सा ही देखकर, जब वह डेस्क के सामने बैठी थी—हो सकता है वह एक पैर से लँगड़ी हो, क्या पता? लेकिन वह सेक्स से प्रभावित नहीं है—यह दूसरे के बारे में जानकारी पाने की मनुष्य की स्वाभाविक इच्छा है, और कुछ नहीं।

दूसरे दिन शाम को वह नंबर सात के चौथे क्रास पर पहुँचकर दरवाज़े से अपनी नाक सटाये देर तक खड़ा सोचता रहा कि खटखटाये या चुपचाप उलटे पैरों वापस चला जाये। लेकिन उसके लौटते हुए अगर दरवाज़ा अचानक खुल जाये और वह उसे देख ले, तो निश्चय ही उसे बदमाश समझेगी; और अगर उसके यहाँ खड़े रहते हुए भी दरवाज़ा खुल जाये और वह उसे देख ले, और वह उसके एकदम पास, सिर्फ एक इंच दूर, जा पहुँचे, तो यह और भी बुरी बात होगी। इसलिए उसने दरवाज़ा खटखटाने का ही फ़ैसला किया, और यह खटखटाना वह मुट्ठी से नहीं करेगा, जो भड़भड़ जैसी आवाज़ लगे, बल्कि वह दाहिने हाथ की उँगली से धीरे से दो बार खटखट करेगा, पहले एक खट, फिर ज़रा रुक कर दूसरी, और कोई उत्तर नहीं आया तो वह बड़ी शांति और धीरज से वापस चला जायेगा। हलकी, मुलायम खट से उसे पता चल जायेगा कि आगन्तुक भला आदमी है, यह खट संगीत के स्वर जैसी होनी चाहिए—लकड़ी से जितना भी कम या ज़्यादा मधुर स्वर निकल सके—जिससे उसके अच्छे इरादों का अनुमान हो जाये। इन सब विचारों से उमड़ता-घुमड़ता उसने निश्चित दूरी से, उँगली और दरवाज़े के बीच सही अंदाज़ से इस तरह दरवाज़ा खटखटाया, जैसे यह कोई बहुत महत्त्वपूर्ण काम हो। दरवाज़े के पीछे उसे सरसराहट-सी सुनाई दी। अगर कोई प्रेमी उसके साथ हो और अचानक दोनों को अलग होना पड़े। वह इस समस्या से उलझ ही रहा था, कि पीछे से आवाज़ आई, 'कौन है?'

अगर वह अपना नाम बताये, तो क्या वह समझ जायेगी? या वह कहे, 'साइन बोर्ड पेन्टर?' पहली दफ़ा उसे महसूस हुआ कि उसका पेशा असरदार नहीं है, और कितना अच्छा होता कि वह अपने को 'शब्दों का कलाकार' कह सकता, लेकिन यह भी बहुत अच्छा नहीं लगता और यह काफ़ी गोलमोल शब्द है।

'मैं रमन हूँ, कल शाम आफ़िस में आपसे मिला था।'

दरवाज़ा खुला और वह सामने दिखाई दी—सपने की तरह। वह फिर भ्रमित-सा हुआ, उसके व्यक्तित्व को समझ पाने में असमर्थ—जैसे वह कुहासे के भीतर खड़ी हो। 'अच्छा, तुम हो', वह बोली, 'भीतर आ जाओ।' रमन ने संकोचपूर्वक चौखट पार की, और सोचने लगा कि क्या काम बतायेगा—दरअसल काम तो कोई भी नहीं था। लगता था, घर में कोई और नहीं है—अकेली औरत के लिए बड़ी हिम्मत की बात थी कि वह उसे भीतर बुला रही है। उसने दरवाज़ा खुला छोड़ दिया, वह तय ही नहीं कर पाया कि बंद करे या न करे। वह एक-के बाद एक समस्या से गुज़र रहा था, ऐसा अवसर उसके सामने कभी नहीं आया था। वह सोचने लगा कि इस तरह यहाँ न आता, तभी ठीक था। वह बोली, 'भीतर आओ, आ जाओ', तो उसे लगा कि क्या सफ़ाई दे, मुझे अफसोस है...लोग गलत न समझें...वह सोचने लगा कि वह देखने में तो सही लग रहा है। कमरे के कोने में एक कुर्सी पड़ी थी, जिसे

डेज़ी ने सरकाया और उसे बैठने को कहा। वह संकोच से बोला, 'आप परेशान मत होइये। आप बैठ जाइये, मैं खड़ा रहता हूँ।' वह घूमकर दूसरे कमरे में गई और वहाँ से एक स्टूल लाकर दीवार के पास रखा और उस पर बैठ गई। उसने फिर कुर्सी की तरफ़ इशारा किया, फिर चुप हो गई, जैसे उसके बोलने की प्रतीक्षा कर रही हो।

'मैं इधर से गुज़र रहा था, और आपको याद है कि आपने घर का पता दे दिया था।'

'तुमने खुद ही पूछा था,' उसने शांति से कहा।

'हाँ, हाँ...मैं जानना चाहता था क्योंकि'—वह इन्तज़ार करने लगी कि आगे क्या कहता है। वह समझ नहीं पा रहा था कि क्या कहे, और उसने वही बात दोहराई, 'मैं इधर से जा रहा था...'

'कहाँ?' उसने पूछा।

'हाँ...हाँ...कबीर स्ट्रीट पर एक दोस्त से मिलने। वकील है वह', उसने जवाब दिया, और जल्दी से जो भी नाम उसे याद आया, बोल दिया, जिससे वह कोई और सवाल न पूछे। 'उसे मेरा पैसा देना है। और मैं आपसे भी मिलना चाहता था। साइन बोर्ड के अक्षर आप कैसे पसंद करेंगी—ज़रा तिरछे और सीपिया में शेड के साथ?'

'यह मैं क्या जानूँ!' उसने कहा। उसकी आवाज़ पक्की लेकिन कोमल थी। वह अपना सोच जानती थी और अपनी सीमाएं समझती थी। उसे लगा कि अब बातचीत खत्म। उसे पता नहीं था कि इतनी जल्दी खत्म हो जायेगी। इस भेंट की तैयारी उसने बड़े सोच-विचार के साथ की थी। आधी रात तक इसके बारे में सोचता रहा था, अच्छे-बुरे सपनों से भी किनारा कर लिया था, और सवेरा होते ही कितनी सावधानी से कपड़े पहने थे—बड़े सलीके से क्रीज़ की हुई सफ़ेद पैंट पर हलके पीले रंग का बुश कोट पहना; घिस-घिसकर चिकनी दाढ़ी बनाई, ब्रिलिऐंटाइन लगाकर बाल पीछे की तरफ़ काढ़े थे।

उसकी चाची उसे इस तरह तैयार होते देखकर बार-बार पूछती रही कि आज क्या बात है, लेकिन उसने किसी सवाल का जवाब न देकर यही कहा था; 'हमेशा सवाल मत पूछा करो, मुझे कोई जवाब नहीं देना है।' चाची ने हमेशा की तरह खुशी-खुशी यह बात सुन ली। दोनों के बीच इसी तरह बात होती थी। रमन कभी तो उसका बड़ा ध्यान रखता, लेकिन कभी एकदम झटक देता, लेकिन चाची उसके दोनों प्रकार के व्यवहार को समान भाव से ग्रहण करती थी। वह उसके लिए प्लेट में नाश्ते के लिए कुछ पकवान लेकर आई। वह खाने लगा तो बताने लगी, 'यह चीज़ यहाँ के लोग बनाना ही नहीं जानते, इसे सिर्फ पूना में बनाते हैं।' वह समझ गया कि अब चाची अपने बाबा के पूना के दिनों की बातें बतायेगी। टुकड़े-टुकड़े

में उसने यह कहानी कई बार सुनी थी—कैसे शादी के बाद उसके बाबा घर से भाग गये थे, कैसे उनकी युवा पत्नी अकेली रह गई थी, कैसे बहुत साल बाद दादी तीर्थयात्रियों के साथ उत्तर की यात्रा करते हुए पूना में उनके पास जा पहुँची थी और कैसे अपनी रखैल के साथ शानो-शौकत की ज़िंदगी बिताते हुए उन्हें जा पकड़ा था। यह कहानी उसने बहुत बार सुनी थी, लेकिन उसका लिहाज़ करने के कारण बार-बार फिर सुननी पड़ती थी। कई दफ़ा जब उसका दिमाग़ कहीं और उलझा होता, तब वह कहानी बीच में ही छोड़कर उठ जाता था। लेकिन जब उसका मन शान्त होता, तब वह उसे पूरी सुनता—कि कैसे दादी अपने पति को अपने साथ दक्षिण लाने में सफल हुई, कैसे वह अपने साथ अपनी रखैल को भी लाया लेकिन बंगलौर पहुँचने पर कैसे दादी उनके सामने एक तालाब में जा घुसी और धमकी दी कि अगर उसने रखैल से पिंड नहीं छुड़ाया, तो वह पानी में डूब कर अपनी जान दे देगी, जिसके बाद किसी प्रकार बाबा ने उस औरत से पीछा छुड़ाया और इसके बाद दोनों कुंभकोणम के अपने पुश्तैनी घर में आकर आराम से रहने लगे और सारी ज़िंदगी रहे। दादी ने बाबा से कई लड़के और लड़कियाँ पैदा किये और जब बाबा पचहत्तर साल के हुए तब स्वर्ग सिधारीं; फिर इसके बाद किस तरह उन्होंने एक और शादी की—अपने बड़े बेटे को सताने के लिए जिसने किसी तरह कभी उनका अपमान किया था—, उनकी नई पत्नी सत्रह साल की थी, जिसके माता-पिता उनकी अपार धन-दौलत के पीछे थे और अंत में जिनके द्वारा दिये गये ज़हर से उनकी मौत हुई। पूना के इस महान पुरुष का ऐसा अंत हुआ। उनकी दाह-क्रिया में चाची की माँ उसे अपनी गोद में लेकर गई थीं, जिसकी उसे अभी तक याद है।

डेज़ी के कमरे में बैठा रमन इस समय सोच रहा था कि क्या बात करे। वह पर्दे के पीछे जाकर उसके लिए एक प्याला चाय और नमकीन बिस्कुट ले आई थी। इस आने-जाने में रमन ने उसके शरीर को ध्यान से देखा, बहुत लंबी नहीं थी और उसकी अपनी ऊँचाई के लिए सही थी। फिर वह सोचने लगा कि वह अपने से उसकी लंबाई क्यों नाप रहा है। यह तो उसका काम नहीं है। उसका इससे क्या लेना-देना! उसने चारों तरफ़ नज़र डाली। दीवारें खाली थीं, कमरे में कोई फरनीचर नहीं था, एक कोने में अखबारों और पत्रिकाओं के बंडल धूल से भरे बँधे पड़े थे। यह शाम और रात के बीच का समय था और रोशनियाँ अभी नहीं जली थीं। धुँधलका उसे पसंद था—यह उसके विचारमग्न मन के अनुकूल था। उसे लगा कि यह उसके अपने रंग के भी अनुकूल है—जो चमकदार भूरा है, जो शायद पुरुष का सबसे अच्छा रंग है। वह तारीफ़ करते हुए चाय पीने लगा। फिर उसने पूछा, ‘आप नहीं लेंगी?’ डेज़ी

ने जवाब में कुछ बुदबुदाया। उसे लगा कि यह काफ़ी रिज़र्व्ड है और नपी-तुली बात करती है। अपने परिवार वगैरह के बारे में कुछ नहीं बतायेगी। उसे आशा हुई कि अगर वह विवाहित हो, तो पति से अलग हो गई होगी। वह जान रहा था कि खुद वह ही ज़्यादा बात कर रहा है। उसने ज़रा शान से अपना दर्शन बताना शुरू किया, 'देखिये, मैडम...', उसे याद आया कि अभी उसे इनका पूरा नाम भी पता नहीं चला है। यह बात उसे खटकी, जैसे पूरा नाम जानने का उसे अधिकार हो। कई दफ़ा उस का मन हुआ कि ज़ोर देकर पूछे। आपका असली नाम क्या है, आपको कौन-कौन अच्छी तरह जानता है? लेकिन उसने अपने ऊपर नियंत्रण रखा। उसके व्यवहार में कोमलता होते हुए भी एक दृढ़ता थी, नज़र में ठंडापन था, यानी कोई अपनी सीमा से आगे नहीं बढ़ सकता था। इसलिए रमन अपना दर्शन उसे बताने लगा, 'देखिये, मैडम, भाषा कोई भी हो, अक्षर मज़बूत और अपने पैरों पर सीधे खड़े ऐसे होने चाहिए जो दूसरों को स्पष्ट संदेश देने में समर्थ हों। मुझे कमर झुकाये, टेढ़े-मेढ़े लिखे अक्षर पसंद नहीं हैं, फूलों की तरह लिखे शब्द, जो प्रार्थना करते-से प्रतीत होते हैं कि हमें पढ़ो। मिसाल के तौर पर, एक चूड़ीवाला है जो नक़द सौदा करना चाहता है लेकिन अपनी बात करते हुए डरता भी है। मैंने उसका बोर्ड लिखने से इनकार कर दिया, जिसमें ''नक़द'' शब्द कुछ ऐसा लिखा जाना था, जो साफ़ दिखाई न दे और जिसे लेन्स लगाकर ढूँढना पड़े।' यह बात उसे मनोरंजक लगी और इसे सुनकर उसके सुंदर चेहरे पर एक हलकी सी मुस्कराहट भी दौड़ गई। इससे उत्साहित होकर रमन ने आगे कहा, 'इसलिए मैंने दोबारा यह शब्द लिखने से मना कर दिया और बोर्ड उठाकर उलटे पाँव लौट आया—जो मेरी कई दिन की मेहनत थी और जिसे तैयार करने में लकड़ी के कई तख्ते लगे थे।' यह कहकर उसे कुछ गर्व महसूस हुआ और उसने अपना सीना भी ज़रा-सा तान दिया।

इस पर डेज़ी का मूड कुछ बदला-सा लगा और उसने पूछा, 'तुम जनसंख्या-नियंत्रण पर भी इसी तरह मज़बूती से काम कर सकते हो?' वह एक क्षण रुककर सोचने लगा कि किस तरह अपना जवाब दे, कि इस स्त्री की इस दैवी प्रतिमा को क्षति न पहुँचे। यदि इस समय वह अपने बोर्डलैस होटल के माहौल में होता तो 'पापुलेशन' (आबादी) और 'कॉपुलेशन' (संभोग) शब्दों के एक जैसेपन की मिसाल देता। इस प्रकार के काम में लगे व्यक्ति को ज़्यादा शिष्टता नहीं दिखानी चाहिए कि आबादी संभोग के बिना ही बढ़ती है। उसने ध्यान से डेज़ी का चेहरा देखकर यह जानने की कोशिश की कि वह कितना बर्दाश्त कर सकती है। लेकिन वह व्यावहारिक और सभ्य लगी, वैज्ञानिक की तरह जो सामने चल रही चींटी को देख रहा हो। इसलिए, उसने कहा, 'हाँ, क्यों नहीं!'

अब उसे लगा कि चलने का समय हो गया है। डेज़ी दीवार पर लगे कैलन्डर

और घड़ी की तरफ़ देख रही थी। रमन ने कहा, 'मैंने आपसे इन्तज़ार तो नहीं करवाया?'

'किसका?' उसने पूछा।

रमन ने कहा, 'आपको शायद कुछ और करना हो?'

'हाँ, कुछ औरतें मिलने आ रही हैं।'

कैसी औरतें? क्यों आ रही हैं? वह पूछना चाहता था, लेकिन रुक गया। ये लोग शायद यही बात करेंगी कि गर्भ किस तरह रोका जाये।

घर लौटते हुए वह सोचता रहा कि साइन बोर्ड की बात तो उसने ठीक से की ही नहीं। उसने एक ही वाक्य में सब जवाब दे दिया था, 'मैं कुछ नहीं जानती, और बाद में ही यह कहा था कि एक कोने में लाल रंग से त्रिकोण पेन्ट होना चाहिए, क्योंकि यही परिवार-नियोजन का प्रतीक चिह्न है, और सब लेटर हेडों में, साइन बोर्डों में और प्रचार सामग्री में आवश्यक रूप से इसका प्रयोग किया जाता है। लेकिन इस पर वह यह कहना चाहता था कि लाल त्रिकोण उनके उद्देश्य के ख़िलाफ़ जाता है, क्योंकि इसे देखकर मनुष्य के मन में शारीरिक भावनाएं पैदा होने लगती हैं। लेकिन यह उसका काम नहीं था। जो हो, अब यह काम उसकी ज़िम्मेदारी थी, और शीघ्र ही वह इसका डिजायन बनाकर उसे दिखायेगा, जिससे बाद में कोई परेशानी पैदा न हो और उसका काम पसंद न किया जाय। वह आधा बनाकर बोर्ड उसे दिखाने ले जा सकता है—लेकिन यह व्यावहारिक नहीं होगा। सड़क पर लोग देखेंगे तो मुस्करायेंगे और उसका मज़ाक उड़ायेंगे और अगर उसका प्रतिद्वंद्वी और बड़बोला जयराज देख लेगा, तब तो मुसीबत ही खड़ी हो जायेगी। वह इसका स्कैंडल बनाकर खड़ा कर देगा और बेचारी डेज़ी का शहर में रहना ही असंभव हो जायेगा। घर लौटते हुए वह मंदिर पर चाची से चाभी लेने के लिए रुका। चाची उठकर बाहर आई और उसे चाभी पकड़ाकर खाने के बारे मे हिदायत दी। इस वक्त आठ बजे थे और करीब दो घंटे और कथा चलनी थी। उसने कहा, 'आज कृष्ण जी की रुक्मणी के साथ विवाह की कथा है और मैं उसे पूरा सुनना चाहती हूँ।'

'ठीक है। कोई जल्दी नहीं है। मैं खा-पी लूँगा।'

उसने घर के वरांडे में साइकिल रख दी लेकिन दरवाज़ा नहीं खोला। घर के पीछे गया और बायीं तरफ़ मुड़कर रेत पर आ गया और नदी के किनारे बनी सीढ़ियों पर जा बैठा। ऊपर आसमान में सितारे चमक रहे थे, नीचे हलकी सरसराहट करता नदी का जल बह रहा था—इस वातावरण में उसे कुछ सुकून महसूस हुआ और वह चिंतन के मूड में चला गया। सारी शाम वह मूर्ख की तरह व्यवहार करता रहा, निरर्थक बातें बोलता रहा। उसने यही चेष्टा की—क्या चेष्टा की? अपने को महत्त्वपूर्ण व्यक्ति

के रूप में प्रस्तुत करने की चेष्टा। उसका इस तरह वहाँ जाना ही सही नहीं था। उसने समस्याएं ईजाद करने की कोशिश की लेकिन बुरी तरह असफल रहा। बस, सफल रहा तो बिना सिर-पैर की बातें करने में, और कुछ नहीं। सच बात यह है कि मैं सेक्स-पीड़ित हूँ, और यह सच्चाई मुझे स्वीकार कर लेनी चाहिए। पहली दफ़ा साड़ी-पहने किसी औरत को देखा ओर उसके पीछे भागने लगा। उसके लिए सब कुछ भूल गया। किसी अकेली रह रही औरत के दरवाज़े पर जाकर खटखटाने का और क्या मतलब है? उसने भीतर आने दिया, यह उसकी उदारता थी। वह मुझे देखकर खट से दरवाज़ा बंद भी कर सकती थी। फिर एक मिनट तक वह इसी बात पर सोचता रहा कि उसने मुझे अंदर क्यों आने दिया—क्या उसके दिल में मेरे लिए कुछ जगह है? वह, उस दिन जो भी बातचीत हुई, उस पर फिर नये सिरे से नज़र डालने लगा। उसका एक भी वाक्य रोमांटिक नहीं कहा जा सकता। अपने शब्द याद करके तो उसे अपने पर शर्म आने लगी, चिढ़ होने लगी। उसने उसकी नज़रों में अपनी इज़्ज़त गिरा दी है, अपने को घटिया बना दिया है। उसके शब्द संक्षिप्त और स्पष्ट थे, और बीच-बीच में उसके कहे 'क्या' और 'क्यों' ने तो उसके दिमाग़ को ऐसा गड़बड़ा दिया कि वह कभी सही ज़वाब ही नहीं दे सका।

हमारे पुराणों में बताया गया है कि संत लोग ज़्यादातर सौंदर्य के सामने चकरा जाते हैं। देवता लोग तपस्या करने वाले साधु-संतों के प्रभाव से हमेशा भयभीत रहते हैं और वे हमेशा उनकी तपस्या भंग करने के प्रयत्नों में लगे रहते हैं—इसके लिए वे किसी औरत को ही साधन बनाते हैं। अब वही समस्या डेज़ी के रूप में उसके सामने भी पेश हुई है। उसने सेक्स की भावनाओं पर नियंत्रण करने की कोशिश की, तो देवताओं को यह बात पसंद नहीं आई। इतने सालों तक साइन बोर्ड लिखने के बाद अब एक औरत का साइन बोर्ड लिखने का काम मिला, यह आश्चर्य की ही बात थी, तो इसके पीछे यही उद्देश्य हो सकता है। उसे इस आकर्षण से अपनी रक्षा करनी होगी। ऐसी ही एक स्थिति में महात्मा गाँधी ने अपने एक शिष्य को राय दी थी : 'दिन में अपने पैरों की तरफ देखते हुए चलो, रात में ऊपर सितारों पर अपनी नज़र टिकाये रखो।' वह भी इसी नियम का पालन करेगा। वह जब भी डेज़ी से मिलेगा, उसके चेहरे की तरफ़ कभी नहीं देखेगा, और बातचीत भी काम के बारे में ही करेगा। कामकाज की बात ही सबसे महत्त्व की है। अब वह अगले हफ्ते बोर्ड बनाकर ही ले जायेगा, और काम पसंद आया तो और भी काम की माँग करेगा।

लेकिन वह अधबना लकड़ी का तख्ता ही साइकिल से बाँधकर न्यू ब्लॉक के उसके

दफ्तर में दिखाने ले गया। उस समय वहाँ दो-तीन लोग मौजूद थे और सब धीमी आवाज़ में बातचीत कर रहे थे। वह कमरे में घुसा तो सब चुप हो गये। यह देखकर वह दरवाज़े पर ही रुक गया और बोला, 'आप कहें तो मैं बाद में आ जाऊँगा।'

'ठीक है', डेज़ी ने खुश्की से कहा। फिर उसके हाथ में बोर्ड देखकर बोली, 'यह हमारा बोर्ड है?'

'जी, लेकिन यह नमूना ही है, आपको दिखाने के लिए।'

'इसे यहीं रख दो और', अपनी घड़ी पर नज़र डालकर उसने कहा, 'आधे घंटे बाद आ जाना।'

'मैं आकर खुद ही इसे खोलूँगा। अभी यह गीला है', यह कहकर उसने बोर्ड दीवार से टिका दिया। फिर घूमकर निकला और दरवाज़ा बंद कर बाहर चला गया। वह छह दिन बाद उसके पास आया था, और उसने भी उसे देखकर कोई विशेष भाव व्यक्त नहीं किया। अच्छा ही रहा। उसने अपनी नज़र उस पर नहीं डाली, यह भी अच्छी बात हुई, नहीं तो महात्मा गाँधी का आदेश मानकर उसे अपनी नज़र एकदम पैरों की तरफ़ करनी पड़ जाती। दरअसल आँख ही सभी शैतानियों की जड़ है। आँख जो देखती है, उसी पर दिमाग़ दौड़ लगाने लगता है। सामने जो दृश्य होता है, विचार उसी का चक्कर लगाते हैं। वह रंगीन चश्मा लगाना शुरू कर देगा जिससे पता ही न चले कि किधर देख रहा है।

वह मार्केट रोड पर टहलने लगा। यहाँ की एक खाली गली में बहुत-सी छोटी-छोटी दुकानें खुल गई थीं, जिनमें रोज़मर्रा की ज़रूरतों की छोटी-बड़ी चीज़ें, जैसे बिजली का सामान, कफ़लिंक्स वगैरह, भरी पड़ी थीं, जो सब ज़्यादातर विदेशी माल होता था और स्मगिल करके, समुद्र के खाली पड़े तटों पर जहाज़ों को उतारकर यहाँ लाया और सस्ती कीमतों पर बेचा जाता था। उसके मन में यह ख्याल पैदा हुआ कि यहाँ अगर यह साइन बोर्ड लगाया जाये—'स्मगलर्स बाज़ार—सस्ता विदेशी माल'—तो कैसा रहे? इसका साइन बोर्ड वह हलके नीले रंग के ऊपर बनायेगा जिससे समुद्र की भावना भी पैदा हो। लेकिन यहाँ के व्यापारी हमेशा आते-जाते और बदलते रहते थे, और नये-नये नामों से व्यापार करते थे, इसलिए यह प्रस्ताव शायद उन्हें मंज़ूर नहीं होगा। साइन बोर्ड हर व्यापार को एक मज़बूती दे देता है, स्थायी बना देता है, और इसीलिए उसे डेज़ी के प्रयत्न अच्छे लगे थे। वह भी अपना काम पक्के ढंग से करना चाहती थी। लेकिन डेज़ी के बारे मे सोचते ही उसकी नब्ज़ तेज़ चलने लगी थी। उसने अपने आप से कहा, शांत हो जाओ। उसे अपने को बदलना होगा। उसने, जो चीज़ खरीदने के लिए वह यहाँ आया था—रंगीन चश्मा, उसे देखना शुरू किया। सामने ही चश्मों से लदा स्टाल नज़र आया। उसने एक चश्मा उठाकर अपनी आँखों पर लगाया और सामने देखा! काफ़ी गहरे रंग के भीतर से उसे दुकानदार

का चेहरा बहुत अजीब-सा नज़र आया—मोटे ओंठ, चौकोर नाक, ठोढ़ी नदारद, वह पहचान में ही नहीं आ रहा था। बस, यही ठीक रहेगा। 'क्या क़ीमत है इसकी?' उसने पूछा।

'पचास रुपए...'

'इतनी ज़्यादा। मैं दस दूँगा।...'

'यह हांगकांग से आया है। अच्छा पंद्रह...'

'बारह,' और सौदा हो गया।

दो लोग चश्मे का सौदा होते देख रहे थे। एक ने कहा, 'अच्छी चीज़ है...।' रमन ने चश्मा लगाकर उन्हें देखा। दोनों के चेहरे बंदर जैसे नज़र आये। चश्मा उतारकर उन्हें देखा तो वे ठीक-ठाक आदमी लगे। ठीक है, उसे ऐसा ही चश्मा चाहिए। आज वह विशेष वस्त्र पहनकर आया था—धोती और धारीदार कोट—जिससे डेज़ी उसे गंभीरता से ले।

ठीक आधे घंटे बाद वह आफ़िस में लौट आया। जब वह ऊपर चढ़ रहा था, डेज़ी से मिलने आये लोग नीचे उतर रहे थे। वह चश्मा लगाकर ही उसके कमरे में घुसा, जिससे वह यह समझे कि यह बदशक्ल आदमी फिर आ गया। वह उसका इन्तज़ार कर रही थी। उसने कुछ कहा नहीं, सिर्फ बोर्ड पर चढ़ा कागज़ उतारकर बोर्ड उसके सामने कर दिया। वह उठकर सामने आ खड़ी हुई—उसके शरीर में से निकलती विशेष सुगंध वातावरण में फैल गई।

'अच्छा है', उसने कहा। 'शब्द भी बड़े हैं जो दूर से पढ़ने में आ जायेंगे।'

'पचास फीट से—अक्षरों का यह आकार इतनी दूरी के लिए है, हालांकि यह खर्चीला ज़्यादा है—ज़्यादा पेन्ट लगता है इन्हें बनाने में, और टाइम भी...।' फिर बोला, 'यह तो प्रूफ़ है—जब फ़ाइनल हो जायेगा, तब एकदम परफेक्ट लगेगाा।'

'परफ़ेक्ट?' उसने भौंहे उठाकर कहा। अब तक रमन उससे नज़र नीची करके ही बात कर रहा था, अब उसने आँखें उसके सामने कीं, और चश्मे के भीतर से उसे ध्यान से देखा। उसे लगा कि डेज़ी के जबड़े ज़रा भारी हैं और अच्छे नहीं लगते, और माथा भी ज़रा झुकता हुआ है। हांगकांग के चश्मे वाले ने बहुत कलात्मक काम किया है, अब तो यह भयंकर लगती है। मन साफ़ रखने के लिए यह तो गाँधीजी के उपाय से भी अच्छा है। अब यह दाँत निकाले राक्षसी की तरह लगती है। उसे रामायण की कहानी याद आ गई और वह सोचने लगा कि राम को शूर्पणखा भी ऐसी ही लगी होगी। इसके दाँत टेढ़े-मेढ़े और बाहर निकले हुए थे। वह मन-ही-मन मुस्कराया। वह अपने डरावने मुँह से कह रही थी, 'इसमें अब तुम कुछ और करना चाहोगे या इसी तरह फ़िनिश कर दोगे?'

'यह तो आप ही मुझे बताइये। मैं इसके चारों तरफ लाल रंग का एक घेरा

डाल सकता हूँ, जिससे त्रिकोण का प्रतीक और भी निकलकर सामने आ जायेगा। यह चिह्न आपको ठीक लगता है?'

उसने इसे ध्यान से देखना शुरू किया—पहले पास जाकर देखा, फिर दूर खड़े होकर। जब-जब वह यहाँ से वहाँ उसकी बगल से होकर गई, उसकी नमकीन गंध ने रमन के मन को विचलित कर दिया, और उसका निश्चय डावाँडोल होने लगा।

'आप कहें तो अक्षरों के साथ मैं सीपिया का शेड मार दूँ, इससे वे कलात्मक दिखने लगेंगे।'

'ठीक है, अच्छे लगें तो कर दो। मुझे विश्वास है कि तुम काम बढ़िया ही करोगे। फ़िनिश करने में कितना वक्त और लगेगा?'

'अगले हफ्ते आज के ही दिन। मौसम आज जैसा ही सही रहा तो तब तक यह सूख भी जायेगा।' डेज़ी ने उसकी धोती और धारीदार कोट पर ध्यान नहीं दिया। 'अब मैं इसे बाँध लूँ?' उसने सिर हिलाया तो रमन ने बोर्ड पर कागज़ लपेटा और उसे लेकर चलने को हुआ।

अचानक डेज़ी ने पूछा, 'क्या तुम्हें जाने की जल्दी है?'

यह सुनकर क्षण भर के लिए वह ठिठका। अगर वह 'हाँ' कह देता, तो आनेवाले दिनों में उनकी ज़िंदगी में काफ़ी परिवर्तन हो जाता, लेकिन वह सोचता रहा कि 'हाँ' कहे या 'ना', और डेज़ी ने ही यह कहकर जैसे फैसला कर दिया, 'आकर ज़रा देर बैठो,' और वह चुपचाप उसके पीछे चल पड़ा। डेज़ी मेज़ के पीछे अपनी कुर्सी पर जाकर बैठ गई और ज़रा देर तक उसे देखती रही। फिर अचानक बोली, 'यह चश्मा क्यों लगाया है? इस समय कमरे के भीतर इससे तुम्हें परेशानी नहीं होती?

उसे कुछ जवाब तो देना ही था, इसलिए उसने कहानी गढ़ी, 'आँख में धूल पड़ गई थी...'

'उससे तकलीफ़ होती है?' डेज़ी ने पूछा।

'कुछ-कुछ,' उसने सामने देखे बिना कहा।

अचानक डेज़ी अपनी सीट से उठी और रमन के पास आकर उसका चश्मा उतारकर उसकी आँखों में देखने लगी। यह काम इतनी तेज़ी से हुआ कि जब तक डेज़ी वापस लौटकर अपनी कुर्सी पर बैठ नहीं गई, तब तक रमन यह समझ ही नहीं सका कि यह क्या हो रहा है।

'मुझे तो कुछ दिखाई नहीं दिया। तुम अपनी आँखों को धो लेना।...मुझे डॉक्टरी की भी कुछ ट्रेनिंग मिली है, जानते हो?'

'यह तो बहुत अच्छी बात है। तकलीफ़ हुई तो मैं आपके पास आ जाऊँगा,' रमन ने कहा।

लेकिन डेज़ी ने उसका चश्मा वापस नहीं किया था। वह उसे लेकर सीट पर

आई, रोशनी में उसे देखा, ऊपर-नीचे हिलाया और कहा, 'इसे तुम फेंक दो। इसके लैंस खराब हैं, टेढ़े-मेढ़े हैं। इससे तुम्हारी आँखें खराब हो जायेंगी।'

'हांग-कांग में बना है,' रमन ने बचाव करते हुए कहा।

'और कहाँ बना होगा!' डेज़ी बोली, और रमन समझ नहीं सका कि उसका मतलब क्या है।

उस रात रमन बिस्तर पर पड़ा तड़पता रहा। डेज़ी ने उसे छुआ था, जिससे उसका ब्लड प्रेशर काबू से बाहर हो उठा था, और उसकी गंध ने तो उसे पागल ही कर दिया था। जब वह उसकी नाक पर लगे चश्मे को निकाल रही थी, तब रमन ने उस पर चोरी से एक नज़र डाली थी, लेकिन वह इतने ज़्यादा पास खड़ी थी, कि वह उसे साफ़-साफ़ देख ही नहीं पाया, फिर भी उसके व्यक्तित्व के कुछ पहलू उसे बहुत अद्भुत लग रहे थे। उसने अपने आप से कहा, कि मुझे इस प्रभाव से मुक्त होना चाहिए। कल तक मैं एक स्वतंत्र व्यक्ति था, और मेरा दिमाग़ फ़िज़ूल की बातों से दूर रहता था। लेकिन आज मैं कुछ और सोच ही नहीं पाता। और अब तो उसने मेरा चश्मा ही छीन लिया है, जिससे मेरा मन शांत बना रहता था। रात भर वह बिस्तर पर करवटें बदलता रहा। उसे तरह-तरह के सपने आते रहे, और सब में वह औरत शामिल थी। वह बार-बार यही कहती थी, 'राजा, मेरे पास आओ।' उसके बदन पर कपड़े भी नहीं थे। जब वह जागा, उसे अपने ऊपर शर्म आई। सारी ज़िंदगी मेहनत करके उसने अपने ऊपर आत्म-नियंत्रण का जो कवच खड़ा किया था, वह अब टूटने लगा था। विवाह करने के अनेक अवसरों के बावजूद उसने अविवाहित रहने का निर्णय किया था, और किसी भी लड़की के साथ रोमांस भी नहीं किया था। नागपुर के उस एकाउंटेन्ट जनरल की बेटी—कितनी ज़्यादा खूबसूरत थी वह!—शिक्षित, सुसंस्कृत, लंबी, बिलकुल फिल्मी हीरोइन की तरह चमकती-दमकती। पिछले साल इन लोगों ने उसे फँसाने की कितनी कोशिश की थी, उस आदमी ने अपनी बेटी को आनंद भवन के उसके कमरे में एकदम अकेला छोड़ दिया था, लेकिन उसने लड़की से अपनी दूरी बनाये रखी थी, और विवाह का प्रस्ताव केवल इस कारण ठुकरा दिया था, कि उसने आजीवन स्त्री के संपर्क से दूर रहने का फैसला पहले ही कर लिया था। वह यह स्थापित करना चाहता था कि मनुष्य के जीवन में स्त्री-पुरुष का संबंध एकदम अनिवार्य नहीं है, उसे इससे भी ज़्यादा महत्त्वपूर्ण काम करने होते हैं।

लड़कियाँ तो एक के बाद दूसरी आती ही चली गईं। जब वह काम के सिलसिले में कॉलेज जाता, तो उसे देखकर आवाज़ें कसने वाली लड़कियाँ, अपनी बेटियों की कुंडलियाँ लेकर चक्कर लगाने वाले उनके बाप, बहुत-सी वे औरतें जो उसे देखकर इस तरह रुक जातीं, जैसे उसके इशारे पर साथ जाने को तैयार हों। लेकिन इन सबके बावजूद वह अपने निश्चय पर अडिग रहा। वह अक्सर अपने आप से कहता,

ये जितनी ज़्यादा कोशिश करेंगे, उतनी ही ज़्यादा सख़्ती से वह इनका प्रतिकार करेगा। आदम ने जो ग़लती की थी, उससे मानवता को हुई हानि के बाद उसने फिर यह ग़लती न दोहराने का पक्का निश्चय कर लिया था। अगर आदम दृढ़ व्यक्ति होता, तो जीवन का नक्शा ही एकदम बदल गया होता। प्राचीनतम काल से हमारा मस्तिष्क कहानी-लेखकों, कवियों, नाटककारों और ऐसे ही दूसरे लोगों की रचनाओं के द्वारा निर्मित और प्रभावित है, जिनके पास प्रेम के अलावा लिखने के लिए और कोई विषय ही नहीं है—क्योंकि यही विषय सबसे ज़्यादा आसान लगता है। मेरा यह दर्शन ही मेरा हथियार है और इसी के कारण मैं सबसे विलक्षण व्यक्ति हूँ लेकिन अब मैं पराजय की कगार पर आ खड़ा हुआ हूँ! क्या यह सच है?

हाँ, उसकी आत्मा ने सच बोलते हुए कहा। तुम ठीक सोच रहे हो। अब तुम एक भिन्न श्रेणी में आ खड़े हुए हो। तुम ईमानदार आदमी हो। अपने विचारों को खँगालो, तुम्हारे भीतर क्या है, इसकी जाँच करो, देखो, वहाँ पर क्या छिपा है।

जब तुम उससे अपने साइन बोर्ड की लंबाई-चौड़ाई की चर्चा करते हो, तब तुम उसके शरीर का एक-एक इंच ध्यान से देखने की कोशिश करते हो। उसके शरीर पर जो कपड़े होते हैं, उनका तुम्हारे लिए कोई अस्तित्व नहीं रहता; तुम अचानक उसके भीतर देख लेना चाहते हो, चाहते हो कि तेज़ हवा चले और उसके कपड़े उड़ जायें; जब वह अपनी कुर्सी पर बैठी होती है, तुम चाहते हो कि काश! वह तुम्हारी गोद में बैठी होती; जब वह बात करती होती है, तुम कल्पना में उसका चुंबन लेते हो। स्त्री-जीवन की यही त्रासदी है—बिस्तर के ऊपर या बाहर, सब जगह वह उपभोग की वस्तु है। आप तब तक उन्हें सामान्य दृष्टि से नहीं देखते, जब तक वे साठ की उम्र नहीं पार कर जातीं और उनके शरीर पर झुर्रियाँ पड़ जाती हैं। क्या तुम्हें उस औरत का चेहरा कभी याद आता है, जिसकी जाँघें तुमने नदी की सीढ़ियों पर देखी थीं और जिसपर तुम बहुत दिनों तक विचार करते रहे थे?

यह सोचता-सोचता वह बिस्तर पर उठकर बैठ गया, और अपने से बोला, मेरी हालत काफ़ी ख़राब है। मुझे किसी बात से ज़बरदस्त धक्का लगा है, और अगर इस दुनिया में मुझे भले आदमी की तरह रहना है, तो मुझे इससे बाहर निकलना पड़ेगा। मुझे चाहिए कि उसका काम खत्म करके उसे बिलकुल भूल जाऊँ, उसकी तरफ़ नज़र डाले बिना यह काम पूरा कर दूँ।

इन विचारों से मुक्ति पाने के लिए उसने रोशनी जलाई और 'प्लान्टर्स स्टोरी' किताब उठाकर पढ़ने की कोशिश करने लगा। उसके सामने किताब खुली थी, लेकिन उसका दिमाग़ भटक रहा था और रबड़ की तरह झटककर सड़कों, घरों और अँधेरे की बाधाओं को पारकर नंबर सात के तीसरे क्रास पर बने आउटहाउस में पहुँच जाता। क्या वह भी मेरे बारे में सोच रही होगी? यह कल्पना उसे अच्छी लगती थी।

दूसरे कमरे से उसकी चाची ने आवाज़ लगाई, 'अभी तक सोये नहीं? जाग ही रहे हो?'

उसे हमेशा की तरह झुंझलाहट महसूस हुई, हालांकि उसके प्रेम-रोग में इससे क्षण भर के लिए व्यवधान भी पैदा हुआ। उसने गुस्से में भरकर रोशनी बुझा दी। बुढ़िया चाहती है कि इसे मैं अपनी सारी बातें बताता रहूँ। मुझे कोई आज़ादी ही नहीं है। अँधेरा छा गया तो उसने सोचा, कि शायद यही सच्चा प्रेम रोग है। मैं जब कभी कहानियों में इसके बारे में पढ़ता था, तब मुझे हँसी आती थी, पर अब...

बोर्ड जब सूखकर पूरी तरह तैयार हो गया, तब वह उसे अच्छी तरह बाँधकर उसके दफ़्तर ले गया। बाँहों में उसे दबाये सीढ़ियों पर चढ़ा और सोचता गया कि इस बार सिर्फ़ काम की बात करेगा, इसके अलावा कुछ नहीं बोलेगा। आँख जो देखती है, उस पर दिमाग़ चलने लगता है, फिर शरीर उसकी आज्ञा मानकर बेक़ाबू हो जाता है।

डेज़ी ने उसे देखते ही कहा, 'मैं सोच रही थी कि अब तुम नहीं आओगे। तुम्हें क्या हो गया था?'

उसने सामने न देखते हुए कहा, 'मैं ज़रा बिजी था।' वह सोच रहा था, यह औरत हिप्नोटाइज़ कर देती है, इसलिए जहाँ तक संभव हो इसकी नज़र से दूर रहना ही सही है। 'अब यह तैयार है', यह कहकर उसने बोर्ड का कागज़ उतारा और दीवार के सहारे उसे खड़ा कर दिया–जैसे कलाकार अपनी नई कृति प्रदर्शित करे।

डेज़ी ने उसे पहले दूर से देखा, फिर पास आकर ज़्यादा नज़दीक से निरीक्षण किया, और कहा, 'अच्छा है।'

रमन ने यथासंभव व्यापारिक लहज़े में पूछा, 'आप चाहेंगीं कि मैं इसे टाँग भी दूँ?'

'हाँ, आओ मैं तुम्हें जगह बताती हूँ।' यह कहकर वह वरांडे की तरफ चली और सड़क से लगी दीवार पर एक जगह इशारा किया। रमन ने उसकी दिखाई जगह पर नज़र बनाये रखने की कोशिश की, हालांकि उसकी इच्छा हुई कि सूरज की इस खुली रोशनी में वह चुड़ैल डेज़ी के शरीर को और उस पर बनने वाले घुमावों को, जो छज्जे पर उसके झुकने के कारण बन-बिगड़ रहे थे, ध्यान से देखे। उसने सोचा कि यह चुड़ैल है, जो मुझे खाने के लिए तैयार हो रही है। इससे मुझे सावधान रहना चाहिए। वह कह रही थी, 'यह जगह सबसे सही है। लेकिन यहाँ तक तुम पहुँचोगे कैसे?'

वह नज़रें नीची किये उसके पास पहुँचा और नीचे की तरफ़ देखा। यहाँ से

मार्केट रोड पर चलती-फिरती भीड़-भाड़ को देखना बहुत अच्छा लग रहा था, जैसे रंग-बिरंगी फिल्म चल रही हो। वह कुछ क्षण यह दृश्य देखता रहा, और उसे लगा कि डेज़ी उसे गुपचुप देख रही है। उसने पूछा, 'यहाँ कीलें ठोंक दूँ?'

'हाँ, क्या कुछ मदद का इन्तज़ाम करूँ?'

'नहीं,' वह बोला। 'बोर्ड लगाना भी मेरे काम का हिस्सा है। मैं कर लूँगा। आप को यहाँ इन्तज़ार करने की ज़रूरत नहीं है, आप दफ़्तर में अपना काम कीजिये।' डेज़ी के चेहरे पर एक सूखी मुस्कान उभर आई। रमन को लगा कि वह ज़्यादा बोल गया है। छज्जे पर झूलते हुए जगह की जाँच में लगे उसे लगा कि वह हीरो की तरह काम कर रहा है। पेंसिल और फुटरूल निकालकर उसने एक लाइन खींची और पूछा, 'यह जगह सही रहेगी?' डेज़ी ने सिर नीचे झुकाकर देखने की कोशिश की, तो वह रमन के सिर को छूने लगा, और उसके शरीर की गंध उसके नथुनों में समा गई, जिससे उसकी इन्द्रियाँ बेकाबू होने लगीं, और उसका निश्चय टूटने लगा। उसने अपने से कहा, इसका शरीर कितना लहरदार है!

वह बोली, 'यहाँ ठीक है। लेकिन, तुम्हें वहाँ खड़े देखकर मैं नर्वस हो रही हूँ।'

उसे यह सुनकर अच्छा लगा, कि डेज़ी उसके लिए चिंतित है। अगर मैं गिर पड़ूँ, तो इसे कैसा लगेगा? मैं इसके लिए क्या हूँ? ये चालाक औरतों की चालें तो नहीं हैं? इनसे प्रभावित नहीं होना चाहिए। वह कूदकर वरांडे में आ गया और बोर्ड उठाने के लिए कमरे में गया। फिर गाँधी जी की तस्वीर-छपे अपने थैले से कीलें और हथौड़ा निकाला। इस पर डेज़ी ने पूछा, 'मैं इसे सँभालूँ?' तो उसने 'ना' में सिर हिला दिया। एक हाथ में बोर्ड थामे वह छज्जे पर कूदकर पहुँचा और कुछ ही मिनट में बोर्ड को सही जगह पर मज़बूती से लगा दिया। फिर चेहरे पर मुस्कान लिये अपनी जगह वापस लौट आया।

जेब से रूमाल निकालकर उसने पसीना पोंछा। बोला, 'बोर्ड लग गया है।' डेज़ी छज्जे पर झुककर उसे देखने लगी, तो उसने उसकी खुली पीठ और कमर से अपनी नज़र आधी हटा ली। पूछा, 'ठीक लगा है?' इसके बाद तुरंत ही जोड़ा 'आप चाहें तो नीचे सड़क पर चलकर इसका मुआयना करें, तब सही पता लगेगा।'

इस सुझाव से वह खुश नज़र आई। रमन ने अपना थैला उठा लिया और उसके साथ नीचे जाने को तैयार हो गया। पहले उसे उतरने देने के लिए वह रास्ता छोड़कर बगल में चला गया। उसे लगा कि यहाँ ज़्यादा रोशनी है, जिसमें वह उसके शरीर को ज़्यादा स्पष्ट देख सकेगा, हालांकि तुरंत ही उसने इस विचार को दबाने की कोशिश की। फिर उसके पीछे-पीछे उतरने लगा, और उसका शरीर न देखे, इस कोशिश में बराकर अपने पैरों पर ही नज़र गढ़ाये रहा। नीचे उतरकर वे इमारत से

बाहर आये, तो बहुत से लोग पटरी पर खड़े नया साइन बोर्ड देख रहे थे और उस पर टिप्पणियाँ कर रहे थे। कुछ लोग उसे ज़ोर-ज़ोर से पढ़ रहे थे। ये दोनों सड़क पारकर दूसरी ओर गये और सिर उठाकर ऊपर देखने लगे। सूरज की भरपूर रोशनी में उसके चेहरे पर रमन की नज़र पड़ी तो उसने देखा कि रंग उसका वही है जो कमरे में दिखाई देता था, बस, ऊपरी ओंठ पर ज़रा हलका है, और दायें गाल पर एक मुँहासे का निशान है। हाँ, उसकी आँखों में ज़रूर एक चमक आ गई थी। यह चमक उसे अस्वाभाविक सी लगी, जो उसके चुड़ैल होने का निश्चित प्रमाण था। यानी इससे उसे अपनी रक्षा करनी होगी। डेज़ी ने बोर्ड को देखते हुए कहा, 'बहुत साफ़ है, अक्षरों का शेड भी अच्छा लगता है।'

'इसे देखकर अब ज़्यादा लोग मिलने आयेंगे और आपको बिज़ी रखेंगे', उसने यह सोचकर कि कोई खुशनुमा बात कहनी चाहिए, यह कहा। और जो हो, अब तो उसे उससे विदा ही लेनी थी। दोनों इमारत की तरफ़ वापस लौटे, तो रमन के दो-तीन परिचित उसकी तरफ़ देखकर मुस्कराये, सिर हिलाया, और आगे बढ़ गये। साइन बोर्ड देखकर ज़्यादातर लोग मुस्करा ही रहे थे। इमारत के नीचे पहुँचकर रमन ने साइकिल उठाई और जाने को हुआ।

'तुम्हारा बिल?' उसने पूछा।

'मैं डाक से भेज दूँगा और आप भी चेक से पेमेन्ट कर देना।' यह कहकर वह बोला, 'धन्यवाद, नमस्ते।'

उसने कहा, 'इस काम के लिए धन्यवाद', और सीढ़ियों पर चढ़ने लगी।

यह बीत जायेगा, सच बात है, रमन ने अपने से कहा। बीत ही गया है, और मैं बच गया हूँ। अब मिलने की ज़रूरत नहीं। वह तेज़ी से साइकिल चलाकर बोर्ड लैस होटल के अपने साथियों में आ मिला, और उसने संतोष की साँस ली कि अब उसे ऐसे लोगों के संपर्क मे नहीं आना पड़ेगा जिनसे उसके व्यवहार पर असर पड़ता है, जिनके कारण वह अजीब तरह की हरकतें करने लगता है, और अब वह ऐसे लोगों के साथ है जिनके सामने वह सोचे-विचारे बिना भी बोल सकता है, गैरजिम्मेदारी का व्यवहार कर सकता है, चाहे तो गंदी बातें भी कर सकता है और जनसंख्या-नियंत्रण पर मज़ाक भी कर सकता है। इस महिला के सामने उसे जिस गंभीरता और शालीनता से व्यवहार करना पड़ता था, वह उसे ज़रा भी रास नहीं आता था, और जिसके कारण उसके मन पर ऐसे गहरे प्रभाव पड़ने लगे थे जो उसे बड़ी परेशानी में डाल देते थे—और जिससे यह भी साबित होता था कि यह स्त्री चुड़ैल है। छज्जे पर चढ़ते समय उसके लिए चिंता व्यक्त करना, बोर्ड या थैला पकड़ते समय सहायता करने का बहाना बनाना, यह सब उसे काबू में लाने की कोशिश के अलावा और क्या था? लेकिन वह ऐसी चालाकियों के छलावे में आनेवाला इंसान नहीं था। शायद

वह यह चाहती थी कि दोनों के हाथ छू जायँ। और छज्जे पर झुकते हुए चोली का एक तरह से फटने लगना—यह सब क्या था? कितना अजीब था यह दृश्य! वह इन सब बातों को समझ रहा था और उसमें इस सबसे बचने लायक दृढ़ता भी थी, नहीं तो उसका दफ़्तर न जाने कब प्रेम-प्यार का कमरा ही बन गया होता। इस सबसे बच निकलने के लिए उसने अपने को बधाई दी, विशेष रूप से अंत में बोले गये बिल संबंधी अपने शब्दों के लिए—कितने कम और साफ़ शब्दों में उसने कह दिया कि डाक से यह काम हो जायेगा। वह देख रहा था कि उसके शब्दों की सख्ती से वह चकित रह गई थी। साइकिल चलाते हुए हमेशा की तरह उसका दिमाग़ बहुत व्यस्त था, इस समय वह विश्लेषण कर रहा था; देखा जाय तो इसमें भी बहुत अतिशयोक्ति थी और बहुत कुछ गलत भी था, लेकिन एक तरह से यह उसकी संपूर्ण समर्पण की स्थिति की प्रतिक्रिया ही थी, जिससे उसको अब यह लग रहा था कि वह कमज़ोर न होकर दृढ़ व्यक्ति है और जो किसी ग़लत बात से प्रभावित नहीं हो सकता। जब मुझे पत्नी की आवश्यकता होगी, मैं सोचूँगा कि क्या किया जाये; हर काम सही वक्त पर होना चाहिए। मुझे उस पहली औरत को स्वीकार नहीं कर लेना चाहिए, जो मेरी तरफ़ आती है—उसने अपने को यह हिदायत दी, और इसी तरह की बातें सोचते हुए वह बोर्डलैस होटल के अपने साथियों के बीच जा पहुँचा, और उनके साथ काफ़ी पीने लगा।

2

यह ज़रा कठिन क्षण था। इस वक्त वह किसी आगन्तुक से मिलने के लिए तैयार नहीं था, और इस लड़की से तो मिलने के लिए बिलकुल ही नहीं। वह दोपहर के बाद की नींद ले रहा था, कविता की एक किताब पढ़ते-पढ़ते वह सो गया था। चाची ने उसे जगाया, 'राम...उठो बेटा। कोई लड़की मिलने आई है।...कौन है यह?'

'मैं क्या जानूँ?' नींद में झूमते हुए उसने कहा। 'उससे खुद बात कर लो, मैं अभी नहीं उठूँगा।' करवट बदलकर वह फिर सो गया। कुछ देर तक वह चाची के वहाँ खड़े होने का आभास लेता रहा, फिर वह आवाज़ बंद हो गई। दोबारा जब वह जागा तो किचेन में उसे एक नई आवाज़ सुनाई दी। वह उठ बैठा और उस ओर गया। किचेन के बाहर चटाई पर बैठी डेज़ी काफ़ी पी रही थी। अरे बाप! यहाँ भी आ गई! अब इस हालत में मुझे देखेगी! किचेन के भीतर से चाची की आवाज़ सुनाई दे रही थी। हमेशा की तरह वह उसे अपनी कहानी सुना रही थी। इस वातावरण में डेज़ी भी घरेलू लड़की की तरह व्यवहार कर रही थी, छोटी सी चटाई पर आराम से बैठी, उसकी पीठ रमन की ओर थी। वह सिर्फ धोती पहने था, बाकी बदन एकदम खुला था। उसने सोचा, इस वक्त अच्छा दिखने के लिए कपड़े पहनने की ज़रूरत नहीं है; वह उसे इस तरह देख लेगी तो ठीक ही होगा, उसके बारे में कोई ग़लतफहमी नहीं रहेगी, उसके प्रेम-रोग को उतारने के लिए—अगर वह इससे पीड़ित है, तो—यह सबसे अच्छा उपाय साबित होगा—शक्ल बदलने वाले चश्मे के बजाय यही उपाय ज़्यादा सही है। वह हलके कदमों से वापस लौट आया, चाची को उसकी भनक भी नहीं लगी। नहीं तो वह ज़रूर आवाज़ लगाती। वह कहे जा रही थीं, 'मेरे बाबा पूना से सारे रास्ते पैदल चलकर आये...।' यह लंबी कहानी थी, रमन सोचने लगा कि डेज़ी उससे मिलने घर तक क्यों आई है। साइन बोर्ड उसके दफ़्तर की दीवार पर टाँगने के बाद उसने उससे बात भी नहीं की थी। काम का बिल उसने डाक से भेज दिया था। इस बात को भी दो हफ्ते गुज़र गये थे। इसके बाद उसने पहले की तरह अपनी ज़िंदगी बितानी शुरू कर दी थी : पेन्ट करना, पढ़ना, राजनीति की

समीक्षा करना और बोर्डलैस होटल में गपशप करना। उसका ख्याल था कि उसका चेक भी डाक से आ जायेगा, इसलिए उसने परिवार नियोजन के दफ़्तर का रुख़ भी नहीं किया था। उसने प्रयत्नपूर्वक डेज़ी का विचार भी मन में नहीं आने दिया था। वह अपनी गंभीरता बनाये रखना चाहता था। लेकिन डेज़ी तो खुद उसके घर आ गई थी। उसका दिमाग़ कुछ समझ नहीं पा रहा था। उसने सोचा कि अगर वह कपड़े पहनकर यहीं से कहीं खिसक जाये, तो कोई मुसीबत तो नहीं खड़ी हो जायेगी। सच बात तो यह है कि वह खुद यहाँ आई है, मैंने तो नहीं बुलाया है। चाची ने उसे बिठाया और बातें भी कर रही है, तो वही उसे विदा भी कर देगी।

लेकिन आधे घंटे में उसने हाथ-मुँह धोया, कपड़े पहने, अपने को सजाया-सँवारा और महारानी से मिलने को तैयार हो गया। वह अब भी उसी तरह रमन की तरफ़ पीठ किये बैठी थी और मज़े से चाची की दास्तान सुन रही थी। अब तक बाबा की यात्रा खत्म हो गई होगी और उनकी रखैल घर छोड़ रही होगी। रमन ने ज़रा ज़्यादा ही उत्साह से कहा, 'वाह! कितनी खुशी की बात है कि आप यहाँ आईं। माफ़ कीजियेगा, मैं सो रहा था।'

डेज़ी उसकी तरफ़ मुड़ी और बोली, 'तुम्हारी चाची, ने मुझे बिज़ी रखा। वक्त बीतने का पता ही नहीं चला।'

चाची भी रसोई से बाहर आ गई और कहने लगी, 'इन्होंने मुझे अपने काम के बारे में बताया। बच्चे क्या ईश्वर की इच्छा से पैदा नहीं होते?'

रमन बोला, 'लेकिन, हमारी सरकार ईश्वर से सहमत नहीं है।' डेज़ी इस मज़ाक की उपेक्षा करती उठ खड़ी हुई। रमन ने फुर्ती से कहा : 'माफ़ कीजियेगा, हमारे यहाँ कुर्सियाँ नहीं हैं। हम चटाई से ही काम चलाते हैं।'

वह बोली, 'हम किस पर बैठें, इससे क्या फ़र्क पड़ता है! मेरे लिए सब बराबर है। अठारह की उम्र तक मैंने कुर्सी देखी तक नहीं थी। हमारे गाँव में किसी के घर में कुर्सी नहीं थी, सिर्फ मुंसिफ़ के, जिसके यहाँ एक कुर्सी थी। और वह भी तभी बाहर निकाली जाती थी, जब कलक्टर साहब मुआयना करने आते थे।'

चाची बोली, 'कुर्सियाँ बदन और जोड़ों के लिए खराब हैं; उनसे लोगों की लचक कम हो जाती है। ज़मीन पर उठने-बैठने से ही आदमी मोटापे से बचा रहता है।'

'जो मोटे हैं, वे चाहे कुर्सी पर बैठें या ज़मीन पर, उन्हें कोई फ़र्क नहीं पड़ेगा...', डेज़ी ने विरोध करते हुए कहा। इस पर रमन बोला, 'मुझे तो यही अच्छा लगता है और इसके बदले मैं महल भी पसंद नहीं करूँगा।'

डेज़ी ने उठकर अपना हैंड बैग खोलकर एक लिफ़ाफ़ा निकाला और रमन को उसे देते हुए कहा, 'मैंने सोचा मैं खुद ही चैक दे जाऊँ। तुम्हारे पत्र पर पता भी लिखा था...'

रमन ने 'धन्यवाद' बुदबुदाते हुए लिफ़ाफ़ा ले लिया और उसे अपने कमरे में ले गया। वहाँ चटाई पर उसे बैठाकर कहने लगा, 'मैं चाची को उसकी इच्छा के अनुसार घर चलाने देता हूँ, उसके काम में दख़ल नहीं देता। यह हमारा पुश्तैनी घर है।'

'पीछे नदी बह रही है, यह कितना अच्छा है! मैंने पहली बात यही नोट की,' डेज़ी बोली। फिर थोड़ी देर बाद कहने लगी, 'क्या तुम मेरे साथ गाँवों में कुछ काम करने को तैयार हो? मैं यही जानने के लिए आई हूँ। ग्रामीण क्षेत्रों में काम करने का हमारा काफ़ी बड़ा प्रोग्राम है।'

'इसमें मुझे क्या करना होगा?'

'मैं आसपास के गाँवों का दौरा करने के लिए निकल रही हूँ। उनमें मुझे ऐसी जगहों की तलाश करनी है, जहाँ दीवारों पर स्थायी रूप से परिवार नियोजन का संदेश लिखा जा सके। हेड आफिस चाहता है कि एक परिवार का चित्र बनाया जाये, जिसमें दो बच्चे हों, और उस पर लिखा हो : ''हम दो, हमारे दो–छोटा परिवार, सुखी परिवार,'' यह स्थानीय भाषाओं में लिखा जाना चाहिए।'

रमन उसकी गंभीरता को समझ नहीं सका और यह बात सुनकर हँसने लगा।

डेज़ी ने इसका बुरा माना और बोली, 'इसमें हँसने की क्या बात है?'

रमन ने सफाई देने के लिए कहा, 'नहीं, नहीं, मैं आपकी बात पर नहीं हँसा। मैं तो चाची की किसी बात पर हँस रहा था।'

'चाची ने क्या कहा?' डेज़ी ने तल्ख़ी से पूछा। उसका चेहरा थोड़ा लाल पड़ गया था। उसे लग रहा था कि उसके विश्वास को तोड़ा जा रहा है। उसका उत्साह मिशनरी की तरह था। 'तुम्हें दिखाई नहीं देता कि स्थिति कितनी भयंकर होती जा रही है, हर जगह भीड़ है, भोजन, घर, बस, दवा और सब चीज़ों के लिए क़तारें लगी हैं, हज़ारों नये पैदा होने वाले बच्चों के लिए खाना नहीं है, कपड़े नहीं हैं, सिर पर छत नहीं है, इतनी ज़्यादा आबादी में सभ्य जीवन ही संभव नहीं है–हममें से हरेक को उतने में ही गुज़र करनी पड़ती है जितना उसके हिस्से में आता है।' रमन ने सोचा भी नहीं था कि वह इस विषय को इतनी गहराई से सोचती है। जहाँ तक उसका अपना सवाल था, बोर्ड लिखना उसका धंधा था, जो उसे बताया जाता, उसे वह अच्छा-से-अच्छा लिखकर दे देता–विषय में भीतर जाने का उसका काम ही नहीं था। लेकिन इस समय इस सुंदर प्राणी को, जो उसके सामने खुद आकर बैठ गई थी, किसी भी तरह की चोट पहुँचाना उसे गवारा नहीं था। वह अपनी बात कहकर चुप हो गई थी और रमन को लगा कि उसे अब कुछ अच्छी बात कहकर खुश करना चाहिए। उसने तुरंत गंभीर मुद्रा धारण की और बोला, 'आप ठीक कहती हैं, यह बड़े अफसोस की बात है।'

'क्या?' डेज़ी चौंककर बोली।

रमन समझ नहीं सका कि क्या उत्तर दे, वह नर्वस होने लगा, कि कोई ग़लत बात कह दी तो यह फिर कहीं दुखी न हो जाये। इसलिए उसने सँभलकर कहा, 'मेरा मतलब है कि यह राष्ट्रीय त्रासदी है...सही ढंग से देखा जाये, तो।' यह सुनकर वह संतुष्ट हो गई और अपनी योजना बताने लगी। उसने महसूस किया कि आबादी के सवाल पर उसके निश्चित विचार हैं, और उन विचारों से खिलवाड़ नहीं किया जा सकता। उसने अपने को बताया, दुनिया के सब कार्यकर्ता, जिन्हें कुछ परिणाम दिखाने होते हैं, इसी की तरह पागल होते हैं। अगर यह औरत पुराने ज़माने की कोई रानी-महारानी होती, तो सफल होने के लिए यह पूरी जनता के प्रजनन अंग ही कटवा देती। उसने महसूस किया कि उसने इसे एक शालीन शासनाधिकारी ही समझकर, जिसका काम साइन बोर्ड लिखवाना, फाइलें देखना और उनपर नोट लिखकर लाल टेप से बँधवाकर अलमारी में रखवा देना ही है, ग़लती की थी, इसके भीतर तो विश्वास और निष्ठा की जैसे आग जल रही है।

अगले तीन सप्ताह तक उसके साथ गाँवों का दौरा और प्रचार करते हुए रमन को कुछ और नई जानकारियाँ प्राप्त हुईं। वह दिनों, फ़ासलों, दिशाओं या गाँवों के नामों की याद और गणना करना भी भूल गया। उसने पाया कि डेज़ी का कार्यक्रम इस्पात की तरह मज़बूत और पक्का है, और उसमें फेरबदल करना असंभव के समान है। ये टैक्सी, बस, रेल और ज़रूरत पड़ने पर लॉरी से भी सफ़र करते थे। डेज़ी का लक्ष्य हमेशा यही होता था कि निश्चित गाँव में ठीक समय पर पहुँच जाये और कार्यक्रम पूरा करे। परिस्थिति के अनुरूप अपने को ढालने की उसकी क्षमता आश्चर्यजनक थी—वह अपने बैग में एक छोटी-सी दरी लेकर चलती थी और जहाँ भी आवश्यक होता, बिछा कर आराम से सो जाती थी। अपने साथ वह एक छोटा-सा खाने का डिब्बा और पानी की बोतल भी रखती थी, और रमन को भी उसने इसी तरह तैयार होकर चलने की राय दी थी। जहाँ भी संभव होता, वह इनमें जो भी मिलता, वह खाना भर लेती थी—अंडा, डबल रोटी, माँस, मछली, चावल...। उसे किसी भी वस्तु से परहेज़ नहीं था। रमन यद्यपि शुद्ध शाकाहारी परिवार में पला था, लेकिन डेज़ी की खुशी के लिए वह जो मिलता, चुपचाप खा-पी लेता था। इस कारण वह बीमार भी पड़ गया—उसके लिए मछली में दाँत गढ़ाना बहुत कठिन होता था, जब उसे माँस खाना पड़ता, तब तो उसकी हालत बहुत ही बुरी हो जाती। वे किसी धर्मशाला के वरांडे में या गाँव के किसी स्कूल के कमरे में या नारियल के पेड़ों के नीचे खाना खाते थे। गाँव के कुएं पर डेज़ी नहाती और कपड़े धोती, और इस वक्त वह रमन

को वहाँ से हट जाने के लिए कह देती थी। उसे आराम और सुख-सुविधाओं की तमन्ना नहीं थी। जहाँ भी उसका सत्कार होता, चाहे वह ग़रीब की झोंपड़ी ही क्यों न हो, वह उसे स्वीकार कर लेती थी। वह किसी भी तरह की कोई माँग नहीं करती थी।

उसका कहना था : 'हमें कभी-कभी अपने लाखों देशवासियों की ही तरह रहकर देखना चाहिए, नहीं तो हम उनकी ज़िंदगी समझ ही नहीं सकेंगे। शहरों की ज़िंदगी असली ज़िंदगी नहीं है। यह ऊँचे स्तर की ज़िंदगी है, जो लोगों को एक-दूसरे से अलग करती है।'

'तो आप शहर में क्यों रहती हैं?'

'इसके बाद मैं सबसे छोटे गाँव में एक झोंपड़ी बनाकर ही रहूँगी। देश के ज़्यादातर लोगों को जो नसीब होता है, उससे ज़्यादा मैं कभी नहीं माँगूँगी।'

रमन अचानक पूछ बैठा, 'क्या आप कम्युनिस्ट हैं?' इस पर उसने रमन को घूरकर देखा। कहा, 'मैं क्या हूँ क्या नहीं, इससे क्या होता है? क्या आदमी को कुत्ते के पट्टे की तरह अपना लेबिल लगाकर चलना चाहिए?...' इन्होंने एक बच्चों के स्कूल के कमरे में लंच लिया था, और अब आधे घंटे का आराम कर रहे थे—जिस पर डेज़ी हमेशा ज़ोर देती थी। अप्रत्याशित क्षणों में वह लाल पड़ जाती और उत्तेजित हो जाती थी, और रमन समझ नहीं पाता था कि उसने क्या गलती कर दी। लेकिन वह इसकी जाँच करने से बचता था। पता नहीं, क्या पूछ बैठे और डेज़ी और परेशान हो जाये। सुरक्षा के ख्याल से वह चुप हो जाता था। वह खुद कहती, 'जो मुझे सबसे अच्छा उपाय लगता है, उसी से मैं जनता की सेवा करती हूँ और इस क्षेत्र में, जो मुझे दिया गया है, यदि मैं साल भर में पाँच फीसदी भी जनसंख्या वृद्धि में कमी कर सकूँ, तो मैं संतुष्ट हो जाऊँगी।' उसकी उग्रता देखकर रमन परेशान हो उठता था। वह पूछना चाहता था कि तुममें इतना गुस्सा क्यों है? यह सब तुम कम उग्रता से क्यों नहीं करने का प्रयत्न करतीं?

समय-समय पर वह उसके बारे में नये आविष्कार भी करता था। उसके स्वभाव का एक पहलू हँसमुख भी था, जबकि दूसरा पहलू उत्तेजनापूर्ण था; एक पहलू बातूनी था और दूसरा चुप रहने वाला। जब वह अपने मिशन को भूल पाने में सफल होती, तब मुस्कराने लगती थी, और जब जनसंख्या की समस्या उसे परेशान करती, तब उत्तेजित और उग्र हो उठती थी। रमन ने कभी यह नहीं सोचा था कि कोई व्यक्ति जनसंख्या की समस्या से इतना परेशान हो सकता है। वह अक्सर सोचता कि उसे इतने से संतुष्ट हो जाना चाहिए कि मैं साइन बोर्ड सही-सही और आकर्षक लिखता हूँ, और उसे मुझसे यह कार्य धर्म की तरह करने की अपेक्षा ही नहीं करनी चाहिए। कई दफ़ा वह कोई मज़ाक की बात कहना चाहता, लेकिन चुप रह जाता था उसने

महसूस किया कि वह उसकी भावनाओं का बहुत ज़्यादा ध्यान रखने लगा है,—वह उसके साथ काम-धंधे के रिश्ते तक सीमित नहीं रहता—वह झुँझलाने वाली पत्नी को मनाकर रखने वाले पति का रोल अदा कर रहा है?

वह मेरी पत्नी क्यों नहीं हो सकती? इसके लिए अभी समय है, काफ़ी समय है, उसने सोचा। अगर मैं अभी यह बात करने लगूँ, तो वह मुझे अलग कर देगी। मैं उसे कोमल स्वभाव की स्त्री नहीं कह सकता। कमज़ोर दिखती है, लेकिन कोमल नहीं है। जो हो, जब कभी वह मेरी पत्नी हो जाये और हठीली बनकर मुझसे झगड़ा-टंटा करने लगे, या मेरे बोर्डलैस के साथियों तथा उस किताब वाले का अपमान कर दे, उसकी किताबें इधर-उधर फेंक-फाँक दे, तो पता नहीं क्या होगा! आसमान में तैरते बादल के टुकड़ों की तरह ये विचार उसके मन में घूमने लगे—जो पता नहीं कहाँ से पैदा हो जाते, लेकिन जब वह उसके साथ बस में बैठकर सफ़र करने लगता और बगल से निकल रहे खेतों और पेड़-पौधों को देखने लगता, तो ये न जाने कहाँ उड़कर ग़ायब हो जाते।

हर जगह उसका एक ही कार्यक्रम होता था। आने और जाने का समय भी निश्चित होता था। वे कहीं भी, किसी स्कूल में या किसी के घर के वरांडे में या किसी पेड़ की छाँह में बैठ जाते। फिर वह रमन को गाँव में संदेश लिखने के लिए किसी अच्छी दीवार की तलाश करने भेजती, खुद स्थानीय अधिकारी या गाँव के मुखिया से मिलकर उससे आँकड़े जमा करती तथा जन्म और मृत्यु के रजिस्टर को देखकर उसमें से अपनी डायरी में तथ्य नोट करती। फिर वह किसी बड़े पेड़ के नीचे गाँव के स्त्री-पुरुष और बच्चों को इकट्ठा करती और उनके सामने पूरे आत्मविश्वास तथा दृढ़ता से अपनी बात रखती। उन्हें बच्चे के जन्म की प्रक्रिया समझाती और बताती कि इस पर कैसे नियंत्रण करना चाहिए। वह नक्शे और चार्ट दिखाकर, और यदि कहीं ब्लैकबोर्ड मिल जाता तो उस पर खुद तस्वीरें खींचकर शरीर विज्ञान की बातें समझाती। यह सब बताते हुए उसे संकोच नहीं होता था, बल्कि काफ़ी सरलता से वह सब बातें कह देती। कई दफ़ा पुरुष मज़ाक करते और औरतें खिलखिलाकर हँसने लगतीं, लेकिन वह उँगली के एक इशारे से सबको चुप कर देती थी। कई दफ़ा बड़े-बूढ़े बच्चों को वहाँ से हटा देते थे, लेकिन वह उनसे कहती, 'इन्हें रहने दीजिये। आपसे ज़्यादा इन्हें ये बातें समझनी हैं,' हालांकि वह बच्चों को चाहती नहीं थी और उन्हीं को सबसे ज़्यादा अपने मिशन का दुश्मन समझती थी। वह कभी किसी बच्चे को थपथपाती तक नहीं थी, न खुद बच्चों जैसी कोई बात कहती थी। बच्चों को देखकर वह उनसे यह कहती प्रतीत होती थी, कि तुम्हें यहाँ आने की कोई ज़रूरत नहीं है। तुम तो क़तार को लंबी ही करते हो, और कुछ नहीं करते।

जब रमन किसी घर या मंदिर के बगल की दीवार का चुनाव कर लेता, तब डेज़ी वहाँ जाकर उसका दूर और पास और अनेक कोणों से निरीक्षण करती, फिर उसके मालिक से उसके किराये की बात करती और रमन को वहाँ लिखने के बारे में विस्तार से आदेश देती। 'अब हमें स्थानों का निश्चय करना है। फिर तुम आकर उन स्थानों पर लिखोगे। कुल मिलाकर हमें तीस स्थानों पर लिखना है। तुम बाद में इन पर कम-से-कम समय में लिख देना। जब हमारा संदेश लोगों के दिमाग़ में घर कर लेगा, मैं फिर अपनी मेडिकल टीम लेकर आऊँगी, जो लोगों के ऑपरेशन करेगी और उनको नियंत्रण के साधन प्रदान करेगी। इस यात्रा में मैं उनको इस सबके लिए तैयार कर रही हूँ। बहुत कुछ इस बात पर निर्भर करेगा कि तुम कितनी जल्द और कितनी सफ़ाई से अपना काम पूरा कर लेते हो, जिससे लोग इस ज़रूरत को समझने लगें। हम तुम्हें इस काम के लिए एक सहायक रखने का पैसा भी देंगे, लेकिन पेन्ट और ब्रश तुम्हें ही देना पड़ेगा।'

वह कहना चाहता था कि आप साथ रहेंगी तो अच्छा रहेगा। आपके बिना मैं बहुत अकेला महसूस करने लगूँगा, लेकिन उसने ज़बान पर उतरते शब्द वापस गटक लिये, तब डेज़ी ने पूछा, 'तुम कहना क्या चाहते हो?'

उसने कहा, 'कुछ एडवांस की ज़रूरत पड़ेगी, पेन्ट और ब्रश खरीदने के लिए।'

'हाँ, ठीक है, जो चाहो ले लेना।'

जब रमन उसे अच्छे मूड में देखता, उससे अपने जीवन के बारे में कुछ बताने की बात कहता। जब किसी गाँव का काम खत्म हो जाता और वे आगे जाने के लिए बस या बैलगाड़ी का इन्तज़ार करते होते, तब वह अक्सर हलके मूड में होती। किसी पेड़ के नीचे या तपती धूप में खड़े होकर भी बस का इन्तज़ार करने में उसे कोई परेशानी नहीं होती थी। जब कभी कोई उलटा पड़ा बक्सा या बड़ा-सा पत्थर दिखाई दे जाता, तो वह उसपर पालथी मारकर आराम से बैठ जाती और तब तक न उठती जब तक बस न आ जाती, और लोग उसकी तरफ घूरते या कोई टिप्पणी करते, तो भी वह चुप बनी रहती। लोग उस पर ज़्यादा ध्यान न दें, इसलिए वह मामूली साड़ी पहनती, कभी मुँह पर न पाउडर लगाती और न मेक-अप करती, और बाल भी उलटे-सीधे बना लेती, और हवा में जब वे इधर-उधर उड़ते या मुँह पर गिरते, तब हथेली से ही उन्हें ऊपर कर लेती। इस सबके बावजूद उसमें बड़ा आकर्षण था, और गाँवों के लोग उसके सामने इकट्ठे होकर उसे घूरने से बाज़ नहीं आते थे। अक्सर वे सोचते कि यह डॉक्टर है जो गर्भपात कराने आई है। लेकिन इस कारण क्रोध न करके वह बड़े धैर्य से अपना मिशन बताती और समझाती थी। एक दफ़ा जब दोनों सड़क पर बस का इन्तज़ार कर रहे थे, एक ग्रामीण ने उसके पास आकर कहा, 'आप मेरी कुटिया पर पधारिये।'

'मेरी बस छूट जायेगी,' उसने कहा। लेकिन वह आग्रह करता रहा। तब उसने रमन से कहा, 'चलें और ज़रा देखें।'

ग्रामीण असहाय नज़र आ रहा था। वह बस-स्टेंड से कुछ ही दूर बने अपने घर उन्हें ले गया। दरवाज़े पर पहुँचकर बोला, 'डॉक्टर साहब, भीतर मेरी औरत को देखिये।'

डेज़ी भीतर गई और काफ़ी देर तक धीमी आवाज़ में औरत से बात करती रही। फिर बाहर निकलकर उससे कहने लगी, 'बारह साल में दस बच्चे पैदा किये। इससे तुम्हारी औरत तो मर जायेगी, यह नहीं समझते।'

'आप ठीक कहती हैं,' उसने स्वीकार किया। 'वह बहुत बीमार है। मैं दवाइयों पर बहुत पैसा खर्च करता हूँ, लेकिन कोई फ़ायदा नहीं होता।'

'और बच्चों का क्या हुआ?' उसने पूछा।

ग्रामीण ने अफ़सोस जताते हुए कहा, 'छह तो मर गये।... भगवान देता है और ले भी लेता है। इसलिए मैंने सोचा कि...अब इसका...'

डेज़ी ने रमन की तरफ़ मुड़कर कहा, 'यह समझ रहा है कि मैं गर्भपात करवा सकती हूँ।'

यह सुनकर रमन ने ग्रामीण को समझाने की कोशिश की कि मैडम यहाँ क्या करने आई हैं, लेकिन वह मिन्नत करता रहा, 'अगर डॉक्टर साहब चाहें तो मेरी मदद कर सकती हैं...'

अब डेज़ी ने अंतिम बात कही, 'जो हो, इससे अगला बच्चा मत होने देना। अगले महीने यहाँ दूसरे डॉक्टर आयेंगे। यह बच्चा पैदा होने दो, इसे अब नहीं रोका जा सकता।' वे बस-स्टेंड की तरफ़ चलने लगे, तो ग्रामीण भी पीछे-पीछे चला और बार-बार अपनी बात दोहराता रहा। डेज़ी एकदम चुप और उदास हो गई, बस में बैठने के बाद ही बोली : 'बेचारा! हमारे नब्बे फ़ीसदी लोगों की यही हालत है। हमारा काम बहुत ही मुश्किल है, लेकिन हमें करना ही पड़ेगा। सालभर में पाँच फ़ीसदी परिवर्तन भी आये तो मुझे संतोष होगा। वह गुमसुम बैठी इसी पर सोचती रही। लगता था कि उसे यह डर सता रहा था कि जो भी बहुत से नये बच्चे पैदा हो जायेंगे, वे सब उसके दरवाज़े पर इकट्ठे होकर चीखने-चिल्लाने लगेंगे। लेकिन रमन ने यह बात कहने से अपने को रोका और सिर्फ यही प्रश्न किया, 'आप को इस समस्या में रुचि कब पैदा हुई?'

वह सामने गुज़रते दृश्य को देखती रही और बोली, 'जब मैं युवा थी, तभी से। एक मिशनरी आया था जिसने मुझे इसकी प्रेरणा दी।' इतना कहकर वह एकदम चुप हो गई, क्योंकि पिछले दिनों की बातें वह ज़्यादा बताना नहीं चाहती थी, इस विषय से हमेशा कतराती थी।

मेम्पी हिल्स की तरफ़ जाने वाले एक रास्ते के मोड़ पर दोनों बस से उतरे। वह बोली, 'यहाँ से हम पैदल चलेंगे, आगे सड़क नहीं है।' उसने अपनी कमर पर सामान लटका लिया, रमन ने भी ऐसा ही किया।

'कितनी दूर चलना पड़ेगा?'

'तीन मील। पगडंडी पर...चार मील भी हो सकता है। हम एक पहाड़ी गाँव जा रहे हैं।'

रमन ने भाग्य के सामने हथियार डाल दिये थे। उसे इस वक्त चार काम पूरे करके देने थे, जिनका समय भी निकल चुका था। लेकिन वह डेज़ी से यह सब कैसे कह सकता था? वह तो उससे भी अपनी ही तरह निष्ठा से काम करने की उम्मीद करती थी। उसने एक से ज़्यादा बार यह कहा था, 'जहाँ तक मेरा सवाल है, मैं दीवारों पर अच्छा-से-अच्छा लिखने की कोशिश करूंगा,' जिसका अर्थ यह था कि वह उससे और कोई उम्मीद न करे। लेकिन डेज़ी ने इसका अर्थ अपने ही ढंग से किया था, 'हर आदमी अपना काम अच्छा-से-अच्छा करता है।' रमन सोचता रहा कि उसे तो और भी लोगों का काम करना होता है, और यह क्यों चाहती है कि मैं इसके लिए ''कम बच्चे पैदा करो'' ही लिखता रहूँ? तुम तो किसी और काम के लिए समय ही नहीं बचने देती हो। सेवा का उसका उत्साह क्या बहुत ज़्यादा नहीं हो गया है? लेकिन यह बात वह कैसे कह सकता था?

उसने महसूस किया कि वह बहुत ज़्यादा लिहाज़ करने लगा है। शायद यही वह स्थिति है जिसके लिए कहा जाता है कि 'प्यार अंधा होता है।' यह शायद आदमी की अक़्ल को भी कुन्द कर देता है। वह दूसरे को हर हालत में खुश करना चाहता है। नहीं तो मैं आबादी घटाने की इस मुहिम में इतना जोश क्यों दिखाने को तैयार हो जाता। वह डेज़ी के पीछे-पीछे ऊँची-नीची पहाड़ियों पर चढ़ता-उतरता और आगे बढ़ता यही सब सोचता चलता। लेकिन डेज़ी बिना रुके आगे बढ़ती जाती और पहाड़ियों पर भी इसी तरह चलती रहती। नीचे दूर सूरज की धूप और रोशनी में दूर तक मैदान बिछे हुए थे। वह अपने विचारों में खोई तेज़ी से आगे-आगे चलती चली जाती, और साथ भी कोई चल रहा है इस बात पर ज़्यादा ध्यान नहीं देती थी। उसने रमन को अपने साथ चलने का सौभाग्य प्रदान किया था और उसने इसे स्वीकार कर लिया था इससे ज़्यादा वह कुछ नहीं सोचती थी। वह उसे इंजन में लगे डिब्बे की तरह लेती थी। रमन को इस बात पर झुँझलाहट हुई और उसने सोचा कि वह क्यों नहीं इसका साथ छोड़कर वापस घर चला जाये, उसने एकदम घड़ी देखी—चार बजे थे—यही वक्त है जब बोर्डलैस होटल में काफ़ी तैयार की जा रही होगी। शाम होती जायेगी और लोग इसमें गरम पानी डालकर पतली करने लगेंगे। होटल में बढ़िया खुशबूदार काफ़ी इसी एक घंटे के बीच प्राप्त होती थी, और इसी समय उसका शरीर भी इसकी

माँग करने लगता था। लेकिन यह औरत तो ऐसी है जिसे किसी भी चीज़ की कभी ज़रूरत ही नहीं प्रतीत होती—इसे तो सिर्फ़ औरतों को गर्भ न धारण करने देने का जुनून सवार था। इसके लिए तो यही खाना था और पीना भी। रमन को उससे यह पूछते हुए भी डर लगता था कि शाम को इस समय काफ़ी वगैरह का कुछ बंदोबस्त किया जाये या नहीं। लेकिन वह तो यह सवाल करने पर उसे धर्मद्रोही ही मान लेगी, जो ऐसे समय काफ़ी की माँग कर रहा है जब धरती माता बढ़ती हुई जनसंख्या के भार से तड़प रही है। वह सोचने लगा कि अगर वह हर गाँव में दो-दो औरतों को पकड़ ले और उन्हें गर्भवती बनाते हुए आगे बढ़ता जाये, जिससे दस महीने में इसकी पाँच प्रतिशत कमी करने की योजना खटाई में पड़ जाये, तो कैसा रहेगा। यह बहुत अजीब और गंदा-सा विचार था, लेकिन सोचते रहने के लिए मनोरंजक और मज़ेदार भी था। लेकिन ऐसा कुछ कर पाना उसके लिए संभव ही नहीं था, क्योंकि उसे यह जानकारी ही नहीं थी कि यह सब कैसे किया जाता है, उसको न कोई तकनीक पता थी और न उसकी विचारधारा और दर्शन इसका समर्थन करता था। फिर वह तुरंत यह सोचने लगा कि कहीं उसमें मर्दानगी की ही कमी तो नहीं है। अगर वह सचमुच नामर्द होता, तो डेज़ी के लिए एकदम सही पति साबित होता, क्योंकि इससे उसकी परवार नियोजन की समस्या हल हो जाती थी। ये सब बातें सोचते हुए अचानक उसे ख्याल आया, कि ऐसे जंगली परंतु अटपटे विचार उसे शायद इसलिए आ रहे हैं क्योंकि जिस औरत के पीछे वह चल रहा है, उसे उसका कोई ध्यान ही नहीं है, वह एक दफ़ा घूमकर उसे देखती भी नहीं। लेकिन शायद यह ठीक ही था क्योंकि इन पहाड़ी पगडंडियों की जानकारी उसी को थी, मुझे तो बिलकुल नहीं थी। उसने अपने को समझाया कि ऐसे कड़वे विचार उसे आने नहीं देना चाहिए। वह तेज़ी से आगे बढ़ती चली जाती और उसकी छोटी-सी घुंडी की तरह बँधी चोटी उठती और गिरती, तो यह दृश्य देखकर उसे उस पर दया ही आती। तब वह सोचता कि दौड़कर उसके पास जा पहुँचे और उसे बाँहों में भरकर उस पर अपने प्रेम का इज़हार करे, और उससे हाथ जोड़कर प्रार्थना करे कि गाँववालों को उनके अपने हाल पर छोड़कर खुद अपनी ज़िंदगी बदले; लेकिन अगर वह इसके लिए तैयार न हो, तो वह खुद उसी की तरह मिशनरी बन जाये। वह चाहता था कि उसकी ज़िंदगी के बारे में कुछ जाने, लेकिन यह संभव ही नहीं लगता था। क्या उसके जीवन में कोई राज़ है?

दूर तक फैली ढलान पर वह उसके पीछे हाँफता चला जा रहा था, और यह खत्म होने में ही नहीं आ रही थी। आखिरकार उसकी चाल में कमी आई क्योंकि सामने आम और नारियल के पेड़ और गाँव के मकान दिखाई देने लगे। अचानक वह रुक गई और उसके पहुँचने का इन्तज़ार करती हुई बोली, 'आखिरकार पहुँच

ही गये...सड़क से कम-से-कम चार मील दूर हैं।'

रमन खुश हुआ और तुरंत सारी परेशानी भूल गया। उसने देखा कि डेज़ी का चेहरा लाल पड़ गया है और उस पर पसीना छलकने लगा है। उसे उस पर तरस आने लगा। वह क्यों अपने को इन मुसीबतों में डालती है, जबकि वह शादी करके आराम से घर पर बैठती और इस तरह के सब काम अपने पति पर छोड़ देती। उसने नतीज़ा निकाला कि लोग बहुत अद्भुत और अनजानी भावनाओं से प्रेरित और संचालित होते हैं। उसने पूछा, 'आपको इस गाँव का पता कैसे चला?'

'मैं अपना कार्यक्रम तय करते समय नक्शा देखती हूँ और आँकड़ों के आधार पर तय करती हूँ कि कहाँ जाना है। मैं अच्छी तरह जानती हूँ कि मुझे क्या और कैसे करना है,' उसने कहा। 'यहाँ मैं पहले भी आ चुकी हूँ। यह ऐसी जगह है जहाँ काफ़ी मेहनत की ज़रूरत है। यहाँ प्रजनन दर बहुत डरावनी है।'

गाँव में प्रवेश करने पर एक सादा से आदमी ने उनका स्वागत किया। डेज़ी ने बताया, 'आप यहाँ का स्कूल चलाते हैं।' रमन सबसे पहले यही पूछना चाहता था कि क्या आपके गाँव में काफ़ी मिलेगी।

शिक्षक उन्हें अपने घर ले गया और एक ढलवाँ छत के नीचे बने चबूतरे पर बिठाया। इससे लगा एक छोटा-सा दरवाज़ा था जो घर के आँगन में खुलता था। शिक्षक की पत्नी स्वागत के लिए बाहर आई और डेज़ी को अपने साथ भीतर चलने को कहा। शिक्षक ने बताया, 'यह महिला पिछले साल यहाँ आई थीं और हफ्ते भर इसी घर में रही थीं...इन्हीं दिनों आई थीं। साल का अच्छा समय यही होता है। अगले महीने मानसून शुरू हो जायेगा और चार महीने के लिए हम अपने घरों में बंद हो जायेंगे। मूसलाधार बारिश होती रहेगी।'

'तब आप खाने-पीने की और दूसरी चीज़ें कैसे खरीदते हैं?'

'हम सबका स्टाक जमा कर रखते हैं...और अपनी ज़रूरत की चीज़ें पैदा भी करते हैं। वैसे जब बारिश ज़्यादा नहीं होती, तब आते-जाते भी हैं। लेकिन कई दफ़ा ऊपर से पानी की बाढ़ आती है और हमें उसे इधर-उधर बहाना पड़ता है।' इसके बाद वह भीतर गया और एक प्लेट में दो केले तथा गिलास में काफ़ी लेकर आया। यह बोर्डलैस जैसी बढ़िया काफ़ी तो नहीं लग रही थी, लेकिन उसे पी गया और कुछ ताज़गी भी महसूस करने लगा। 'आप हमारे साथ ही ठहरें', शिक्षक ने कहा। 'देवी जी भीतर सो जायेंगी, और हम दोनों यहीं चबूतरे पर सो लेंगे। मेरा ख्याल है, इतने सफ़र के बाद अब आप को आराम करना चाहिए।'

लेकिन शायद डेज़ी को आराम की ज़रूरत महसूस नहीं हो रही थी। कुछ ही देर में वह अपने बालों में कंघी फेरकर बाहर निकल आई और कहने लगी, 'हमें अपना काम अभी शुरू कर देना चाहिए, मानसून शुरू होने से पहले, क्योंकि देखा

यह गया है कि मानसून में जन्म-दर एकदम बढ़ जाती है।' इसका मतलब साफ़ था, वर्षा के दिनों में लोगों को घरों में ही रहना पड़ता है, इसलिए बच्चे पैदा करने के सिवा उनके पास और कोई काम नहीं होता। लेकिन शिक्षक ने इस धारणा का धीरे से विरोध किया। उनके बीच एक तरह की बहस जैसी छिड़ गई। डेज़ी आराम से चबूतरे पर बैठकर सवाल-जवाब करने लगी। शिक्षक का व्यवहार बहुत कोमल था, उसके ओठों पर मूँछों की पतली रेखा नज़र आने लगी थी, लेकिन रमन को लगा कि वह काफ़ी हिम्मती है—डेज़ी के साथ बहस में भिड़ जाना आसान बात नहीं थी। डेज़ी ने ज़रा शैतानी से सवाल किया, 'क्या तुम विस्तार से बता सकते हो कि मानसून के महीनों में लोग क्या-क्या काम करके अपना समय बिताते हैं?' यह कहकर उसने हैंड बैग से अपनी नोट बुक निकाली और नोट्स लेने को तैयार हो गई।

शिक्षक बोला, 'बरसात होती है तो मंदिर का बड़ा हाल लोगों से भर जाता है। पंडित जी बाहर से आते हैं और रामायण का पाठ शुरू करते हैं जो चालीस दिन तक चलता है। इसमें भगवान राम के जन्म से लेकर रावण से उनके युद्ध तथा अयोध्या वापस लौटने और बाद की पूरी कथा सुनाई जाती है। इसमें चालीस दिन लगते हैं। इसके बाद महाभारत की कथा शुरू होती है जो और भी ज़्यादा समय लेती है। जब पूरी होती है, तब मानसून खत्म होने लगती है। पंडित जी को मंदिर में ही अलग कमरा दे दिया जाता है, जहाँ वे रहते हैं, और उनकी देखभाल की जाती है।'

'ठीक है,' डेज़ी ने कहा। 'कथा खत्म होने के बाद लोग घर वापस जाते हैं, है न?' रमन को लगा कि वह दूसरों के सेक्स संबंधी कार्यों से अभिभूत है। शायद उसका दिमाग़ ही साफ़ नहीं है। शायद उसका जीवन-दर्शन ही कामकला की बातों से भरा हुआ है। नहीं तो क्यों उसका दिमाग़ बंद दरवाज़ों के भीतर ही घूमता रहता है और जब बाहर ठंड और सीलन होती है, तब वह लोगों के यह सब करने की कल्पना करती है?

शिक्षक कह रहा था, 'और इसी मौसम में लोग अपने घरों की सफाई-पुताई करते हैं, अनाज वगैरह खरीदकर बखारों में भरते हैं, क्योंकि दूसरे मौसमों में वे दूसरे कामों में लगे रहते हैं और यह सब करने का उन्हें समय ही नहीं मिलता। आप हमें इतनी कठोरता से मत देखिये। मेरा स्कूल भी उनके लिए खुला रहता है और लोग चबूतरे पर भी जब चाहे आते-जाते हैं। मैं मानता हूँ कि जनसंख्या पर नियंत्रण आवश्यक है, लेकिन इसकी हानियाँ भी बहुत बढ़-चढ़कर बताई जाती हैं।'

डेज़ी यह सुनकर बड़ी परेशान हुई और पूछने लगी, 'इस गाँव की आबादी क्या है?'

'सात सौ के क़रीब,' शिक्षक ने तुरंत जवाब दिया।

डेज़ी ने कहा, 'पिछले साल इन्हीं दिनों छह सौ थी।...यानी करीब बीस फ़ीसदी आबादी बढ़ी। क्या इसी बीच अन्न का उत्पादन भी बीस फ़ीसदी बढ़ा है? क्या रहने की जगह का अनुपात भी इतना ही बढ़ा है? मुझे पता है, यह नहीं हुआ है। खेती में सब प्रकार की उन्नति के बावजूद अन्न-उत्पादन सिर्फ तीन फ़ीसदी बढ़ा है। और घरों की संख्या उतनी ही है जितनी दसियों साल पहले थी।...' शिक्षक यह बात सुनकर चुप हो गया, जो एक तरह से डेज़ी की बात को मान लेना था। लेकिन उसे यह सोचकर अच्छा लगा कि डेज़ी ने उसके अपने परिवार के बारे में कोई टिप्पणी नहीं की। लेकिन तभी उसके घर के भीतर से बहुत से लड़के-लड़कियाँ खेलते-कूदते बाहर निकले, तो डेज़ी ने उनको सवालिया नज़र से देखा, तो वह बोला, 'ये बच्चे पड़ोसियों के हैं जो मेरे यहाँ खेलने आये हैं। मेरे तो सिर्फ चार...'

डेज़ी बोली, 'मैं जानती हूँ। लेकिन पिछले साल जब मैं आई थी, तब तो तीन ही थे।'

रमन ने सोचा, यह तो सिपाही की तरह जाँच करती है! ज़रूर पाग़ल है! उन सबसे लड़ती-झगड़ती है, जिनके परिवार बड़े हैं। जब यह छोटी थी, तभी यह पागलपन इसके दिमाग़ में समा गया होगा, और यह बरकरार है।

वह शिक्षक को बता रही थी, 'हर साल हमारे देश में जितनी जनसंख्या बढ़ती है, वह पेरू देश के बराबर होती है। यानी लगभग डेढ़ करोड़।'

'फिर क्या हुआ।' शिक्षक ने बेवकूफ़ की तरह कहा। 'हमारे देश में कितनी जगह है—बहुत से इलाके एकदम खाली पड़े हैं।'

लेकिन डेज़ी धीरज से उसे समझाती रही। उसने कहा, 'जब इस गाँव में ज़्यादा भीड़भाड़ हो जाये, तब सात सौ में से कितने लोग दूसरे देशों में जाने को तैयार होंगे?'

रमन ने इस पर पूछना चाहा, तुम्हें इसकी फ़िक्र क्यों है? लोग अगर भीड़भाड़ में रहना चाहते हैं, तो इन्हें रहने दो। तुम कितनी ज़बरदस्ती करने पर उतारू हो! ईश्वर ने तुम्हें डिक्टेटर नहीं बनाया, नहीं तो...

शिक्षक बोला, 'यहाँ के निवासी ज़्यादातर पत्थर का काम करते हैं। पहाड़ियों से वे पत्थर तोड़कर निकालते हैं और दुनिया भर में भेजते हैं। उनका काम चट्टानों में ब्लास्ट करना है और पत्थरों को तरह-तरह के आकारों में काटना-छाँटना है। इन दिनों इन्हें अमेरिका में बन रहे एक मंदिर के लिए तीन हज़ार टन पत्थर तोड़ने और काटने-छाँटने का काम मिला है। इस धंधे में बहुत फ़ायदा है इसलिए वे कहीं और क्यों जाना चाहेंगे? उन्हें तो पहाड़ों के आसपास ही रहना है। यह जगह तो वे छोड़ ही नहीं सकते।'

डेज़ी बोली, 'ठीक बात है। मैं किसी को अपनी जगह छोड़ने को नहीं कहती, मैं तो यही कहती हूँ कि वे अपने इर्द-गिर्द ज़्यादा भीड़भाड़ होने देने से बचें। बस, इतनी सी बात है। मैं किसी चीज़ पर कोई रोक नहीं लगा रही, सिर्फ यह कहती हूँ कि लोग ज़्यादा आबादी बढ़ाने से बचें।'

गाँव के बीचोबीच खड़े बरगद के पेड़ के नीचे शिक्षक जितने लोगों को इकट्ठा कर सका, उनके सामने भी उसने यही बातें कहीं। यह मीटिंग दूसरे दिन शाम के वक्त ज़रा देर से ही हुई, क्योंकि काम से लौटने के बाद स्त्री-पुरुष ने नहाया-धोया, खाना-पीना किया, और इसके बाद ही इकट्ठा हुए। पेड़ की टहनियों से कुछ लालटेनें लटका दी गई थीं। औरत, मर्द और बच्चे प्लेटफार्म के सामने पालथी मारकर बेठे और इस तरह इन्तज़ार करने लगे जैसे रामायण की कथा होने वाली हो। डेज़ी करीब घंटा भर बोली, शिक्षक बीच-बीच में समझाता भी जाता था, और भाषण इस आशा के साथ खत्म हुआ कि अगले साल भी गाँव की आबादी सात सौ ही रहेगी। कुछ बड़े-बूढ़ों ने सवाल भी किया, 'बच्चे तो ईश्वर ही देता है। उसका उपहार कैसे अस्वीकार किया जाये?' उसने इस धारणा का सीधा खंडन नहीं किया, बल्कि धीरज से वैज्ञानिक स्थिति को समझाया। लेकिन जब गाँव के मुखिया ने पूछा, 'पहाड़ी के ऊपर गुफ़ा में एक प्राचीन मंदिर है, जहाँ निस्संतान स्त्रियाँ बच्चों के लिए प्रार्थना करने जाती हैं। आपके पास इसका उत्तर क्या है?' डेज़ी ने सादगी से कहा, 'यह सवाल आप मंदिर के पुजारी से पूछिये।' रमन ने उसके साहस और धीरज की तारीफ़ की।

हालांकि गाँव के लोगों ने उसके इस उत्तर को सामान्य ढंग से लिया, या उस पर ज़्यादा ध्यान नहीं दिया, या यह उत्तर उनकी समझ में ही नहीं आया, लेकिन दूसरे ही दिन मंदिर के पुजारी ने उसे आ घेरा और उसे चुनौती देने लगा। यह मंदिर गाँव से करीब एक मील दूर, उत्तर की तरफ उतरने वाले ढलान पर था। संदेश लिखने के लिए जगहों की तलाश करते हुए रमन ने इस मंदिर की दीवार का भी चुनाव कर लिया था। मंदिर मुख्य रास्ते पर ही था और हर आने-जाने वाले को दिखाई पड़ता था। भाषण के बाद दूसरे दिन सवेरे रमन डेज़ी को यह जगह दिखा भी लाया था। मंदिर पेड़ों के एक झुरमुट में स्थित था, इस पर एक छोटा-सा शिखर भी था और झंडा भी लहराता था। शिखर मौसम के प्रभाव से जर्जर हो रहा था। दोनों ने चक्कर लगाकर निरीक्षण किया।

डेज़ी को संदेश लिखने के लिए यह जगह बहुत पसंद आई, वह उत्साह में भरकर कहने लगी, 'यह दीवार तो जैसे हमारा संदेश लिखने के लिए ही बनी है!' उसने रमन की तरफ देखकर कहा, 'यहाँ तो हमें तस्वीर भी बनानी चाहिए। सिर्फ शब्द लिखना काफ़ी नहीं होगा। एक माता और पिता और उनका एक हँसता हुआ बच्चा। संदेश यह हो, ''एक ही बच्चे के साथ हम और भी ज्यादा खुश रहेंगे।''

रमन ने फौरन पूछा, 'सिर्फ एक? और सब जगह तो आपने दो की बात कही है। यहाँ यह कमी क्यों?'

'क्योंकि यह गाँव दूसरी तरह का है, मानसून और दूसरी बातों के कारण यहाँ की समस्याएँ बिलकुल भिन्न हैं। मेरा बस चलता तो मैं यहाँ पाँच साल के लिए बच्चों पर प्रतिबंध लगा देती। कैप्शन में यह कहना, कि "हम दो अकेले ही, बिना बच्चे पैदा किये, सबसे ज़्यादा सुखी रहेंगे।" शायद गलत ही होगा, हम इतनी सख्ती नहीं कर सकते।' फिर वह अपनी ही इस बात पर हँसी लेकिन बीच में ही रुक गई और बोली, 'यह मज़ाक करने का वक्त नहीं है, हमें गंभीर रहना चाहिए।'

रमन को अच्छा लगा कि उसकी कही बात का यह असर पड़ा। बच्चों का जन्म रोकते हुए भी हमें कभी-कभी हँसना क्यों नहीं चाहिए? भगवान ने अच्छा किया कि इसे जन्म की समस्या तक ही सीमित रखा, मृत्यु की समस्या को इसे नहीं सौंपा। नहीं तो यह यमराज के ही पीछे पड़ जाती और रोज़ उसे ज़्यादा-से-ज़्यादा जानें लेने के लिए कहती रहती।

उनकी नज़र से दूर इस वक्त एक और आदमी उनके पीछे चलने लगा था। वह चुपचाप दोनों का पीछा करता हुआ बड़े ध्यान से उनकी बातें सुन रहा था। जब वे दीवार का निरीक्षण कर रहे थे, वह अचानक उनके सामने प्रकट हो गया और डेज़ी से पूछने लगा, 'आप इस दीवार को घूर-घूरकर क्यों देख रही हैं?' वह चौंक कर इस तरह पीछे हट गई, जैसे उस पर हमला किया जा रहा हो। आदमी ने कहा, 'इस दीवार की एक-एक ईंट और एक-एक इंच मैंने ही बनवाई है और इसका मालिक मैं ही हूँ।'

'अच्छा!' उत्तर में डेज़ी इतना ही कह पाई।

रमन बोला, 'मज़ाक मत करो। यह बात सच है?'

उनके अनजाने वहाँ कुछ लोग इकट्ठे हो गये थे, जिनमें से एक ने आगे बढ़कर जवाब दिया, 'हाँ, यह सच है। इन्हीं ने ज़मीन खोदकर मिट्टी निकाली, उसकी ईंटें बनाकर आग पर पकाईं, और एक-एक ईंट अपने हाथों से रखकर यह दीवार बनाई। इनकी उम्र सौ साल से ज़्यादा है।'

वृद्ध यह बात सुनकर खुश हुआ। उसकी आवाज़ लाउडस्पीकर की तरह बुलंद थी, और वह सिर्फ एक तहमद पहने था। 'मैंने यह मंदिर यहाँ बनाया और इसमें धन-दौलत की देवी की प्रतिमा स्थापित की; उस समय यहाँ कोई रहने नहीं आया था और न कोई मकान बने थे। देवी माता मेरे सपने में आई और उन्होंने मुझे आदेश दिया, जिसे मैंने अपने जीवन का मिशन बना लिया। यहाँ से सौ मील दूर तक ऐसा कोई मंदिर नहीं है। बिना बच्चों वाली औरतें यहाँ आकर तीन दिन तक प्रार्थना करती हैं, और तीस दिन में उन्हें गर्भ रह जाता है।'

डेज़ी यह सुनकर परेशान हो उठी। यह तो उसके मिशन का एक तरह से अंत था, इससे तो उसका सारा जीवन व्यर्थ हो जायेगा।

रमन ने स्थिति की गंभीरता को महसूस किया। उसने तुरंत कहा, 'हमें किसी और जगह की तलाश करनी होगी। यहाँ से चलें।'

उनके कुछ फैसला करने से पहले बूढ़े ने भोंपू जैसी आवाज़ में कहा, 'शास्त्र कहते हैं कि जिसके जितने ज़्यादा बच्चे होंगे, उतने ही खुश रहेंगे। क्या आप इसका खंडन करती हैं?'

डेज़ी इस तरह की चुनौती के लिए तैयार नहीं थी, इसलिए वह आँखें झपकाने लगी। रमन तुरंत उसकी सहायता के लिए सामने आया, 'नहीं, नहीं, शास्त्रों का कोई विरोध कैसे कर सकता है?'

'फिर भी यह औरत पाप का प्रचार कर रही है। इसने मेरे खिलाफ़ क्या कहा, यह मुझे बताया गया है। इसने मंदिर के पुजारी की चर्चा नहीं की? मैं ही हूँ मंदिर का पुजारी। अब यह औरत क्या कहती है?'

डेज़ी बोली, 'मेरा मतलब कुछ बुरा नहीं था। मैंने तो सिर्फ यह कहा था कि लोग आपसे इस चमत्कार के बारे में पूछें।'

रमन ने उससे कहा, 'इनसे बात मत करो। बस, यहाँ से चलो।' लेकिन बूढ़ा कहता रहा, 'मैं जानता है कि यहाँ से सौ मील दूर तक चारों तरफ़ क्या हो रहा है, हालांकि सौ साल से मैं मंदिर से बाहर नहीं निकला हूँ। कहाँ क्या हो रहा है और किसके मन में क्या चल रहा है, यह सब मुझे पता चलता रहता है। कल की तुम्हारी सभा में मैंने अपनी आत्मा भेज दी थी। वहाँ तुमने क्या कहा, यह मुझे पता है? पापी औरत, सावधान, भगवान की योजना में अपनी टाँग मत अड़ाना। अगर् कुछ किया तो वह तुम्हें मार देगा।' इस आदमी के लंबी सफ़ेद दाढ़ी थी और यह विनाश का दूत लग रहा था।

भीड़ में खड़े लोगों में से किसी ने कहा, 'दिल्ली में क्या हो रहा है, यह भी इन्हें पता लग जाता है।' दूसरा आदमी बोला, 'ये पेड़-पौधों से, पहाड़ों से, चिड़ियों और जानवरों से बात करते हैं और सब इनकी आज्ञा मानते हैं। इन्हें भूत, वर्तमान और भविष्य, सबका ज्ञान है...।' अब डेज़ी को कोई भी बोलने नहीं दे रहा था। स्वामी ने फिर कहा, 'तुम अपना भविष्य जानना चाहती हो?' और घूरकर डेज़ी की तरफ़ देखा।

'नहीं,' उसने एकदम जवाब दिया।

लेकिन वह बोला, 'लेकिन मैं तुम्हारा भूत बताता हूँ।' रमन डेज़ी की इस परेशानी का मज़ा ले रहा था। अब तक वह हर जगह नेता का व्यवहार करती थी, अपनी ही चलाती थी। अब उसे खुद अपनी रक्षा करनी पड़ रही थी। पुजारी ने अचानक

कहा, 'कोई संख्या बोलो...'

'क्यों?' डेज़ी ने पूछा।

'उस संख्या से मैं तुम्हारा जीवन पढ़ दूँगा, तुम कहाँ से आई हो, कहाँ जाओगी, वगैरह।' रमन को लगा कि इससे कई रहस्यों से पर्दा उठ जायेगा, और वह डेज़ी की तरफ़ देखने लगा। पुजारी ने फिर कहा, 'अगर संख्या समझ में नहीं आती, तो कोई रंग ही बोलो।'

'नहीं', डेज़ी ने आँखें झपकाते हुए कहा।

पुजारी ने शैतानी से उस पर नज़र डाली, 'ठीक है, जो जैकेट तुम पहने हो, उसका रंग क्या है?'

डेज़ी ने अपने कपड़ों को देखा लेकिन जवाब नहीं दिया।

दूसरों ने बताया, 'यह नीला, मटमैला और भूरा है।'

'तुम सब इसे अपने-अपने ढंग से देख रहे हो। लेकिन मैं इसे इन्हीं की नज़र से देखूँगा। इसका रंग पीला है। और मेरे लिए यही काफ़ी है...पीला...पीला...' पुजारी ने आँखें बंद कर लीं और बुदबुदाया, 'यह एक विशेष फूल का रंग है–जिसका बहुतों को पता नहीं। यह एक विशेष प्रकार का रंग है। इसी तरह तुम्हारी ज़िंदगी भी विशेष है। तुम घर से भाग गई थीं, बिना किसी को बताये, जब तुम बारह साल की थीं, तुम्हारे माँ-बाप तुम्हारी तलाश करते रहे–बेचारे! कई महीने बाद तुम उन्हें मिलीं।' यह कहकर उसने आँखें बंद कर लीं, 'मैं देख रहा हूँ समुद्र तट, लहरें, झोपड़ियाँ...'

डेज़ी यह सुनकर विचलित-सी दिखाई दी। वह रमन की तरफ़ मुड़ी और कहने लगी, 'अब हमें चलना चाहिए।'...और उसने चलना शुरू कर दिया। फिर एक क्षण ठिठककर बोली, 'हम शायद इस दीवार पर लिख नहीं सकेंगे...'

'यह तो तय है,' रमन ने उत्तर दिया। 'ये लोग उसी पर कुछ और भी लिख सकते हैं... जिससे हमारा संदेश बेकार हो जायेगा।'

भीड़ भी उनके पीछे चलने लगी। कोई कह रहा था, 'ये पक्षियों और पशुओं से बात करते हैं। योगी हैं...।'

'सौ साल के हैं...'

'सौ के तो बहुत पहले थे, अब ज़्यादा के होंगे।'

'देखा, कितने मज़बूत हैं।'

'यह मंदिर अपने हाथों से बनाया था। जहाँ चाहें, इच्छा करते ही जा सकते हैं।'

'मुझे सब पता है। बार-बार क्यों बता रहे हो?' डेज़ी ने झुँझलाहट से कहा। उसे लोगों का यह समर्पण का रवैया पसंद नहीं आ रहा था। वह शिक्षक के घर गई और एकदम भीतर घुस गई। रमन चबूतरे पर बैठ गया। भीड़ यहाँ भी इकट्ठी

हो गई और सड़क दूर-दूर तक भर गई। शिक्षक बाज़ार गया था और वहाँ से सब्ज़ियाँ, फल और दूसरी बहुत-सी चीज़ें लेकर लौटा। वह अपने अतिथियों के लिए शानदार दावत का इन्तज़ाम कर रहा था। जो दूसरे दिन वापस जा रहे थे। वह सामान के बोझ से हाँफने लगा था। उसकी पत्नी घर से बार आई और उससे सामान के थैले लेकर वापस चली गई। दोनों ने फुसफुसाकर हर चीज़ की कीमतों और उनमें चुनाव पर भी चर्चा की।

शिक्षक की पत्नी से लौटकर कहा, 'डॉक्टर साहब आराम कर रही हैं।'

रमन कहने लगा, 'हम बिलकुल सवेरे से चलते ही रहे हैं।'

शिक्षक ने भीड़ को संबोधित करते हुए कहा, 'अब यहाँ कुछ नहीं होगा। आप लोग जा सकते हैं। आपने सुन लिया कि डॉक्टर साहब आराम कर रही हैं।' भीड़ अब धीरे-धीरे लौटने लगी।

रमन ने कहा, 'आज हम उस मंदिर के पुजारी से मिले।'

शिक्षक ने कहा, 'अच्छा, उससे? वह योगी है, दुनिया में किसी से नहीं डरता।'

'क्या वह सच्चा योगी है?' रमन ने पूछा।

शिक्षक ने जवाब दिया, 'उससे बचकर ही रहना चाहिए। हम सब यही करते हैं। उससे दुश्मनी लेना सही नहीं है। वह मदद भी कर सकता है। उसमें बहुत-सी शक्तियाँ हैं? उसका कहना है कि वह कुछ खाता नहीं है। सिर्फ़ हवा के सहारे रहता है। उससे बहस करना भी ठीक नहीं है। वह झगड़ालू भी है और उसमें बहुत-सी ताक़तें है।'

'मैंने उसकी दीवार लिखने के लिए चुनी थी...'

'उसके पास भी मत जाना। अगर पहले मुझे बताते...'

रमन ने कहा, 'डेज़ी से इसकी चर्चा मत करना। वह बहुत परेशान है...'

लंच करने के बाद सब लोग, घंटा भर आराम करने के लिए गये। आसमान में सूरज तप रहा था, और सारा गाँव घरों में जा छिपा था। कुत्ते भी पेड़ों और घरों की छाया में कुंडली बाँधकर सो गये, थे, गाय-भैंसे ज़मीन पर पड़ी चारा खा रही थीं, कौए पेड़ों की शाखाओं में दुबककर बैठे काँव-काँव कर रहे थे। कुओं के ऊपर लगी चरखियाँ चुप थीं। रमन भी चबूतरे पर चुपचाप बैठा था। डेज़ी शाम तक सोने के लिए अपने कमरे में चली गई थी। उसका अगला प्रोग्राम स्कूल के हॉल में स्त्रियों की मीटिंग को संबोधित करने का था। चबूतरे पर कुछ साया थी और शिक्षक उस पर सीधा होकर लेटा था, उसने रमन को भी वहीं आ जाने को कहा। रमन उसके पास आकर बैठ गया, और थोड़ी देर में ऊँघने लगा, तो बोला, 'मैं कहीं और चला जाता हूँ। अब ज़्यादा समय नहीं बचा है। अगर वे पूछें तो कहियेगा कि मैं बाहर गया हूँ, जल्दी ही लौट आऊँगा। उन्हें आराम करने दीजिये।'

उसने सैंडिल पहने और बाहर निकल गया। इस गाँव में संदेश लिखना आसान काम नहीं है, क्योंकि मकान एक-दूसरे से सटे-सटे बने हैं और उनकी दीवारें भी मिली-जुली हैं। लेकिन गुफ़ा में बने उस मंदिर की दीवार इस काम के लिए बहुत उपयुक्त है, और अगर किसी तरह वह किराया देकर बूढ़े पुजारी को मनाने में सफल होता है, तो बहुत अच्छा काम हो जायेगा। नहीं तो उसे पहाड़ी की ऊपरी चट्टान पर संदेश लिखना होगा, जो बहुत ऊँची और ऊबड़-खाबड़ है, और जहाँ तक पहुँचने के लिए रस्सियों का इस्तेमाल करना होगा। यहाँ काम करना खतरनाक है, इसलिए उसने डेज़ी से इसका ज़िक्र नहीं किया था, क्योंकि वह तुरंत कह देती कि रस्सियाँ लगाकर वहाँ चढ़ जाओ और लिखना शुरू कर दो। फिर इस तरह काम करना उसके स्तर के आदमी के लिए सही भी नहीं था, ऐसा करने पर पेन्टरों में उसकी इज़्ज़त भी घट जाती। उसे गुस्सा भी आया, कि इस सुंदर स्त्री के लिए वह क्या-क्या करने को तैयार हो गया है। अगर वह रस्सी पर चढ़कर ऊपर-नीचे होगा तो उसके आदर्शों और आज़ादी का क्या होगा? यह सच है कि इसे काफ़ी पैसा दिया जा रहा है, लेकिन पैसा ही तो सब कुछ नहीं होता। उसने सारे साइन बोर्ड अपने घर के पीछे नदी के तट पर बैठकर बनाये हैं, इस काम के बाद वह दीवारों पर लिखने के लिए कुछ और उपाय सोचेगा। अब वह लकड़ी और केनवास पर ही लिखेगा और उसे चिपकाकर दीवारों पर लटका देगा, अलग से दीवारों पर कभी नहीं लिखेगा। वह नारियल के पेड़ों के बाग़ से होकर निकला, जहाँ इतनी ज़्यादा छाया थी, कि बाहर सूरज तप रहा है, और लोग जले जा रहे हैं इसका पता ही नहीं चलता था! वह पहाड़ी की तरफ जाती पगडंडी पर आगे बढ़ता रहा, और आगे इमली के पेड़ों के नीचे चलता हुआ वह गुफ़ा तक पहुँच गया। उसने मंदिर का चक्कर लगाया, उस एक दीवार के अलावा और कोई जगह नहीं दिखाई दी जहाँ कुछ लिखा जा सके, बाकी सब दीवारें ऊँची-नीची, गंदी और सालों की धूल-धक्कड़ से भरी बिल्कुल बेकार जगहें थीं। जहाँ चारों तरफ़ उगे पेड़-पौधों के कारण पहुँचना भी संभव नहीं था। रमन ने सोचा कि उसे पागल पुजारी के साथ ज़्यादा समय बिताना चाहिए था, क्योंकि उसकी बातें बड़ी अद्‌भुत थीं। वह डेज़ी के बारे में बहुत-सी बातें जान सकता था, और अगर वह बूढ़े को दीवार पर लिखने देने के लिए तैयार कर लेता, तो बड़ी परेशानी बच जाती, नहीं तो डेज़ी निराश हो जायेगी और उसके व्यवहार में यह प्रकट होने लगेगा। रमन इस महापुरुष से बहुत प्रभावित था और जनता के उस पर अटूट विश्वास से चकित था। वह यहाँ खड़ा यह सब सोच ही रहा था, कि पुजारी बाहर आ गये और उसे वहाँ खड़े देखकर उसे घूरने लगे। रमन ने बहुत नीचे झुककर उनको प्रणाम किया और दर्शाया कि वह उनका शत्रु नहीं है। लेकिन बूढ़े ने चीखकर कहा, 'तुम फिर यहाँ आ गये! तीसरी बार तुम्हें यहाँ देख रहा हूँ...सावधान...!'

'मैं आपको हानि नहीं पहुँचाना चाहता,' रमन ने कहा। 'मैं सिर्फ आपके दर्शन करना चाहता था।'

'यहाँ तुम्हारा क्या काम है—क्या तुम भी अपनी स्त्री के लिए बच्चा चाहते हो?'

'मैं विवाहित नहीं हूँ', रमन ने कहा।

'मैं जानता हूँ यह,' बूढ़े ने चीखकर कहा।

'वह तुम्हारी रखैल होगी जो बच्चा नहीं पैदा करेगी और दुनिया भर को भी यही संदेश देना चाहती है...हा! हा!' उसने हँसते हुए कहा।

'मैं आपका मंदिर देखना चाहता हूँ', रमन ने सादगी से कहा।

'क्यों?' बूढ़े ने पूछा। 'यहाँ तुम्हें क्या काम है?'

रमन ने कहा, 'यहाँ मैं आपके उपदेश सुनना चाहता हूँ। जीवन और दूसरे विषयों पर आपके उपदेश। आप प्राचीन ऋषि की तरह हैं, आपके दर्शन होना सौभाग्य की बात है। जब कोई ऐसे किसी महात्मा से मिलता है और उनके उपदेश सुनता है, तो उसे पुण्य प्राप्त होता है। यह शास्त्रों का कथन है।'

यह सुनकर बूढ़ा एकदम प्रसन्न हो उठा, उसके तेवर ग़ायब हो गये। वह बोला : मेरे साथ आओ। मैं जंगली जानवरों पर तो भरोसा कर सकता हूँ कि वे बुद्धि की बात को सुनेंगे, परंतु मनुष्यों पर नहीं कर सकता। वह रमन को घुमाकर गुफ़ा के मुख्य प्रवेश तक ले गया, जहाँ एक बहुत नीचा गोल-सा छेद था, जिसमें रमन ने कठिनता से प्रवेश किया, हालांकि पुजारी साँप की तरह लहराता हुआ उसके भीतर घुस गया। फिर वह कहने लगा, 'कभी-कभी वह बूढ़ा शेर यहाँ आता है जो अब नरभक्षक बन गया है। वह झाड़ी के पीछे छिपकर बैठ जाता है और जानवरों को पकड़कर ले जाता है। वह बहुत से ग्वालों, लकड़ी काटनेवालों और पत्थर तोड़नेवालों को उठाकर ले गया है। जब नरभक्षक यहाँ आता है तब सब घरों के दरवाज़े बंद हो जाते हैं और कोई बाहर नहीं निकलता। जैसे सारा गाँव मर गया हो। ऐसे अवसरों पर मेरे सिवा और कोई बाहर नहीं निकलता। एक दफ़ा मैंने खुद उसे झाड़ियों में छिपकर बैठा हुआ देखा। उसने ज़बान चाटी और देखा कि एक आदमी सामने से चला आ रहा है, लेकिन जब उसने मुझपर नज़र डाली तो वह समझ गया कि वह हार चुका है। मैंने विश्व-आत्मा से सीधे बात की और कहा, "हे आत्मा, अपने शरीर का यह शेर का चोग़ा उतार दो और यहाँ आकर गाँव वालों को सताना बंद कर दो," —यह सुनकर शेर शर्मिंदा हुआ और चुपचाप वापस चला गया। एक दफ़ा और मैंने एक जंगली हाथी को, जो आसपास के खेतों को बरबाद कर रहा था, रोककर इसी तरह कहा, "हे गज, यहाँ से चले जाओ, नहीं तो मैं हाथियों के देवता गजेन्द्र से तुम्हारी शिकायत करूँगा। इसी तरह मैं कोबरा साँपों को भी रास्ते से हटा देता

हूँ। आपको इन सबसे बात करनी चाहिए। ये लोग जवाब नहीं देते। लेकिन किसी आदमी से कोई बात कहो, तो वह बहस करने लगता है।'

'आपसे बहस करने वाले मूर्ख हैं,' रमन ने कहा। पुजारी ये शब्द सुनकर बहुत खुश हुआ।

गुफ़ा की छत बहुत नीची थी। एक पतला-सा गलियारा मंदिर के चारों ओर बना था, उसी के साथ एक छोटा-सा कमरा था जिसमें यह बूढ़ा रहता था। मंदिर के भीतर एक दिया जल रहा था। जिसकी हलकी-रोशनी में पत्थर की एक मूर्ति दिखाई देती थी।

'पास जाकर देवी के दर्शन करो। डरो मत', उसने आदेश दिया। 'यह देवी सिर्फ औरतों के लिए नहीं है। पुरुष भी, साहसी, वीर और अपने उद्देश्यों की प्राप्ति के लिए उनकी पूजा कर सकते हैं।'

'लेकिन आपने तो अब तक पुरुषों की चर्चा ही नहीं की। मेरा ख्याल था कि यहाँ स्त्रियाँ ही आ सकती हैं।'

'क्योंकि स्त्रियाँ ही देवी के प्रति ज़्यादा निष्ठा रखती हैं। हा! हा! हा! पुरुष नपुंसक होने की परवाह नहीं करते। देवी के पास जाओ और जो भी चाहते हो, उसके लिए प्रार्थना करो। मैं आम तौर पर पुरुषों को यहाँ नहीं आने देता, लेकिन तुम ईमानदार, अच्छे आदमी हो। देवी की मूर्ति को ध्यान से देखो, उसकी आँखों में कितनी शक्ति है, तुम्हें इससे बहुत लाभ होगा।' रमन दो दरवाज़ों से गुज़र कर सामने पहुँचा, और फूलों से लदी प्रतिमा के सामने हाथ जोड़ कर खड़ा हो गया। फूलों और अगर की सुगंध वातावरण में तैर रही थी। पुजारी दूसरे सिरे पर खड़ा था, वहीं से चिल्लाकर बोला, 'टुकुर-टुकुर मत ताको। प्रार्थना करो और वरदान माँगो।' रमन इस आदमी के आग्रह से दबने लगा था, लेकिन वह उसे यह नहीं बता सकता था कि उसके जीवन का उद्देश्य संसार में तर्क बुद्धि का राज्य स्थापित करना है, और वह देवी से कोई वरदान माँगने का विचार ही नहीं कर सकता। फिर भी उसे देवी के नेत्रों में दया की ज्योति दिखाई दी, और उसने धीरे से यह वरदान माँग लिया, 'डेज़ी जल्द से जल्द मेरी हो जाये। मैं उसके बिना जीवित नहीं रह सकता।'

फिर वह घूमकर पुजारी के पास लौट आया, उसने मुस्कराकर उसका स्वागत किया। कहा, 'तुमने देखा कि देवी के मुकुट से एक फूल नीचे गिरा। यह संकेत है और इसका अर्थ यह है कि तुम्हें सफलता मिलेगी, परंतु पहले और बाद में कठिनाइयाँ आयेंगीं। तुमने देखा कि यह फूल पहले देवी की बाँह पर गिरा, फिर पैरों पर आया, अंत में ज़मीन पर पहुँचा। अगर यह बाँह या गोद में ही ठहर जाता तो पूरी सफलता प्राप्त होती। प्रयत्न करते रहो, संकोच मत करो, सिर्फ सोचते ही रहोगे तो तुम कहीं नहीं पहुँचोगे और अपना समय ही बरबाद करोगे। सिर्फ़ सोचते रहने वाले ज़िंदगी

में कहीं भी नहीं पहुँच पाते...। अब यहाँ आकर बैठो।' रमन उसकी आज्ञा मानकर उसके सामने बैठ गया। पुजारी भी अपने लंबे पैरों को मोड़ कर बैठ गया, उसकी फहराती दाढ़ी, पता नहीं कहाँ से आती हवा में इधर-उधर हिल रही थी।

रमन ने हिम्मत करके पूछा, 'मुझे डेज़ी के बारे में बताइये।'

बूढ़े ने सिर हिलाया, 'उसकी अनुपस्थिति में नहीं।'

रमन ने ज़ोर देकर कहा, 'मुझे उसके बारे में कुछ पता नहीं है...सिर्फ जो आपने बताया कि वह बचपन में घर से भाग गई थी।' बूढ़ा शरारत से मुस्कराया, 'तुम्हें इतना ही जानने की ज़रूरत थी और मैंने यह भी तो बताया था कि वह कहाँ मिली थी।'

'मुझे, तो यह भी पता नहीं कि वह शादीशुदा है या नहीं।'

'इससे क्या फ़र्क पड़ता है? उसका कोई पति कभी दिखाई दिया?'

'नहीं। लेकिन वह कभी आ भी सकता है।'

बूढ़ा ज़ोर से हँसने लगा। बोला, 'हाँ, यह तो फ़िक्र की बात ज़रूर है।'

रमन को लगा कि वह बेवकूफ़ी कर रहा है। इस मंदिर में ऐसा कुछ ज़रूर था जो आदमी की ज़बान खोल देता था। वह अपना प्रभाव जमाना चाहता था इसलिए उसने विषय बदल दिया जिससे पुजारी को शर्मिंदा कर सके। उसने पूछा, 'जो स्त्रियाँ प्रार्थना करने आती हैं, उन्हें यहाँ ठहरना पड़ता है?'

बूढ़े ने एकदम तमतमाते हुए कहा, 'तुम्हें इस बात से क्या मतलब?' रमन ने उस अँधेरे, खाली हॉल में अर्थपूर्ण नज़र डाली। बूढ़ा बोला, 'यह देवी बाँझ स्त्रियों को संतान देती हैं। अब तुम यहाँ से जाओ, तुम अच्छे आदमी नहीं हो, तुम्हारे ख्यालात गंदे हैं।'

रमन बूढ़े का मिजाज़ बदला देखकर उठ खड़ा हुआ। उसे यह आदमी बिलकुल अविश्वसनीय लगा। लेकिन उसने हिम्मत दिखाते हुए यह प्रश्न पूछ लिया, 'आप इस दीवार पर हमें अपना संदेश लिखने की अनुमति देंगे?'

'नहीं', उसने भी उसी सख्ती से उत्तर दिया। 'शैतान का दिमाग़ है तुम्हारा। नहीं, नहीं, नहीं...पहले तुम यहाँ से बाहर निकलो।' यह कहकर उसने बाहर की दिशा में उँगली उठाई, और रमन चुपचाप बाहर चला गया।

उन्होंने महसूस कर लिया था कि इस गाँव की दीवारें परिवार-नियोजन का संदेश लिखने लायक नहीं हैं, इसलिए यहाँ दूसरे ढंगों से प्रचार कर के ही वापस चले जाना चाहिए। डेज़ी जानना चाहती थी कि और किन्हीं चट्टानों पर क्या यह संदेश लिखा जा सकता है, लेकिन रमन इस बात को टाल जाता और जवाब देता कि मानसून

खत्म होने के बाद यह पड़ताल करनी चाहिए। 'हमें आशा करनी चाहिए कि अगले साल के कार्यक्रम से हमें यह सफलता प्राप्त होगी।'

डेज़ी ने यह जानने के लिए उसके चेहरे पर नज़र डाली कि वह कितना गंभीर है। रमन ने कोशिश करके अपना चेहरा काफ़ी गंभीर बना लिया। सब लोग वापस लौटने के लिए तैयार शिक्षक के चबूतरे पर बैठे थे। यहाँ उन्होंने तीन दिन बिताये थे और जो काम हुआ था, उससे आंशिक रूप से संतुष्ट भी थे। डेज़ी पुजारी के हमले से अभी तक परेशान थी। उसने कहा, 'हमें इस आदमी के प्रचार को बरदाश्त करना होगा।'

'उसकी बात ही न करें। उसे हर बात का पता चल जाता है।'

डेज़ी पूछने लगी, 'इतना डरने की क्या ज़रूरत है? हम एक राष्ट्रीय महत्त्व के उद्देश्य के लिए काम कर रहे हैं। मैं सोचती हूँ कि उससे बातचीत करूँ। मेरा ख्याल है कि वह समझ जायेगा।'

'मैं आपसे कह रहा हूँ कि वह जानता है कि कहाँ क्या हो रहा है। उसके पास जाने और बातचीत करने की कोई ज़रूरत नहीं है।'

'अरे, तुम्हें ऐसे अंधविश्वास और भय से ऊपर उठना चाहिए।'

'हम कुछ और बात करें,' शिक्षक ने कहा। और उठकर खड़ा हो गया। उन्हें तीन या चार मील पैदल चलकर सड़क तक पहुँचना था, और वहाँ किसी बस या लॉरी का इन्तज़ार करना था। शिक्षक उन्हें उस जगह तक छोड़ने वाला था। उसकी पत्नी ने उनके लंच और डिनर के लिए चावल, दही, सब्ज़ियाँ और दूसरी खाने-पीने की चीज़ें पैक कर दी थीं। उसे डेज़ी से लगाव हो गया था और उसके जाते समय भावोद्रेक में उसके आँसू गिरने लगे। उनके बच्चे भी उन्हें घेरे चुपचाप खड़े थे।

डेज़ी ने बच्चों को ध्यान से देखा और कहना शुरू किया, 'तुम अपना अँगूठा मत चूसो, बाहर निकालो। नहीं तो हकलाने लगोगे।' दूसरे से कहा, 'सीधे खड़े हो, झुककर नहीं खड़े होते।' फिर उनकी माँ से कहा, 'शरीर को सही रखना ज़रूरी है। बच्चों को शुरू से यह सिखाना चाहिए।' वह जन्मजात शिक्षिका थी, दूसरों को अकेला नहीं छोड़ सकती थी, बच्चे या तो पैदा ही न हों, हो जायें तो उन्हें अँगूठा नहीं चूसना चाहिए और झुककर नहीं खड़े होना चाहिए। लेकिन शायद बड़ों के लिए उसके पास कोई उपदेश नहीं था। उसने उनकी तरफ़ सिर्फ़ गहरी नज़र से देखा, जैसे कह रही हो नियमों का पालन करना, और परिवार से विदा ली। रमन उसकी हर बात बड़े ध्यान से देखता रहा, वह उसके सकारात्मक व्यवहार और बातचीत से प्रभावित नज़र आ रहा था। उसने भी मुस्कराकर सबको धन्यवाद दिया और बाहर निकल आया। शिक्षक चुपचाप आगे-आगे चल रहा था। गाँव के कुछ लोग भी उन्हें जाते देखने के लिए वहाँ आ गये थे, और आपस में कह रहे थे, 'डॉक्टर साहिबा वापस जा

रही हैं।' लग रहा था कि उन्हें इससे अच्छा लग रहा है, क्योंकि अब उन्हें माता-पिता बनने में शर्म का सामना नहीं करना पड़ेगा।

पहाड़ी की पगडंडी पर पहुँचकर डेज़ी ने शिक्षक को बहुत सारे सुझाव और सूचनाएं देनी शुरू कीं, और वह उसकी बातों से दबता चला जा रहा था। वह इस तरह बातें कर रही थी, जैसे अगर यहाँ जनसंख्या–नियंत्रण में कोई कमी आई, तो वही ज़िम्मेदार ठहराया जायेगा। डेज़ी कह रही थी, 'मानसून की वजह से देरी हो रही है लेकिन इसके खत्म होते ही हम तुरंत यहाँ आ जायेंगे।' यह बात आधी धमकी जैसी सुनाई दी। रमन ने शिक्षक की तरफ़ देखा और सोचने लगा कि यह दुबला-पतला-सा आदमी गाँव के सात सौ स्त्री-पुरुषों को पास आने से कैसे रोक सकेगा। इस ग़रीब से आदमी के लिए डेज़ी कैसा काम छोड़े जा रही है।

चौराहे पर पहुँचकर वे एक पेड़ की साया में खड़े हो गये। शिक्षक बोला, 'बस यहाँ किसी भी समय आ जायेगी।' कुछ-कुछ मिनट बाद वह यह वाक्य दोहराता रहा, जिससे उनका धीरज बना रहे। डेज़ी एक बड़े पत्थर पर इस तरह बैठ गई जैसे सिंहासन पर बैठी हो। उसका शाही व्यवहार और ढंग रमन को आकर्षित करता और डराता भी था। पिछले जन्म में यह ज़रूर मलका विक्टोरिया रही होगी, या उससे भी पिछले जन्म में यह जरूर मलका विक्टोरिया रही होगी, या उससे भी पिछले किसी जन्म में झाँसी की रानी लक्ष्मीबाई होगी। दूर से किसी बस के आने की आवाज़ हवा में फैलने लगी। कुछ फ़ीट की दूरी पर लगे अंजीर के पेड़ कर बंदरों का एक परिवार काँय-काँय कर रहा था, सबसे छोटा बच्चा माँ की पूँछ पकड़े उलटा-सीधा हो रहा था, और माँ अपने पुरुष बंदर के शरीर से, नाखून इधर-उधर घुमाकर जुएं निकाल रही थी। सभी बंदर नीचे इन्तज़ार करते मनुष्यों को देख रहे थे। शिक्षक कुछ उद्विग्न-सा नज़र आ रहा था। उसकी हरकतों से प्रकट हो रहा था कि वह काफ़ी बेचैन है। शायद वह जल्दी घर जाना चाहता था, न जाने कब तक बस का इन्तज़ार करने से वह घबरा उठा था, लेकिन यह कह देने की उसकी हिम्मत नहीं हो रही थी। सब लोग तनाव-सा महसूस कर रहे थे। रमन इधर-उधर निरुद्देश्य चक्कर काट रहा था। वह सामने चमचमाते क्षितिज को ताक-ताककर थक चुका था, उसकी सौंदर्य-वृत्ति मर गई थी इसलिए वह ऊपर फैले विशाल आसमान, दूर-दूर तक फैली पहाड़ियों, घाटियों, ऊँचे-नीचे खड्डों और पेड़-पौधों के मनोहारी दृश्यों का सुख उठा नहीं पा रहा था–उसे एलामन स्ट्रीट के कोने में चेट्टियार की दुकान के इर्द-गिर्द चलते-फिरते लोगों और भीड़-भाड़ की याद आ रही थी। वह कुछ देर अंजीर के पेड़ पर बैठे बंदरों का तमाशा देखता रहा, फिर पत्थर पर शान से बैठी, अपने विचारों में खोई डेज़ी के पास लौट आया, जहाँ उसके पीछे शिक्षक दरबारी की तरह आज्ञाकारी मुद्रा में चुप खड़ा था। रमन शिक्षक के चेहरे को देखने लगा; उस पर बहुत सी डेज़ी

द्वारा बताई गई बातों की धुंध छाई थी, जिसके बाद जैसे वह शांति की मुद्रा में उन पर विचार कर रहा लगता था। रमन ने उत्साह से डेज़ी से कहा, 'आपने पेड़ पर बैठे ये बंदर देखे?' उसने ढीले-ढाले ढंग से नज़र उठाकर ऊपर देखा, फिर बिना कुछ बोले नीचे देखने लगी। रमन का मन हुआ कि बंदर-परिवार के कारनामों पर कोई हँसी की बात कहे, लेकिन इसके लायक हिम्मत वह नहीं जुटा पाया। उसे लगा कि डेज़ी ज़रा खुश्क-सी दिख रही है, उस के ओंठ मटमैले हो रहे हैं, और रेगिस्तान जैसी यहाँ की गर्मी में वे पपड़ाते जा रहे हैं। उसने चिंतित भाव से पूछा, 'पानी लेंगी?'

'अभी नहीं,' डेज़ी ने कहा, 'हमें पानी कम इस्तेमाल करना चाहिए।'

'हम लंच क्यों न कर लें?'

'मुझे बस का ज़्यादा इन्तज़ार है,' उसने हलकी मुस्कराहट के साथ कहा, वह जल्दबाज़ी न करने की मुद्रा में थी। किसी वजह से उसने आज शिक्षक के सामने रानी-महारानी जैसा व्यवहार करने का फ़ैसला कर लिया था; शिक्षक भी काफ़ी दबा-कुचला नज़र आ रहा था, जबकि अपने घर के चबूतरे पर वह बातें और बहस करने में सबसे आगे रहता था। रमन सोचने लगा, हर आदमी अपनी भूमिका और वातावरण का ही हिस्सा होता है, उसे वहाँ से कहीं और ले जाओ, तो वह एकदम लुंज-पुंज और बेकार हो जाता है।

'वह बस कहाँ गई जिसकी आवाज़ सुनाई दी थी?'

'वह लॉरी होगी जो कहीं और जा रही होगी', शिक्षक ने जवाब दिया।

'तुम्हें बस के टाइम का पता नहीं है?'

'कई दफ़ा उनका कोई टाइम नहीं होता, और आती ही नहीं।'

'फिर क्या होगा?'

शिक्षक आँखें झपकाने लगा, जैसे किसी जाल में फँस गया हो। 'आज अगर बस को देर होती, तो भी उसे आ जाना चाहिए था। किसी बैलगाड़ी की तलाश की जाये? मैं निचली सड़क से जाता हूँ और गाँव से लेकर आता हूँ। इस सड़क से वे नहीं आती-जातीं।' डेज़ी के सिर हिलाते ही वह ढलान पर फिसल कर नीचे उतर गया और आगे के एक मोड़ पर गायब हो गया। रमन ने फिर लंच की बात कही। उन्होंने एक पैकेट खोला और चुपचाप खाने लगे। दूसरा पैकेट डिनर के लिए था। खाकर दोनों ने पानी पिया, तो रमन ने ताज़गी महसूस की। उसने डेज़ी पर नज़र डाली, वह भी ताज़ा हो उठी थी।

आखिरकार चार बजे के क़रीब एक बैलगाड़ी कहीं से लचर-पचर करती आई और उनके सामने आकर खड़ी हो गई। शिक्षक उसमें से कूदकर उतरा, तो डेज़ी ने कहा, 'तुम्हें भूख लग रही होगी। हमने तो खाना खा लिया है।'

'मैं गाँव में खा आया हूँ।'

गाड़ी चटाई से ढकी थी, एक सफेद बैल उसमें जुता था, उसके गले में घंटियाँ बँधी थीं जो उसके चलते समय बजने लगती थीं। किराये की बात करने में कुछ समय लगा। शिक्षक ने कहा, 'मैंने इसे चार रुपये में तय किया है, यह आपको कोप्पल तक ले जायेगी, जहाँ आप मालगुडी की बस में बैठ सकेंगे।'

बुड्ढे-से गाड़ीवान ने, जो बराबर बैल का नाम ले-लेकर गाली बकता जा रहा था, अपनी सवारियों को ध्यान से देखा और उन्हें गाड़ी में बिठाने में मदद की। फिर बोला, 'मुझे नये शादीशुदा लोगों को ले जाना अच्छा लगता है। अगर कोई और होता तो मैं पूरे छह रुपये लेता, एक पैसा भी कम नहीं। चारे के दाम बढ़ते ही जा रहे हैं। मैं ऐसा आदमी नहीं हूँ जो अपने जानवरों को पेड़-पौधों का खाना खिलाये। इससे उनकी उम्र घट जाती है—मैंने 'जानवर' शब्द कहा? यह शब्द मुझे पसंद नहीं है, यह शब्द कठोर है और अपमानित करनेवाला है—किसी जीवित प्राणी को आप 'जानवर' कैसे कह सकते हैं? एक आदमी ने एक दफ़ा मुझे 'जानवर' कहा था, तो मैंने उसका सिर फोड़ दिया था। आज मैं ज़रूर ऐसा हो गया हूँ, लेकिन जब मैं जवान था, हे ईश्वर, यह तो जैसे पिछला जन्म लगता है—फिर भी यह तस्वीर की तरह मेरे दिमाग़ पर आज भी एकदम साफ़ है, कि मेरा छोटा-सा बेटा मेरी गोद में आ बैठा और रस्सी अपने हाथ में लेकर खुद बैलों को हाँकने लगा; कैसे अपनी ज़बान चटखाता हुआ वह बैलों को भगाये लिये जा रहा था—क्या बताऊँ! कितना छोटा-सा, बस, चाबुक की लकड़ी जितना, लेकिन बैलों को पागलों की तेज़ी से दौड़ाने लगा। लेकिन मैं नहीं चाहता था कि वह भी मेरी तरह बैलगाड़ी चलाये, मैं चाहता था कि वह पढ़े-लिखे—हमारे गाँव के स्कूल वाले टीचर ने कहा कि यह हमारे देश में सबसे ज़्यादा तेज़ लड़का है...।' बूढ़ा इसी तरह पूरे सफ़र में बातें करता रहा, साथ ही बैल की घंटियाँ बजती रहीं।

रमन बोर होने लगता तो उसे कभी-कभी टोक देता, 'अब तुम्हारा बेटा कहाँ है?'

'पता नहीं साब,' बूढ़े ने जवाब दिया। 'वह शहर चला गया था और वहाँ एक फ़ैक्टरी में काम करने लगा था। फिर उसने हमको भुला दिया।' रमन पूछना चाहता था कि क्या उसकी शादी हुई थी, और उसके कितने बच्चे हुए, लेकिन इससे डेज़ी उत्तेजित हो उठेगी, इसलिए उसने यह सवाल नहीं पूछा। लेकिन बूढ़ा इन दोनों को विवाहित समझकर इन्हें सुखी जीवन के गुर बताता रहा। उसने कहा, 'मेरी चार बीवियाँ गुजर गईं, लेकिन मैं कभी अविवाहित नहीं रहा। आपको मैं क्या बताऊँ, बीवी के बिना ज़िंदगी बेकार है। मेरी पाँचवीं...'

'कितने बच्चे हुए?' रमन न चाहते हुए भी पूछ बैठा।

'चार से ज़्यादा किसी के नहीं हुए—बच्चे तो भगवान देता है, हम उसे ''ना''

करने वाले कौन हैं!' सौभाग्य से इस वक्त डेज़ी चटाई के सहारे सो गई थी, और रमन ने तुरंत बातचीत का विषय बदल दिया।

थोड़ी देर बाद डेज़ी ने आँखें खोलकर पूछा, 'हम अभी सड़क पर ही हैं? क्या बजा है?'

'छह।'

'कहीं बस मिले तो उसमें बैठ जायेंगे।'

गाड़ीवान बोला, 'यहाँ बस नहीं आती। यह गाड़ी क्या बुरी है? इसमें अच्छा नहीं लग रहा?' गाड़ी आरामदायक थी। नीचे पुआल बिछाकर उस पर दरी डाल दी गई थी—खूब गुदगुदी—और उसमें भीनी-भीनी मिट्टी की सुगंध तैर रही थी। पहाड़ी सड़क से उतरकर वे मुख्य सड़क पर आये; और अंत में मेम्पी पहाड़ियों को पीछे छोड़कर ताड़ और नारियल के पेड़ों से घिरे मनोहर मार्ग से शहर जाने वाली सड़क पर आ पहुँचे। गाड़ी की इस यात्रा में दोनों एक-दूसरे के समीप आते जा रहे थे, क्योंकि यहाँ जगह बहुत कम थी, इसलिए बंधन भी टूटते जा रहे थे। डेज़ी ज़्यादा बातचीत करने लगी थी। रमन ने महसूस किया कि उसका मैत्री पक्ष अब सामने आ रहा है, इसलिए इसका फ़ायदा उठा लेना चाहिए। जब वह अपना काम करती होती या शिक्षक जैसे किसी व्यक्ति से बात कर रही होती, तब उसका व्यावहारिक पक्ष सामने होता, लेकिन यह स्थिति बदलते ही उसका स्वाभाविक आकर्षक पक्ष प्रकट हो जाता—जैसे वह नंबर सात के थर्ड क्रास पर दरवाज़ा खोलते हुए करती थी। अब वह उसे बेतहाशा प्यार करने लगा था। जब कभी उसकी तरफ़ नज़र डालता, उसका दिल तेज़ी से धड़कने लगता था। आत्मनिरीक्षण करते हुए वह सोचने लगा, यह वही है जो गाँव में अकड़ से और बहुत कम बोलते हुए अपने काम में लगी रहती थी, और अब यहाँ इतनी बदली नज़र आती है कि मेरा तेज़ी से धड़कता दिल शांत ही नहीं होता। मूर्खता की बात है यह...लेकिन मैं भी क्या करूँ। वह चाहता था कि उससे बात करता रहे, उसकी आवाज़ सुनता रहे, लेकिन उसे तो परिवार-नियंत्रण, बढ़ती हुई आबादी और इससे ही जुड़े विषय पसंद थे। उससे मौसम, राजनीतिक संकट और आर्थिक समस्याओं की तो बात ही नहीं की जा सकती थी। इन सब विषयों पर तो वह ध्यान ही नहीं देती थी। संगीत, संस्कृति या दर्शन पर तो उससे चर्चा कर ही नहीं सकते थे। वह या तो इन विषयों की परवाह ही नहीं करती थी, या जानबूझकर इनकी उपेक्षा करती थी, जिससे अपने विषय पर उसका दिमाग़ केन्द्रित रहे। वह योगी की तरह थी जिसकी दृष्टि सामने नाक पर ही टिकी रहती है, और जिसे जीवन में और कुछ दिखाई ही नहीं देता। लेकिन कोई बात नहीं। जब तक वह यहाँ मेरे सामने है, जैसी है वैसी ही बनी रहती है, जब तक उसकी विशेष गंध, जो शायद किसी तेल की है,—लेकिन उसने तो कभी उसे सजते-सँवरते नहीं देखा,

कभी शीशे के सामने खड़े बाल काढ़ते हुए भी नहीं देखा। लेकिन उसे यह भी ख्याल आया कि जब वह कहीं भी बंद कमरे में होती है, तब वहाँ वह क्या करती है, इसे वह जान भी कैसे सकता है। उसकी कल्पना वह सब सोचने की कोशिश करने लगी जो वह बंद कमरे में, नहाते-धोते या कपड़े बदलते हुए, अपने साथ करती होगी!

थोड़ी देर बाद यह अच्छा हुआ कि गाड़ीवान ने उससे कहा कि ज़रा गाड़ी के बीच में खिसक जाये जिससे गाड़ी का संतुलन न बिगड़े और वह एक तरफ लुढ़कने न लग जाये। यह आग्रह उसे बहुत पसंद आया क्योंकि अब वह डेज़ी के सुगंध निकल रहे शरीर के बहुत समीप आ सकता था। वह कितना चाह रहा था कि डेज़ी के साथ उसकी निकटता स्थापित हो, भले ही शब्दों के द्वारा ही यह क्यों न हो। उसने महसूस किया कि अगर वह सरल हृदय जिज्ञासु की तरह उससे ज्ञान प्राप्त करना चाहे तो वह अवश्य उत्तर देगी। गुरु की भाँति शिष्य को उपदेश देना उसे बहुत अच्छा लगेगा। निकटता बढ़ाने के पहले क़दम के रूप में यह बहुत अच्छा रहेगा। इसके बाद वह दूसरा क़दम भी बढ़ा सकेगा। ज़रूरी नहीं है कि परिवार-नियंत्रण के बारे में ही हमेशा बात की जाती रहे। धीरे-धीरे अन्य विषयों पर भी वह बातें कर सकेगा, अपने को संपूर्ण नग्नता के साथ व्यक्त कर सकेगा। नग्नता? वह ताज्जुब करने लगा, यह शब्द यहाँ कैसे प्रवेश कर गया। लेकिन वर्तमान स्थितियों में शायद यह स्वाभाविक ही था। इस शब्द का प्रयोग करने से उसे कोई नहीं रोक सकता। बहुत ही अबोध शक्ल बनाकर उसने डेज़ी से अपना प्रश्न कर दिया : 'कुछ गर्भ-निरोधकों के उपयोग के बारे में मन में कई सवाल हैं, जो मैं समझ नहीं पाता।'

गाड़ी के चलते रहने से डेज़ी की आँखें झपक गई थीं, यह बात सुनकर वह सचेत हो गई और सीधी होकर बोली, खासतौर पर तुम क्या जानना चाहते हो?'

वह इस प्रतिप्रश्न की अपेक्षा नहीं करता था, इसलिए बोला, 'आप जब भी इस बारे में बताती हैं, मैं हमेशा पूछना चाहता रहा हूँ, लेकिन बीच में बोलना मुझे अच्छा नहीं लगा।'

'ठीक है। तो तुम क्या जानना चाहते हो?'

अब उसे कुछ कहना ही था, लेकिन क्या पूछे, यह समझ न पाने के कारण उसने कोई ऐसी बात कह दी, जिसे सुनकर डेज़ी हँसने लगी। कई दिनों में वह पहली दफ़ा हँसी थी। वह इतने ज़ोर से हँसी कि गाड़ीवान ने पीछे मुड़कर देखा। फिर ऐसे सिर हिलाया जैसे वह समझता है, और फिर बैल हाँकने लगा।

वह बोली, 'मेरा ख्याल है, तुम इतना शरीर-विज्ञान जानते हो कि यह बात समझ सको।'

रमन जैसे पकड़ लिया गया, वह सोच नहीं पाया कि ''हाँ'' कहे या ''ना''। अगर वह ''हाँ'' कहता है तो डेज़ी उसके बारे में अच्छा नहीं सोचेगी, और अगर

''ना'' कहता है तो उसे निपट मूर्ख समझेगी। लेकिन उसे दूसरा जवाब ही ठीक लगा।

'मैं इस विषय पर बहुत ज़्यादा कैसे जान सकता हूँ? यह ज़रूर है कि बहुत पहले स्कूल में कुछ शरीर-विज्ञान ज़रूर पढ़ा था, और जहाँ-तहाँ से कुछ सामान्य ज्ञान भी पा लिया है। लेकिन यह बहुत सीमित है।'

'तो तुम इतने अबोध हो?' उसने पूछा।

वह सोचने लगा कि क्या वह अपनी प्राइवेट बातें बताना शुरू कर दे। एक दफ़ा कॉलेज की उस लंबी-सी लड़की ने, जब कक्षा के लिए कैंप के लिए गये हुए थे, उसे अलग से घेर लिया था...दूसरे लड़के-लड़कियाँ इधर-उधर घूम-फिर रहे थे, और...एक-दो और भी ऐसी ही घटनाएँ, जिन्हें बच्चों वाला प्यार ही कह सकते हैं, दोनों का अकेले में कुछ करने का प्रयत्न, लेकिन जिसमें कुछ हाथ नहीं लगा, सब बेकार गया...। लेकिन ये सब बातें इस समय कहने की ज़रूरत नहीं है। बताने से वह भड़क सकती है, मुझ पर विश्वास नहीं करेगी। इसलिए उसने इन बातों से अपनी पूरी अज्ञानता ही व्यक्त की, और उसके सामने यही रखा कि वह संत-स्वभाव का आदमी है।

अब उसने कहना शुरू किया, 'यही वजह है कि मैं मानती हूँ कि बच्चे को किंडरगार्टेन से ही सेक्स की शिक्षा दी जानी चाहिए। इस विषय में इतना अज्ञान और निषेध है—और इसी कारण आज की स्थिति इतनी भयंकर हो उठी है। मेरा ख्याल है कि तुम इतना तो जानते ही होंगे कि बच्चा पैदा करना दुनिया का सबसे आसान काम है...'

'हाँ, जानता हूँ, लेकिन व्यावहारिक कुछ नहीं जानता,' उसने उत्तर दिया, और डेज़ी आगे कहने लगी, 'इसका मुश्किल पहलू यह है कि बच्चे को पैदा होने से कैसे रोका जाये। यही बात मैं सब जगह सब लोगों को, देश के कोने-कोने में, बताना और समझाना चाहती हूँ—बूढ़े और युवा सब नागरिकों के मन में ठोक-ठोककर जमा देना चाहती हूँ...।' अब वह जैसे सार्वजनिक मंच से भाषण देने के मूड में आ गई, भले ही उसका श्रोता एक ही हो, या दो, यदि गाड़ीवान को भी जोड़ लिया जाये, जो धीरे-धीरे गाड़ी चलाता जा रहा था। फिर उसने बड़े विस्तार से और बिना किसी संकोच के स्त्री के शरीर में पुरुष का शुक्राणु यात्रा करता है, और किस प्रकार उसकी इस यात्रा को रोका जा सकता है। उसने इतने उत्साह से यह सब बताया कि रमन सोचने लगा कि इसके जीवन में ऐसी कौन-सी घटना हुई है जिसके कारण यह गर्भधारण की इतनी विरोधी बन गई है। उसने ये सब बातें पहले भी, जब वह सार्वजनिक रूप से लोगों को बताती थी, डेज़ी के मुँह से अनेक बार सुनी थीं, लेकिन यहाँ गाड़ी के इस चारों तरफ़ से बंद वातावरण में, अकेले उसी के सामने, यह विवरण उसे

भीतर तक उत्तेजित कर गया। इससे उसे बहुत संतोष हुआ।

सात बज रहे थे। वह कोप्पल से आठ बजे मालगुडी जाने वाली बस पकड़ना चाहते थे। अब उन्हें सफ़र करते तीन घंटे से ज़्यादा बीत चुके थे। अचानक गाड़ीवान चिल्लाया, 'हाय! क्या हो गया!' और उसने गाड़ी रोक दी। बैल लड़खड़ा गया था और उसे चोट लग गई थी। गाड़ीवान नीचे उतरकर उसे देखने लगा। सवारियाँ भी उतर आईं। गाड़ीवान परेशान हो उठा था। उसने बैल की पीठ पर चाबुक मारा और बोला, 'मैं जानता था कि यह ऐसा ही कुछ करेगा।'

'क्या हुआ?' दोनों ने चिंतित होकर पूछा।

'इसने चोट मार ली है। बेवकूफ़ ने आँखों का इस्तेमाल नहीं किया और पैर घायल कर लिया। समझदार जानवर को आँखें खोलकर चलना चाहिए कि कहाँ पत्थर है और कहाँ खड्डा। सुअर की...।' वह बेचारे जानवर के माता-पिता का बखान करने लगा। उसने फुर्ती से उसके कंधे पर रखा जुआ उतारा, और पैर हाथ में पकड़कर बड़े प्यार से चोट देखने लगा। 'अब यह आगे नहीं जा सकेगा', यह कहते हुए उसकी आँखों में आँसू भर आये। फिर खड़े होकर सोचने लगा कि अब क्या किया जाये।

डेज़ी और रमन भी चिंतित नज़र आये। दोनों ने एक साथ कहा, 'अब क्या होगा?'

'मैं इसे पड़ोस के गाँव ले जाऊँगा जहाँ इसकी चोट पर दवा की पत्तियाँ बाँधी जायेंगी।'

रमन को लगा कि गाड़ीवान को हमारी अपेक्षा बैल की ज़्यादा फ़िक्र हो रही है। वह देर तक दवा की बात करता रहा, तो रमन ने कहा, 'लेकिन अब हमारा क्या होगा?'

'आप यहीं ठहरें या मेरे साथ आयें। मैं नया बैल ले आता हूँ। आपको कोप्पल पहुँचाने का मैंने वादा किया है—उसे मैं पूरा करूँगा। आप चिंता न करें।'

'गाँव यहाँ से कितनी दूर है?'

'वहाँ मेरा भतीजा रहता है। वह मेरी मदद करेगा।'

'ठीक है।' लेकिन मैंने पूछा, 'वह कितनी दूर है।'

'मुझे क्या पता! मैं नापने का फीता लेकर तो नहीं चलता। मैं वहाँ जाता हूँ और आपसे वादा करता हूँ कि लौट कर आपको ले चलूँगा। फ़िक्र न करें। यह जगह सुरक्षित है, यहाँ न डाकुओं का डर है और न भूत-प्रेत का। गाड़ी में दरी बिछी है और बड़ा आराम है। आप खाना खाकर आराम से सो जाइये। मैं वापस आऊँगा। इस सड़क पर मैं ज़िंदगी में सैंकड़ों बार आया गया हूँ...यह जगह आपके बेडरूम की तरह सुरक्षित है। खाइये और शांति से सोइये। मैं बढ़िया बैल लेकर लौटूँगा।' यह कहकर उसने गाड़ी एक पेड़ के नीचे खींचकर खड़ी कर दी, अपनी समझ में

नवविवाहित जोड़े के मज़े के लिए इशारे करते हुए, बैल को लेकर आगे बढ़ गया। दूर तक उसकी घंटियों की आवाज़ सुनाई पड़ती रही। आसमान में आधा चाँद निकल आया।

अब दोनों अकेले रह गये और एक-दूसरे के प्रति संकोच महसूस करने लगे। अचानक पैदा हुई इस स्थिति ने उनपर एक नैतिक बोझ डाल दिया था। पहले तो रमन को लगा, यह अच्छा हुआ, लेकिन इसके बाद वह नर्वस महसूस करने लगा। उसे अंदाज़ नहीं था कि बूढ़े गाड़ीवान की उपस्थिति उनके लिए कितनी महत्त्वपूर्ण थी। कुछ देर दोनों चुप खड़े रहे। रमन के मन में डर पैदा हुआ कि एक भी गलत बात हुई तो उसे ही दोषी माना जायेगा। उसने धीरे से कहा, 'हवा तो ठंडी चल रही है।'

'हाँ', डेज़ी ने बिना कोई उत्साह दिखाते हुए कहा। उसने आसमान में ऊपर नज़र डाली और बोला, 'आधा चन्द्रमा काफ़ी अच्छा लग रहा है।'

'हाँ' जवाब आया।

'चंद्रमा पूरा होता तो ज़्यादा सुंदर लगता। क्या ख्याल है?'

'हाँ', डेज़ी ने कहा और जिस दिशा में गाड़ीवान गया था, उस तरफ़ देखती रही। वह अचानक एक झाड़ में गायब हो गया था और शायद उसने दिशा बदल दी थी। डेज़ी ने ज़रा भय के भाव से कहा, 'कैसा आदमी है, हमें यहाँ अकेला छोड़कर चला गया।'

'वह वापस आयेगा, अभी बहुत दूर नहीं गया होगा। क्या आपको डर लग रहा है?'

उसने जैसे नफ़रत के भाव से सिर हिलाया। कहा, 'बात यह नहीं है। मैंने ज़िंदगी में इससे भी बुरी स्थितियों का सामना किया है। लेकिन उसे बताना चाहिए था कि कहाँ जा रहा है।'

'हमें चाहिए कि गाड़ी यहीं छोड़कर पास के गाँव में चले जायें। इससे उसे कुछ सीख मिलेगी।' समस्या के इस हल पर उसने कोई प्रतिक्रिया नहीं दी। रमन बोला, 'आप बताइये, थक गई हैं या चल सकती हैं।...हम अपना सामान उठायें और चलें।' यह कहकर उसने अपनी घड़ी की तरफ देखा और उसमें जो समय हुआ था, बताया। डेज़ी चुप बनी रही, फिर उसने अपने लिए सिंहासन की तरह बैठने के लिए देखा कि कोई बड़ा पत्थर है, लेकिन कहीं कुछ दिखाई न पड़ने पर टार्च जलाकर ज़मीन पर इधर-उधर डाली, और उसे साफ़-सुथरी पाकर वहीं बैठ गई। रमन बोला, 'यह ज़रूर देख लें कि आसपास कोई साँप-बिच्छू तो नहीं है,' और फिर खुद भी जगह देखकर उसके पास थोड़ी दूर पर खुद भी बैठ गया। अब उसके लिए यह तय करना मुश्किल हो रहा था कि डेज़ी से वह कितनी दूरी बनाये, तीसरा व्यक्ति

साथ में होने पर यह समस्या सामने नहीं आती थी, उस स्थिति में वह काफ़ी पास भी, जैसे गाड़ी में, बैठ सकता था—लेकिन इस स्थिति में वह संदेह का ज़रा भी अवसर नहीं देना चाहता था। यह सब सोचकर उसने फिर अपनी जगह बदली और अपनी समझ में इतनी दूर, या पास, जाकर बैठ गया, जो डेज़ी को बुरा भी न लगे, और अगर वह उसका साथ चाहे, तो उसे भी महसूस कर सके। यह सब गुणा-भाग करके उसने एक बार फिर अपनी जगह बदली और शतरंज की चालों की तरह एक नई जगह जाकर बैठ गया—आदमियों को मोहरे बनाकर मध्यकाल में मुगल बादशाह भी काफ़ी फैली हुई जगह में पत्थर के खाने खींचकर शतरंज खेलकर अपना मनोरंजन करते थे। उसने तय किया कि यदि डेज़ी उसके पास बाल बराबर भी खिसकती है, तो वह इसे संकेत मानकर लेगा कि वह भी उसकी दिशा में तब तक खिसक सकता है जब तक दोनों के बीच की दूरी एकदम खत्म न हो जाये। लेकिन उसने देखा कि इस समय वह अपने बिलकुल न बोलने के मूड में डूब गई है, और उसे इस स्थिति का सम्मान करना पड़ेगा।

कुछ देर दोनों इस तरह चुप बैठे रहे, फिर अचानक रमन ने कहा, 'आठ बज गये हैं। मैं आपको खाना देता हूँ?' डेज़ी इसे मान गई। रमन गाड़ी की तरफ़ गया और उसमें से खाने का थैला निकाल लाया। फिर उसे डेज़ी के सामने रख दिया, उसे पानी की बोतल भी पकड़ा दी और इन्तज़ार करने लगा। डेज़ी ने खाने का डिब्बा खोला, केले के पत्ते के दो टुकड़े किये, और एक में चावल वगैरह निकालकर उसे रमन को पकड़ा दिया। रमन ने धन्यवाद देकर चुपचाप खाना शुरू कर दिया। वातावरण में पक्षियों और कीड़े-मकोड़ों की मद्दिम आवाज़ें सुनाई पड़ रही थीं। इस असंबंधित जोड़े के बीच यह पहली रात थी। उसकी कल्पना इसमें मग्न थी। खा चुकने के बाद डेज़ी ने एक कप में पानी भरकर उसकी ओर बढ़ाया। हमारा जोड़ा सही है—मेरी कितनी देखभाल कर रही है उसने सोचा। उसके दिमाग़ में क्या चल रहा है, यह जानने के लिए वह कोई भी क़ीमत चुका सकता था। लेकिन समस्या इस समय कुछ नहीं है, समस्या तो डिनर के बाद पैदा होगी।

खाने के बाद पानी पीकर डेज़ी का मूड कुछ सुधरा और वह बातचीत करने लगी, 'इस बीच मेरी मेज़ पर चिट्ठियों का ढेर लग गया होगा, और उनसे निबटना ही मुझे मुश्किल लगता है। बाहर मैं कितना भी काम करूँ, मुझे कोई परेशानी नहीं होती।'

'मैं आपकी कुछ मदद कर सकूँ, तो संकोच मत कीजियेगा,' रमन ने कहा।

'नहीं, मैं मैनेज कर लूँगी। हमेशा करती रही हूँ। मेरा ख्याल है कि मेज़ पर बैठकर काम करने के लिए नहीं बनी हूँ।'

'मैं यह बात हरगिज़ नहीं मानूँगा। दफ़्तर के कामों में आप बहुत कुशल हैं।

यह मैं तभी समझ गया था जब मैं पहली दफ़ा आपसे साइन बोर्ड बनाने का काम लेने गया था। कितनी पुरानी बात लगती है।' वह सोचता हुआ–सा बोला।

'उसे बारह हफ्ते ही हुए हैं, ज़्यादा नहीं...', डेज़ी ने पक्का हिसाब बताया।

रमन उलझन दिखाता हुआ मुस्कराया, 'मुझे लगता है कि कई जन्म पहले की बात है।' यह कहकर वह चुप हो गया।

'यही तो कल्पना है,' डेजी बोली। 'क्या तुम पुनर्जन्म मैं विश्वास रखते हो?'

जवाब देने से पहले रमन ने यह देखना चाहा कि उसके लिए सही जवाब क्या होगा। इसलिए उसने पूछा, 'आप करती हैं?'

'नहीं', डेज़ी ने तुरंत उत्तर दिया।

'कुछ लोग ऐसे हैं जो विश्वास करते हैं, और कुछ नहीं भी करते। दोनों बातें हैं–'

'मैं पूछ रही हूँ, तुम्हारा क्या विश्वास है?'

'अरे, मैं तो सारा समय इतना व्यस्त रहता हूँ कि इन बातों पर विचार करने का वक्त ही नहीं मिलता। हो सकता है, जब रिटायर हो जाऊँ तो शांति से बैठकर इन बातों पर सोच-विचार करूँ।' इसके बाद उसने ज़रा बहादुरी दिखाते हुए कहा, 'आप सवेरे से चल रही हैं और इतनी मेहनत की है। चाहें तो गाड़ी में जाकर आराम से सो जाइये। मैं बाहर रहकर देखभाल करूँगा। गाड़ीवान ने गाड़ी इस तरह खड़ी कर दी है कि वह फ़िसलेगी नहीं, अपनी जगह बनी रहेगी।'

'तुम भी तो इसी तरह चलते और मेहनत करते रहे हो। थक गये होंगे। पहले तुम सो लो, मैं बाहर देखभाल करूँगी।

'अरे नहीं...,' वह बोला। यह तो पुरुष का कर्तव्य है। मैं बाहर रहूँगा, आप भीतर जायें।'

इस पर विचार करके डेज़ी ने कहा, 'अच्छा, देखते हैं...।' फिर वह गाड़ी के भीतर जाकर एक दरी और तकिया निकाल लाई। 'तुम गाड़ी के नीचे सो जाओ। यहाँ आराम है, बस, यह ख्याल रखना कि उठते हुए सिर लकड़ी से न टकरा जाये।' इस पर दोनों हँस पड़े। वह बोली, 'कुछ लोग खुले आसमान में सो ही नहीं सकते...'

'मैं भी ऐसा ही हूँ, आपने कैसे जान लिया...'

डेज़ी नीचे झुकी, ज़मीन पर पुआल बिछाया और उस पर दरी डाल दी, जिस पर तकिया रखकर उसका बिस्तर तैयार कर दिया। रमन को यह अच्छा लगा और उसके प्रति कृतज्ञता महसूस की। उसने गाड़ी के भीतर जाकर इसी तरह डेज़ी का बिस्तर तैयार कर दिया। फिर दोनों ने खाने के बर्तन साफ़ करके एक तरफ़ रख दिये। 'जब तक गाड़ीवान वापस न आ जाये, तब तक आराम कर लें। तब मैं आपको जगा लूँगा।' रमन ने उसे गाड़ी में चढ़ने में मदद की, थोड़ी देर तक रुका रहा, फिर

गाड़ी के नीचे अपने बिस्तर में जा घुसा।

चंद्रमा का प्रकाश, सितारे, ठंडी हवा—हर वस्तु उसके मानसिक संतुलन को बिगाड़ रही थी। वह देर तक अपनी दरी पर पड़ा करवटें बदलता रहा, ऊपर गाड़ी की तली को वह बार-बार कामना से देखता। छात्र-जीवन में उसने रुडॉल्फ वेलेन्टाइनों की फिल्म 'दिशेख' देखी थी, वह सोचने लगा कि क्या उसी की तरह वह भी कूदकर ऊपर जाये और डेज़ी को अपनी बाँहों में जकड़ ले। उपन्यासकार कहते हैं कि औरतें आक्रामक प्रेमी को पसंद करती हैं। पिछले तीन हफ्तों में डेज़ी ने जब-तब जो भी शब्द कहे थे, उन्हें वह याद करने लगा, इन तीन हफ्तों में वे एक-दूसरे के जितने निकट आ गये थे, उतना तीन वर्षों में भी नहीं आ सकते थे। लगता था, दोनों के बीच एक तरह का गुप्त जीवन विकसित हो गया है। जब वे बैलगाड़ी में हिलते-डुलते सफ़र करते थे, तब बहुत कम जगह होने के कारण अक्सर उनके कंधे और घुटने एक-दूसरे को छूने लगते थे। और एक दफ़ा तो जब गाड़ी बहुत ज़ोर से उछली, तब तो दोनों एक-दूसरे से टकरा ही गये थे। फिर एक-दो बार उसने जानबूझकर भी अपना हाथ उसकी तरफ इस तरह फेंका जैसे यह झटका ही लगा है, लेकिन उसने उसे धीरे से अलग कर दिया। उसका सारा शरीर कामना से भर गया था। उसने अपने से कहा, मैं उसकी पूजा करता हूँ, लेकिन यह मूर्खतापूर्ण तनाव जो इस समय मुझे परेशान कर रहा है, इसका कोई उपाय होना चाहिए। मुझे शायद शिव के उस तीसरे नेत्र पर ध्यान लगाना चाहिए, जिसे खोलकर उन्होंने काम के देवता को जलाकर भस्म कर दिया था—और जिसे आज की भाषा में उन्नयन करना कहा जाता है। उसने मन ही मन सोचना शुरू कर दिया : वह चुपचाप उसके पास पहुँच जायेगा और अगर वह प्रतिरोध करेगी, तो उसे कसकर दबा लेगा। फिर वह गर्भवती हो जायेगी। तब वह सहायता के लिए मेरे पास आयेगी। यह भी अच्छा ही होगा। वह चाची को उसकी बहिन के पास गाँव भेज देगा। डेज़ी एलामन स्ट्रीट में अपने बच्चे के साथ रहेगी—यह सहज और स्वाभाविक बात होगी; लेकिन अगर उसने एक साथ दो बच्चे पैदा किये—आजकल ऐसी घटनाएं काफ़ी सुनने में आ रही हैं—तो शायद उसे गलत आचरण के आधार पर नौकरी से हटा दिया जायेगा। वैसे यह भी अच्छी ही बात होगी। वह पूरी तरह उस पर निर्भर करने लगेगी और वह उसे पूरी सुरक्षा तथा सुखी जीवन प्रदान करेगा। बस, उसे ज़्यादा काम प्राप्त करने के लिए ज़रा ज़्यादा दौड़ भाग करनी होगी, यह वह कर सकेगा। सब कुछ ठीक से चल रहा प्रतीत होता था, जैसे किसी सुविचारित योजना के अधीन हो रहा हो; इससे ज़्यादा स्वाभाविक बात क्या हो सकती थी, कि एक स्त्री और पुरुष तारों भरे आसमान के नीचे, एक साथ हों, और कोई साधारण सी बाधा उन्हें रोकती हो, जिसे तोड़कर वे परस्पर गहरे आलिंगन में बँध जायें? उसने गाड़ी के बाहर झाँका—तारे चमक रहे

थे और चंद्रमा क्षितिज पर अस्त हो रहा था। उसे लगा कि वह खुरदरी ज़मीन पर चुपचाप लेटा सामने खड़े अवसरों को खोये दे रहा है। वह धीरे से बाहर निकला, सीधा खड़ा हुआ और गाड़ी के मुख पर पहुँच गया। क्षण भर को वह हिचकिचाया, कि पहले धीमी आवाज़ में उसे आवाज़ दे, फिर आगे बढ़े—लेकिन इस समय ये सब औपचारिकताएं निभाना सही नहीं था, हिचकने का अब समय नहीं था। यह अवसर ईश्वर ने उसे प्रदान किया था, अब उसे काम ही करना था। मनुष्य को वर्तमान के क्षण में ही रहना चाहिए और उसका सार तत्व निचोड़ लेना चाहिए। हर क्षण बीत जाता है और भूत हो जाता है, हमेशा के लिए नष्ट हो जाता है। 'आज कल का पिछला दिन है।' उसने अपने को ऊपर उठाया। और अंधे की तरह गाड़ी में घुस पड़ा। उसने कुछ नहीं देखा, अपने वातावरण को वह भूल गया, और परिणाम कुछ भी क्यों न हो, उसका उद्देश्य अपने शिकार को हथियाना ही था। भविष्य का विचार मूर्खतापूर्ण है, इसका कोई अर्थ नहीं है। इस समय वह जो भी करने को तैयार हो रहा था, वह उसे बिलकुल न्याय संगत लग रहा था। उसने फुसफुसाकर, 'मेरी प्रिये, डरो मत, यह मैं हूँ। मुझे और ज़्यादा मत तड़पाओ,' और यह कहकर उसने, जहाँ वह सोई थी, उस जगह अपनी बाँहें तेज़ी से फैला दीं।

लेकिन डेज़ी वहाँ नहीं थी। दरी अभी तक गरम थी। उसने इधर-उधर हाथ दौड़ाकर देखा कि कहीं ऊपर-नीचे तो नहीं जा छिपी है। उसकी उँगलियों में एक मुलायम-सा गीला कपड़ा आया जिसे उसने कीमती चीज़ समझकर खींच लिया। लेकिन वह खुद कहाँ गायब हो गई है, अपना भीतर का कपड़ा यहाँ छोड़कर? बेशर्म औरत! कहीं अकेलेपन का फ़ायदा उठाकर अपने किसी प्रेमी के साथ तो नहीं चली गई है?

उसका तनाव अचानक खत्म हो गया। यह कपड़ा हाथ में पकड़े उसे अटपटा लगा और इसे वापस रख दिया। फिर उसने आवाज़ लगाई, 'डेज़ी! डेज़ी!' बाहर निकलकर उसने इधर-उधर दौड़ना और पुकारना शुरू किया। अब उसे चिंता भी होने लगी। कहीं यह पुराणों की मोहिनी तो नहीं है जो लोगों को आकर्षित करती घूमती है और उन्हें बेवकूफ़ बनाती है। वह चुपचाप गाड़ी के नीचे अपने बिस्तर पर चला गया।

सवेरा होने पर वह गाड़ी से बाहर निकला। गाड़ीवान वापस लौट आया था, वह खुश होकर बताने लगा, 'मैंने अपने भतीजे को जगाया—वहाँ तक पहुँचने में मुझे आधी रात लगी, और अब वह उठ ही नहीं रहा था। तब मैंने दरवाज़ा भड़भड़ाया, तो वह बाहर निकला और मेरी मदद की।' फिर उसने पूछा, 'ठीक से सोये?'

'हाँ, हाँ।'

गाड़ीवान ने भीतर देखने से परहेज़ किया क्योंकि वहाँ स्त्री सो रही थी। थोड़ी

देर इन्तज़ार करने के बाद उसने कहा, 'जब बहिन जी जग जायें तब मैं बैल जोतकर। चल पड़ूँगा।' चिड़िया चहचहाने लगी थीं और पेड़ों के ऊपर तो बहुत शोर कर रही थीं। अचानक उसने पूछा, 'बहिनजी कहाँ हैं?' रमन सोचने लगा कि क्या जवाब दे। गाड़ीवान ने ही कहा, 'कुएं पर गई होंगी। पास ही है—काफ़ी उथला, लेकिन पानी बहुत मीठा है। आपने हाथ-मुँह धो लिया।'

'करूँगा', रमन ने आराम से कहा, 'वो लौट आयें।' हालांकि वह मन में यही सोच रहा था कि क्या अब डेज़ी को देख भी सकेगा, लेकिन बात वह इस तरह कर रहा था जैसे बाथरूम के सामने उसका इन्तज़ार कर रहा है। कहीं वह कुएं में गिर तो नहीं पड़ी? उसने पूछा, 'कुआं कितनी दूर है यहाँ से?'

'इमली के उस पेड़ के बगल में, इसीलिए मैंने गाड़ी यहाँ खड़ी की थी। मेरा ख्याल था कि आपने देख लिया होगा।'

'हाँ, उसने कुएं की बात कही तो थी, लेकिन कहाँ है, यह मैंने नहीं पूछा।' वह कुशल पति की भाँति बात करने की कोशिश कर रहा था, जो हर चीज़ का इन्तज़ाम अपनी पत्नी पर छोड़ देता है, जिसमें सवेरे का हाथ-मुँह धोना भी शामिल है।

रमन अब काफ़ी हलका महसूस कर रहा था, प्रेम के ज़बरदस्त उद्रेक के बाद, जिसके परिणाम में उसे निराशा ही हाथ लगी थी और जिससे उसकी नैतिकता भी एकदम ढेर हो गई थी—लगता तो कुछ यही था।

गाड़ीवान बोला, 'औरतें ही पहले निपटती हैं।' तभी उन्होंने देखा कि डेज़ी इमली के पेड़ के पास से इधर ही आ रही है। वह इस समय एकदम चुस्त-दुरुस्त लग रही थी। उसके माथे से पानी की बूँदें अब भी टपक रही थीं। साड़ी के छोर से वह अपना चेहरा पोंछ रही थी। वह पास आई तो रमन ने कहना चाहा, मैं जानता हूँ कि तुम भीतर कुछ नहीं पहने हो। अब तुम कपड़े पहन लो, इसलिए हम तुम्हें अकेला छोड़ देंगे।

गाड़ीवान बोला, 'मैं बैल को पानी पिला लूँ, फिर हम चल पड़ेंगे...'

रमन ने डेज़ी की तरफ़ ज़्यादा ध्यान नहीं दिया। वह यह कहता गाड़ीवान के पीछे चल पड़ा कि, 'मैं' भी तैयार होकर आता हूँ।'

'फुर्ती से तैयार हो जाओ तो कोप्पल की बस पकड़ लोगे। बस स्टेंड पर काफ़ी की दुकान भी है। बहिन जी को भूख लगी होगी। मैं आपको बहुत जल्द वहाँ पहुँचा दूँगा।'

गाड़ीवान बैल को कुएं की तरफ़ ले चला। रमन भी चुपचाप उसके पीछे-पीछे, डेज़ी पर नज़र डाले बिना, हो लिया। लेकिन अपनी आँख के एक कोने से वह उसकी साड़ी को देख रहा था। वह सोच रहा था कि शायद वह उससे कुछ सुनने की, अभिवादन

की या सफाई की, अपेक्षा करती होगी, और उसका इस तरह चले जाना उसे ताज्जुब में डाल देगा। लेकिन वह क्या महसूस कर रही है, इसकी उसे फ़िक्र नहीं थी। उसके मन में गुस्सा था कि वह इस तरह उसे छोड़कर चली गई। उसे लग रहा था कि डेज़ी ने उसके खिलाफ़ काम किया है। क्या खिलाफ़ किया था उसने?—वह पागलों की तरह सोचने लगा। ग़लती दोनों में से किसकी थी? इसका निश्चय वह नहीं कर पा रहा था। अगर वह रात के अपने उद्योग में सफल हो जाता, तो शायद बलात्कार के अपराध में वह जेल जा सकता था। उसके भाग्य ने ही इस समय उसकी रक्षा की है। यह स्वीकार करने के बाद उसका मन कुछ हलका हुआ, और लड़की को उसने धन्यवाद दिया कि सही समय पर वह गाड़ी से गायब हो गई और इस तरह उसकी रक्षा कर ली। अब इस बात को उसे भूल जाना चाहिए, अपने दिमाग़ से इसे पूरी तरह मिटा देना चाहिए। वह यह सोच-सोचकर डरने लगा कि उसके भीतर क्या-क्या छिपा पड़ा है। अब इसे भूल जाना चाहिए, बिलकुल एकदम पूरी तरह भूल जाना चाहिए।

इतना कठोर निश्चय करने के बाद भी जब वे फिर गाड़ी में बैठकर दस मील दूर बस अड्डे की तरफ़ चलने लगे, तो उसने जैसे अजाने ही उस दिन का पहला वाक्य बोला 'मुझे बचाने के लिए धन्यवाद।'

'क्या?' डेज़ी ने कहा।

'अपने आप से,' रमन ने उत्तर दिया। डेज़ी ने कोई प्रतिक्रिया नहीं की। थोड़ी देर तक बैल के गले की घंटी की आवाज़ ही सुनाई देती रही। उसने धीरे से पूछा, 'आप कहाँ थीं?'

'इमली के पेड़ पर।'

'रात भर,' रमन फुसफुसाया।

'हाँ, सवेरे तक।'

'मुझे अफसोस है कि आपको यह करना पड़ा।'

'हाँ, वहाँ आराम तो नहीं था लेकिन शेर से रक्षा ज़रूर हुई।' रमन को यह सुनकर संतोष हुआ कि वह शेर के कारण भागी थी। 'तुमने शेर कहा? कितना बड़ा था?'

'वह गाड़ी के नीचे से चटाई को खुरच रहा था, और जब वह ऊपर आ गया तो मैं दूसरी तरफ से निकलकर पेड़ पर जा चढ़ी।'

रमन समझ गया कि उसके लिए चुप रहना ही ठीक रहेगा। फिर अचानक उसने पूछा, 'आपने- पेड़ पर चढ़ना कब सीखा?'

'जब मैं छोटी थी, हम गुरिल्ला खेलते थे। इसमें जो गुरिल्ला खेलता है, उसे पेड़ पर चढ़ना पड़ता है। हम हर रोज़ कई घंटे यह खेल खेलते थे, तो यह सीख

लिया। अब मुझे इस कहावत का अर्थ समझ में आता है कि ''शैतान के साथ आपकी शादी हो, तो आपको इमली के पेड़ पर चढ़ना पड़ेगा''—कहावत बनाने वालों को मेरा ही ख्याल रहा होगा।'

'लेकिन आपकी तो शादी नहीं हुई है,' रमन ने हँसते हुए कहा।

डेज़ी ने गंभीरता से जवाब दिया, 'उनके दिमाग़ में मेरे साथी भी रहे होंगे।' रमन यह सुनकर चुप हो गया।

गाड़ीवान ने बैल को गालियाँ देते-देते, बिना सिर घुमाये, उनसे पूछा, 'क्या कुछ लड़ाई हुई?'

'हाँ', रमन बोला।

'क्या हुआ', उसने सड़क पर सामने देखते हुए ही पूछा।

'अरे कुछ-न-कुछ होता ही है...'

'मैं भी जब ज़रा ज़्यादा पी लेता था, अपनी ज़नानी को मारता-पीटता था,' गाड़ीवान कहने लगा। 'लेकिन आप तो पढ़े-लिखे लोग हैं, और आपकी बात अलग है।'

घर-वापसी की यह यात्रा बहुत खुश्क रही। डेज़ी शेर और शैतान शब्दों का उल्लेख करके जैसे अपने भीतर ही सिमट गई थी। रमन उस व्यक्ति के पास बैठकर परेशानी महसूस कर रहा था, जिसे उसने इमली के पेड़ पर चढ़ने को विवश कर दिया था। इस कहावत से उसने क्या कहना चाहा था? उसकी चाची भी अक्सर यह कहावत कहती थी। क्या डेज़ी अपने को उससे विवाहित समझती है? या उसे किसी तरह मेरे मन में चल रही बातों का ज्ञान हो गया था? एक क्षण के लिए उसे यह सोचकर अच्छा लगा कि डेज़ी उसे गंभीरता से लेने लगी है। ऐसा है तो अब यह चुप क्यों है? उसने उस पर उड़ती हुई नज़र डाली, तो पाया कि वह उसी की तरफ़ देख रही है; यह अजीब लग रहा था कि एक-दूसरे के इतने पास बैठकर भी आपस में कोई बात न करें। लगता था, वह पत्थर की तरह जम गई है। उसकी भौंह पर पानी की कुछ बूँदें अभी तक, मुकुट में लगे हीरों की तरह, चमक रही थीं। उसने हिम्मत करके कहा, 'आप मलका विक्टोरिया लग रही हैं।'

यह बात दुस्ससाहस की थी, लेकिन उसने दुस्साहसी होने का निश्चय कर लिया था। कठिन यात्रा और रात के मानसिक दबाव के कारण उसने फैसला कर लिया था कि अब वह न तो दबेगा और न कमज़ोरी दिखायेगा, बल्कि मज़बूती में उसकी बराबरी करने की ही कोशिश करेगा। उसे उसकी इज़्ज़त करना सीखना होगा, वह उसका पिछलग्गू नहीं है कि जब चाहा बातचीत कर ली, और जब चाहा बाहर फेंक दिया। उसका संकोच अब दूर हो गया था। उसने ऐसा कुछ भी नहीं किया था, जिसके लिए वह अपने को दोषी महसूस करे, जो हुआ वह जीवन की मूल शक्ति

का प्रभाव था, जिसके कारण सारी दुनिया चल रही है। यह कोई ऐसी बात नहीं है जिसके लिए शर्मिंदा हुआ जाये या माफ़ी माँगनी पड़े। यदि वह अवसर का स्वाभाविक रूप से लाभ उठाने का प्रयत्न न करता, तो उसे कुछ क्षेत्रों में एकदम नाकारा समझा जाता। डेज़ी को इतना गंभीर होने की कोई ज़रूरत नहीं है, क्योंकि उसने ऐसा कुछ भी नहीं किया है जिसके कारण वह ऐसे तेवर दिखाये। उसने उसके साथ इस तरह घूमना स्वीकार करके उसके साथ अच्छाई ही की है, उसने तरह-तरह की कठिनाइयाँ झेली हैं, अपना सामान्य काम-धाम, यार-दोस्त और चाची, सबको ही छोड़ दिया है—अब इस तरह घमंड का व्यवहार करके वह क्या दिखाना चाहती है। उसने कई दफ़ा अपने आप से कहा, मैंने कुछ भी ग़लत नहीं किया है। अब उसने कुछ उद्दंडता के साथ कहा—

'आपने कोई जवाब नहीं दिया?'

'मैं कुछ कहना नहीं चाहती।'

'मैंने आपको मलका विक्टोरिया कहा, फिर भी आप कुछ नहीं कहेंगी।'

डेज़ी ने उस पर एक ठंडी नज़र डाली और बोली...'आखिर तुम कर क्या रहे हो? मज़ाक कर रहे हो, मुझे परेशान कर रहे हो, या सता रहे हो?' यह कहते हुए उसकी आवाज़ काँप रही थी और वह गुस्से की नज़र से रमन को देख रही थी।

'मैं सिर्फ आपको खुश देखना चाहता हूँ, और कोई बात नहीं है। आप इस तरह दुखी हो जायें और मुझसे इस तरह व्यवहार करें, इसकी कोई वजह नहीं है। आखिर मैंने ऐसा क्या किया है, सिवाय...'

यह सुनते ही डेज़ी ने गाड़ीवान के कंधे पर हाथ रखा और ज़ोर से कहा, 'रुक जाओ...फौरन रुक जाओ।'

गाड़ीवान चकरा गया, उसने पीछे घूमकर देखा।

उसने फिर कहा, 'मैंने कहा, एकदम रुक जाओ।' गाड़ीवान ने रस्सी खींची और मज़े से उछल-उछल कर चलता हुआ बैल एकदम रुक गया। डेज़ी ने अपना छोटा-सा थैला उठाया, गाड़ी से उतर पड़ी और बोली, 'इस आदमी को, जहाँ यह चाहे ले जाओ। मैं अब इसमें सफ़र नहीं करूँगी।'

गाड़ीवान मुस्कराया, 'आप बस तक कैसे पहुँचेंगी! अभी काफ़ी दूर है।'

'तुम इसकी चिंता मत करो। इसे ले जाओ मैं जो चाहे करूँ।'

अब रमन भी अपना थैला उठाकर नीचे आ गया। वह बोला, 'आप गाड़ी में जाइये। मैं पैदल आ जाऊँगा।'

गाड़ीवान भी नीचे आ गया। वह जैसे समझाने लगा, 'आप दोनों ही आओ यह ठीक नहीं है। जब ईश्वर ने आपको इस बंधन में बाँध दिया है, आप अलग कैसे हो सकते हैं। यह संभव नहीं है। और आपके बच्चे कहाँ हैं? छोटे-मोटे लड़ाई-झगड़े

तो होते ही रहते हैं, उन्हें बढ़ाना नहीं चाहिए। वापस आओ, भीतर बैठो। चलो, बैठो। काफ़ी हाउस में खा-पीकर दोनों फिर हँसने-बोलने लगोगे। मैं बहुत जल्द पहुँचा देता हूँ। आप लोग अलग होकर कहाँ जाओगे, कहाँ रहोगे? शादी कब हुई थी? अभी-अभी हुई है क्या?'

डेज़ी ज़ोर से बोली, 'हम शादीशुदा नहीं हैं। यह ग़लत है।'

रमन अचानक दुस्साहसी हो उठा। बोला, 'इस पर यकीन मत करना। हम शादीशुदा हैं।' डेज़ी ने उसे जलती हुई नज़रों से देखा।

गाड़ीवान जानकार की तरह मुस्कराया, 'पिछली रात की तरह रात बिताने के बाद नये जोड़े ऐसा ही व्यवहार करते हैं। यह आम बात है। मैं पहले ही समझ रहा था कि आपको आराम नहीं मिलेगा। इस तरह रात गुज़ारने के बाद गुस्सा आता ही है।'

रमन अब इस स्थिति का मज़ा लेने लगा था। डेज़ी ने एक बार फिर धीमी आवाज़ में कहा, 'हम दोनों पति-पत्नी नहीं हैं। यह आदमी मेरे लिए काम करता है। मैं इसे इसका पैसा देती हूँ।'

रमन ने जैसे सारी दुनिया को संबोधित करते हुए कहा, 'देखो, आज की बीवियों को क्या हो गया है। मैं इसकी मदद करने के लिए इसके साथ काम करता हूँ, और यह कहती है–'

डेज़ी चीखी, 'यह झूठ बोलता है।'

गाड़ीवान बोला, 'देखो, इसने आपको माफ़ कर दिया है। यह वक्त गुज़र जायेगा। आपको भूख लगी होगी। मैं बहुत जल्दी काफ़ी की दुकान पर पहुँचा देता हूँ। वहाँ खा-पीकर दोनों फिर हँसने लगोगे और गले लग जाओगे।' फिर उसने दोनों की तरफ़ देखा।

डेज़ी चीखी, 'यह आदमी झूठा और मक्कार है। यह नहीं जानता कि क्या कह रहा है।'

गाड़ीवान ने अब बहुत झुककर उनसे कहा, 'मैं आपके पैरों पर पड़ता हूँ, गाड़ी में बैठ जाओ। अभी भी बस तक पहुँचने का समय है, देर हो गई तो फिर रास्ते में फँस जाओगे। मैं इस जानवर की पूँछ ऐसे मरोड़ूँगा कि यह सरपट भागेगा और वक्त पर पहुँच जायेगा, और आप खा-पी सकोगे, आराम कर सकोगे और बस भी पकड़ लोगे।' यह कहकर बूढ़ा उनके सामने ज़मीन पर लेट गया। 'मेहरबानी करके बैठ जाओ। जब तक बैठोगे नहीं, मैं नहीं उठूँगा।'

रमन बोला, 'तुम्हें शर्म आनी चाहिए। इतना बुजुर्ग आदमी तुम्हारे लिए यह कर रहा है। तुमने इसे इस हालत तक पहुँचा दिया।' यह कहकर उसने डेज़ी को कंधे से पकड़ा और उसे गाड़ी में ढकेलने लगा। उसने आदेश के स्वर में कहा, 'भीतर

बैठो, भीतर। ज़िद मत करो। तुम बिना वजह तमाशा कर रही हो। जैसे तुम पर दौरा पड़ गया है।' उसने डेज़ी को ज़बरदस्ती भीतर किया और फिर खुद भी शान से चढ़कर बैठ गया। गाड़ीवान भी अपनी जगह आकर बैल को हाँकने लगा। उसने देखा कि डेज़ी दोनों हाथों से मुँह दबाये सिसक-सिसक कर रो रही है। रमन भी परेशान लग रहा था, हालांकि वह शान दिखाने की कोशिश कर रहा था।

गाड़ीवान ने उसके कान में फुसफुसाकर कहा, 'रो लेने दो। इससे उसे आराम मिलेगा। जो चाहती है, करने दो।'

रमन बहादुरी दिखाने के बावजूद अब बहुत परेशानी महसूस कर रहा था। वह डर गया था कि डेज़ी को कुछ हो न जाये। कहीं उसके कंधा पकड़ने से उसे चोट तो नहीं आ गई? हालांकि उसे अपनी मर्दानगी पर गर्व हो रहा था, और कम-से-कम वह डेज़ी से ज़्यादा मज़बूत तो साबित हुआ ही था, लेकिन उसका दबाव न झेल पाने के कारण कहीं उसकी कंधे की हड्डी तो नहीं टूट गई?—ऐसा हुआ तो बड़ी मुश्किल पैदा हो आयेगी। उसे डेज़ी को डॉ. आनंद के यहाँ ले जाना पड़ेगा और कंधे पर प्लास्टर चढ़वाना पड़ेगा। वह डॉ. आनंद से कहेगा, 'मेरी पत्नी की गले की हड्डी को कुछ हो गया है। मेहरबानी करके...' डॉ. आनंद को बहुत ताज्जुब होगा यह सुनकर। क्या हुआ? मैं क्या सुन रहा हूँ? कब हुआ यह? कब? डॉ. आनंद उसके बहुत पुराने मित्रों में थे, और यह भी कह सकते थे, शैतान, यह सब कर आये और हमें पता भी नहीं चला।

ठीक है, इसकी बात हम बाद में करेंगे। अभी तो पत्नी के लिए कुछ कीजिये। वे 'पत्नी' शब्द को अपनी ज़बान पर मज़े से घुमायेंगे, जैसे अमृत की बूँद हो। फिर हड्डी पर प्लास्टर चढ़वा कर डेज़ी उसके ऊपर ज़्यादा निर्भर करने लगेगी, और शायद आबादी की समस्या को भूल भी जायेगी। उसे इसका अफ़सोस होगा, लेकिन मुझे खुशी होगी। दुल्हन को अपना बनाने का अच्छा ढंग शायद यही है कि धीरे से उसकी गले की हड्डी चटखा दी जाये। वह डेज़ी के एकदम सामने बैठा था, लेकिन उसे देख नहीं पा रहा था; उसे डर था कि उसे रोते देखकर कहीं वह खुद भी बेवकूफों की तरह सिसकना न शुरू कर दे।

उसे डेज़ी के कंधे ऊपर-नीचे होते देखकर बहुत अजीब लग रहा था, बीच-बीच में एकाध सिसकी भी सुनाई दे जाती थी। उसने काफ़ी हिम्मत जमा करके उसे धीरज बँधाने के लिए अपना हाथ उसके कंधे पर रखने की कोशिश की, लेकिन डेज़ी ने बड़ी तेज़ी से उसका हाथ झटक कर अलग कर दिया।

फिर उसने जलती हुई नज़र रमन पर डालकर फुंकार-सी मारते हुए कहा, 'फायदा उठा रहे हो। तुम्हें भी दूसरों की तरह मैं सबक सिखाऊँगी। ज़रा ठहरो। मैं तुम्हें जेल भिजवा कर रहूँगी। सबसे पहले मैं पुलिस में तुम्हारी रिपोर्ट करूँगी।'

रमन को यह तो अच्छा लगा कि डेज़ी में चेतना फिर से जाग उठी, लेकिन पुलिस की बात सुनकर वह भयभीत हो उठा। पता नहीं यह क्या कर बैठे! उसे उम्मीद जगी कि वह सचमुच यह नहीं करेगी और पुलिस में उसके खिलाफ़ रिपोर्ट नहीं दर्ज करायेगी–लेकिन ऐसा हुआ तो उसका तो कैरियर की चौपट हो जायेगा। सारा शहर उस पर हँसेसा और वह पहले की तरह साइकिल पर चढ़कर मार्केट रोड से गुज़र ही नहीं सकेगा। जयराज इस स्थिति का फ़ायदा उठाकर मुझे मिलने वाले सब साइन बोर्डों पर कब्ज़ा जमा लेगा। 'पता है, इस आदमी ने क्या किया, इसने अपनी एक ग्राहक को रास्ते में अकेला पाकर भ्रष्ट करना चाहा।' डेज़ी ने अभी जो शब्द कहा, 'बेजा फ़ायदा उठाने' का, वह बहुत खतरनाक है, उससे मेरा बहुत नुकसान हो सकता है।

वह बोला, 'मुझे बहुत अफ़सोस है, आप मुझे माफ़ कर दीजिये। मैंने तो मज़ाक करना चाहा था, जो बहुत ज़्यादा खिंच गया।'

डेज़ी ने सिर्फ़ अपने ओंठों पर ज़बान फेरी, उसके पतले-से ओंठ ज़्यादा कस गये थे और छोटे भी हो गये थे। क्या उसने अपने दाँत भी पीसे? नहीं, तो फिर जो आवाज़ उसने सुनी, वह क्या थी? शायद यह उसकी कल्पना ही हो सकती है।

गाड़ीवान इस सब का मज़ा ले रहा था। वह बार-बार सिर घुमाता और रमन की तरफ़ देखकर आँख मारता, जैसे कह रहा हो, यह सब तो होता ही है। बस, अपनी मर्दानगी बनाये रखो। रमन को उस पर गुस्सा आने लगा था–इस बूढ़े की ही वजह से वह ऐसा पागलपन कर बैठा था–यह आदमी और गुफ़ा मंदिर का वह पुजारी, ये दोनों ही उसे उत्साहित करते रहे हैं। अब ईश्वर ही जानता है कि सफ़र खत्म होने पर उसे क्या देखना पड़ेगा। वह सोचने लगा कि कोप्पल बस अड्डे के आसपास कोई पुलिस स्टेशन तो नहीं है। उसने अपने को कितनी मुश्किल में डाल दिया है! अचानक उसकी इच्छा हुई कि वह सबको छोड़ कर यहाँ से भाग निकले। लेकिन अगर उसने ऐसा किया तब तो पुलिस निश्चित रूप से उसके पीछे लग जायेगी। उसने फैसला किया कि इस वक्त कुछ न करना और न कुछ बोलना ही ठीक है। चुप रहना ही उसके लिए सबसे अच्छा है। गाड़ी के चलने के साथ-साथ उसने आँखें बंद करके ऐसी मुद्रा धारण कर ली, मानो वह अकेला सफ़र कर रहा है। पुजारी ने कहा भी था, 'शुरू में और बाद में कठिनाई पैदा होगी।' क्या इसी परेशानी से उसका मतलब था? यही बात हो, तो भी यह तय था कि बीच में उसे कुछ ज़रूर मिलेगा। यह अच्छी बात है। लेकिन तुरंत उसके विचार खतरे की तरफ़ मुड़ गये और वह डर महसूस करने लगा।

कोप्पल छोटा-सा गाँव था, जिसमें उस समय हरकत होने लगती जब हज़ार साल पुराने मंदिर के सामने फैले बड़े मैदान में, जो सार्वजनिक उपयोग के लिए खाली छोड़ दिया गया था, कोई बस आकर रुकती। बस-स्टेंड पर फलों का एक ठेला, और दो-तीन रोज़मर्रा की ज़रूरत की छोटी-बड़ी चीज़ें बेचते, सड़क पर लोग दिखाई देने लगते। इस जगह फेरी लगाने वाले, बेक़ार घूमने वाले और साधु-संत इकट्ठे होते, और आखिरी बस वहाँ से निकलते ही सारे के सारे एकदम ग़ायब हो जाते। गाड़ीवान को पैसे दे दिये गये। जब वह डेज़ी को सलाम करने आया, तो उसने हिकारत से उसे नज़रंदाज़ किया और दूसरी तरफ़ देखने लगी—क्योंकि वही उसकी सब मुसीबतों का कारण था। वह अजाने की तरह थोड़ी देर तक उसे देखता रहा, फिर गाड़ी पर लौट आया और नई सवारियों के लिए आवाज़ लगाने लगा। रमन ने उसका बैग उठाने की कोशिश की, लेकिन उसने उसे भी झटक दिया और खुद आगे बढ़कर अपना थैला सँभाल लिया। अपना बिस्तर ज़मीन पर रखकर उसी पर बैठ गई। रमन सड़क पार कर काफ़ी की दुकान पर गया, और वहाँ से लड़के को उसके पास भेजा कि वह काफ़ी के साथ और क्या लेगी, फिर अकेले ही नाश्ता करने लगा और तबीयत से खाया-पिया। जब बस आई, डेज़ी उसकी तरफ़ देखे बिना भीतर चली गई और सीट पर बैठ गई। उसके पीछे रमन भी चढ़ा और उसकी सीट से कई लाइनें पीछे की एक सीट पर बैठ गया। कंडक्टर टिकट देने आया तो उसने पूछा, 'उस महिला ने टिकट ले लिया है?'

'हाँ।'

'एक या दो?'

'एक।' रमन ने अपने लिए टिकट खरीदा, और ईश्वर को धन्यवाद दिया कि अब तक डेज़ी पुलिस के पास शिकायत करने नहीं गई।

मालगुड़ी पहुँचने पर डेज़ी पहले उतरी, अपना सामान उठाया और गाड़ी बुलाकर, उसकी दिशा में नज़र डाले बिना, चली गई। रमन चिंता के भार से लदा एलामन स्ट्रीट अपने घर आ पहुँचा।

3

दिन बीतने लगे। रमन परेशान, चिंतित और भयभीत था। वह बार-बार सोचता कि डेज़ी ने पुलिस में उसके खिलाफ़ रिपोर्ट तो नहीं दर्ज करा दी है। वह पुलिस सुपरिटेंडेन्ट को जानता था, जो उसे मित्र मानता था और जब कभी वह किसी राजनीतिक जलसे या प्रदर्शन को देखने मार्केट स्ट्रीट के फ़व्वारे पर आता, तब वह उसे देखकर सिर हिला देता था। दरअसल उसे मित्र तो नहीं, बस परिचित ही कहा जा सकता था। क्या वह डेज़ी की शिकायत पर ग़ौर करेगा? लेकिन यह भी हो सकता था कि पुलिस उसके दरवाज़े पर आ धमके, और उसे हथकड़ी लगा कर एलामन स्ट्रीट पर सबके सामने से ले चले, और चेट्टियार की दुकान पर खड़े और अगल-बगल आ-जा रहे लोग उसकी तरफ आँखें फाड़-फाड़कर देखें और आपस में टिप्पणी करें, 'आखिर साइन बोर्ड ही तो पेन्ट करता था, उसे अपनी औकात में रहना चाहिए था।'

'कैसी औरत है यह जो पहले तो उसे साथ ले जाती है, फिर पुलिस में उसके खिलाफ़ रिपोर्ट लिखाती है! वह भी बहुत साफ़-सुथरी नहीं होगी।'

'जो भी हो, उस औरत के काम पर भी नज़र डालो। खुद ही तो रमन जैसे बेवकूफों को बुलाती है। बेचारा! उसके घर के लोग कितने इज्ज़तदार रहे हैं। उसकी बुढ़िया चाची तो अब आत्महत्या ही कर लेगी। कितनी शर्म की बात है उसके लिए! कितनी धार्मिक औरत है वह! मंदिर में हर शाम कथा सुनने आती है। ऐसी औरत को इतनी बदनामी सहनी पड़े।'

रमन की कल्पना इन दिनों बहुत सक्रिय हो गई थी, और उसकी शांति एकदम भंग हो गई थी। वह यह भी नहीं सोच पाया था कि डेज़ी से काम के पैसे कैसे प्राप्त करूँ। अब वह उसके दफ्तर भी नहीं जा सकता था, अगर गया तो या तो वह पुलिस बुला लेगी, नहीं तो कुर्सी फेंककर उसे मारेगी। वह उस दिन को कोसने लगा जब पहली बार उससे मिलने गया था। उसे यह काम स्वीकार ही नहीं करना चाहिए था, अपना रोज़मर्रा का काम ही करते रहना चाहिए था। अब वह फिर अपने पुराने कामों की तलाश में निकलेगा। लेकिन उसने अपना आत्मविश्वास खो दिया

था। बाहर निकलते हुए उसे संकोच होता था। जब लोग उसकी तरफ़ नज़र डालते, वह अटपटा महसूस करता था। उसने बाहर जाना बहुत कम कर दिया, दिन भर कमरे में ही पड़ा रहता और किसी मोटी-सी किताब को देखता रहता।

उसकी चाची हमेशा की तरह सवेरे पाँच बजे उठकर रात को दस बजे तक काम में लगी रहती, उसके बाद खुली ज़मीन पर लकड़ी का तख्ता तकिये की तरह रखकर सोने के लिए लेटती, तो सीमेंट के फर्श से निकलती ठंडक का मज़ा लेते हुए आराम से सो जाती। रमन सोचने लगा कि उस जैसा स्थिर मन उसे भी प्राप्त होता। वह घड़ी की तरह ज़िंदगी बिताती थी, किसी तरह का कोई संदेह जताये बिना घर के काम करती रहती। उसे जहाँ तक याद पड़ता है, चाची हमेशा से ऐसी ही रही थी। लेकिन अब कुछ दिनों से, वह महसूस करता था कि वह चुपचाप उसके लिए चिंता करने लगी है—जब से वह डेज़ी के साथ गाँवों में काम करने गया है। उसे जानने वाले लोग चेट्टियार की दुकान पर या इधर-उधर उसके बारे में कानाफूसी करते थे—उसे इस तरह की बातें पसंद नहीं थीं; हालांकि शुरू में उसे यह लड़की अच्छी लगी थी और किचेन में दोनों काफ़ी बातें करते रहे थे, लेकिन उसे इस तरह की लड़कियों पर संदेह ही होता था। वह रमन जैसे जवान लड़के के पीछे क्यों पड़ी है? कोई नहीं कह सकता था कि इसका नतीजा क्या होगा, और अब कई हफ्ते उसके साथ रहने के बाद वह घर वापस आया था—अब उसकी चमक ही ग़ायब हो गई है। इस चुड़ैल ने उस पर क्या कर दिया है? वह समझ ही नहीं पा रही थी। हालांकि वह बिना कुछ दिखाये अपने काम में लगी रहती थी, लेकिन भीतर से वह शंकाओं और भय से पीड़ित थी। जिस शाम वह यात्रा से घर लौटा, बिना कुछ बोले चुपचाप अपने कमरे में जा घुसा, सामान खोला, कपड़े बदले, और शांति से खाना खाता रहा; उसने यह भी नहीं बताया कि इस यात्रा में वह कहाँ-कहाँ गया और क्या-क्या किया, जैसा वह न्यू एक्सटेंशन से लौटने पर हमेशा करता था। हमेशा वह चाची को बताता था कि उसने कैसे-कैसे लोग देखे, फिर कुछ हँसी-मज़ाक करता, और चाची की अपनी कहानियाँ भी सुनता। लेकिन अब तो वह एकदम सुन्न और चुप हो गया था। चाची ने प्रार्थना की कि वह किसी ग़लत चक्कर में न पड़े, कृष्ण भगवान उस चुड़ैल से रमन की रक्षा अवश्य करेंगे। फिर भी उसने एक दफ़ा पूछ ही लिया, 'कहाँ-कहाँ गये थे?'

'बहुत सी जगह गया', उसने उत्तर दिया था।

'कुछ मज़ा आया?'

'मज़े के लिए तो नहीं गया था, काम करना था।'

'थक गये हो?' उसने पूछा।

'हो सकता है,' उसने जवाब दिया।

चाची को लगा कि वह इस विषय पर बात ही नहीं करना चाहता। इसलिए उसने बातों का रुख बदल दिया, और तरह-तरह की बातें करने लगी, जो उसे हमेशा आसान होता था। वह बताने लगी, 'कमिश्नर की बीवी मंदिर आई थी। तुम उन्हें जानते हो जो...' एक से दूसरे विषय पर कूदती वह बीच-बीच में अपनी बातों पर उतर आती। रमन को यह देखकर संतोष हुआ कि उसका दिमाग़ दूसरी बातों में ज़्यादा चल रहा है, और उसकी तरफ से उसका ध्यान हट गया है।

बाद के दिनों में वह देखती कि रमन अपने कमरे में ही पड़ा-पड़ा कुछ पढ़ता रहता है, जैसे किसी इम्तहान की तैयारी कर रहा हो, न अपने काम की जगह जाता है और न शहर जाकर किसी से मिलता-जुलता है। वहाँ से गुज़रते हुए उसने कहा, 'वह चूड़ीवाला तुम्हारी तलाश में आया था।'

रमन को ताज्जुब हुआ। 'नक़द भुगतान' का साइन बोर्ड वापस करने वाला, जो औरतों की बाँहों पर ही हाथ फेरता रहता है! उसने तो उसकी उपेक्षा ही की थी।

फिर वह बोली, 'तुमने डॉक्टर का बोर्ड बनाने को कहा होगा। उसका आदमी पूछने आया था कि बन गया या नहीं। बहुत से लोग तुम्हें पूछते हुए आये, जब तुम बाहर गये थे...,' यह कहकर वह वापस चली गई।

उसे अच्छा लगा कि वह अकेला है। उसने किताब रख दी, जिस पर अब तक वह नज़र मार रहा था, और तय किया कि एक पुराने सूटकेस में जो बहुत से कागज़ भरे पड़े हैं, उन्हें ठीक-ठाक कर ले। इन्हें देखते हुए उसे वह कागज़ की पुड़िया मिल गई जो उसे टाउन हाल के प्रोफेसर ने एक दफ़ा दी थी : 'यह गुज़र जायेगा।' वह इसे ध्यान से देखता रहा, फिर मोड़ कर अपने पर्स में रख लिया, बिना यह सोचे कि इसका क्या करेगा। उसकी परेशानी के बहुत से कारण थे, जिनमें एक तो उसका डर था और दूसरा यह कि उसने कुछ खो दिया है। यह बात उसे बहुत दुखी कर रही थी कि डेज़ी उससे कभी नहीं मिलेगी। इससे वह बहुत निराश हो उठा था और उसे ऐसा अकेलापन महसूस होने लगा था, जैसा उसे अब तक कभी महसूस नहीं हुआ था। डेज़ी के साथ के बिना उसे ज़िंदगी असंभव लग रही थी। इतनी बुद्धि उसमें अब तक बाक़ी थी कि अपने से ही यह सवाल पूछ सके कि इस व्यक्ति पर वह इतना निर्भर क्यों करने लगा था—उसकी सुगंध, बोलने की आवाज़, चाल-ढाल, बात करने का ढंग, आँखों की चमक, यहाँ तक कि उसकी एकदम ठोस चुप्पी जो सारे वातावरण पर छा जाती थी और देर तक बनी रहती थी—ये सब स्मृति के बहुमूल्य अंग थे, और अब उनसे वह वंचित हो गया था। उस अनुभव का ज़रा-सा टुकड़ा प्राप्त करने के लिए वह कुछ भी दे सकता था। उसके लिए बैलगाड़ी में वह फिर अनंत काल की यात्रा पर जाने को तैयार था—उसकी यह उपलब्धि ऐसी थी

जो उसे अब इस जीवन में कभी प्राप्त नहीं होगी। वह कितना मूर्ख था कि उस समय उसकी क़ीमत नहीं समझ सका और शराबी मतवाले की तरह आचरण करके उसे हमेशा के लिए खो दिया। वह बहुत दुखी हो उठा और उसकी इच्छा हुई कि मार्केट रोड पर पागलों की तरह चीखता हुआ दौड़-दौड़कर यह कहे कि मैंने कोई ग़लती नहीं की है। मैंने जो किया वह औरत और मर्द का बहुत स्वाभाविक काम है। फिर भी यह महिला मेरा तिरस्कार कर रही है। इससे मुझे गहरी चोट लगी है और मेरी ज़िंदगी के पाल जैसे फट गये हैं।

इस भावना के अधीन उसने तुरंत एक कविता लिख डाली :

मेरे पालों में हवा भरी और ज़िंदगी की नाव चल पड़ी,
लेकिन उसने एक चाकू निकाला और उसे काट डाला,
और मेरी नाव डूबने लगी।

उसने कविता पढ़ी और सोचने लगा कि क्या वह सचमुच उसकी भावनाओं का ही उद्रेक है, या बहुत पहले पढ़ी किसी पुरानी किताब से चुराई गई पंक्तियाँ हैं। वह इसमें सुधार करने लगा। यह कविता समुद्र पर जीवन बिताने वाले किसी व्यक्ति के द्वारा ही लिखी जा सकती थी, चारों तरफ़ धरती से घिरे इस मालगुडी में इसका लिखा जाना संभव नहीं है, इसलिए यह ज़रूर किसी की नकल है। जो हो, इसकी पंक्तियों में सुधार करने से उसका मन बँटने लगा था। उसने महसूस किया कि अब वह कवियों की कृतियों को समझ सकता है—ये लोग ज़रूर इसी तरह के प्रेम-रोग में या ऐसी ही किसी और भावना से पीड़ित रहते होंगे। उसका दिमाग़ 'यह गुज़र जायेगा' की ओर गया, और उसे यह बात अयथार्थ और ग़लत लगने लगी। समय नहीं गुज़रेगा और वह इस परीक्षा से बाहर नहीं निकल सकेगा।' वह हफ्ते भर तक निश्चेष्ट पड़ा रहा और बहुत परेशान हुआ।

आठवें दिन उसने अपनी उदासी को हटाया और खुद से कहा—नहीं, यह गुज़र जायेगा...इसे गुज़रना ही होगा। फिर उठा, कपड़े बदले, और साइकिल उठाकर चल पड़ा। वह महसूस कर रहा था कि वह बचकानी जड़ता और डर का शिकार हो गया है। जब वह चेट्टियार की दुकान के सामने से निकला, तो उसे लगा कि दुकानदार ने उसे घूर कर देखा। उसकी इच्छा हुई कि रुक जाये और उससे प्रश्न करे, तुमने मेरे बारे में क्या सुना है? सच-सच बताना। फिर वह बोर्डलैस जाकर अपनी सीट पर बैठ गया और काफ़ी का आर्डर दिया। चारों तरफ़ नज़र डाली। उसके दोस्त अभी तक नहीं आये थे। वही जल्दी आ गया था। होटलवाला जहाँ बैठता था और ग्राहकों से पैसे लेता था, वहीं से चिल्लाकर बोला, 'इतने दिन तक कहाँ थे? दिखाई ही नहीं दिये।'

रमन उसकी तरफ देखकर सिर्फ मुस्करा दिया, कोई जवाब नहीं दिया। वह जानता था कि इस तरह के ज़्यादातर सवाल जवाब के बिना ही खत्म हो जायेंगे, और सवाल करने वाला भी इसका बुरा नहीं मानेगा। ज़्यादातर सामाजिक चर्चा इसी तरह की अर्थहीन बातचीत होती है, जिसे मनुष्य मात्र महत्त्वपूर्ण मानकर ग्रहण करता है। वह चुपचाप काफ़ी पीता रहा। वह पहले की ही तरह बढ़िया थी। उसमें कोई गिरावट नहीं आई थी। आखिरकार वह इतने समय तक इसलिए बाहर नहीं रहा था, कि लौट कर वही पुरानी बातें करने लगे। वह तीन ही हफ्ते बाहर रहा था, हालांकि लगता यह था कि युग बीत गये हैं। उसका व्यापारी मित्र गुप्ता भीतर घुसते ही ज़ोर से चिल्लाया, 'अहा! ईद के चाँद! अपना धंधा बढ़ा रहे हो—इतने दिन कहाँ थे? क्या करते रहे? सच-सच बताना मुझे, सच के सिवा मैं कुछ भी नहीं सुनूँगा।' वह हँसता हुआ रमन के बगल की सीट पर बैठ गया। वह बड़ा खुश नज़र आ रहा था, जैसे कोई बिछुड़ा हुआ मित्र बहुत दिन बाद मिला हो। 'तो बताओ, तुम्हारा भाग्य, तुम्हें कहाँ ले गया?'

'तीस के क़रीब नारे, विभिन्न क्षेत्रों में लिखे, बड़े आकार से दूर से दिखने वाले शब्दों के पैसे भी ज़्यादा मिले। जोड़े जहाँ से भी निकलें, ज़रूर दिखाई देंगे।'

'जनसंख्या कुछ कम हुई?'

'सालभर में पाँच फ़ीसदी कम होगी, जो काफ़ी है।'

'इतने निश्चय से कैसे कह सकते हो?'

'हम उम्मीद ही कर सकते हैं, इससे ज़्यादा नहीं। अब डॉक्टरों की एक टीम इन सब इलाकों का दौरा करेगी और लोगों को कैसे यह किया जाये, यह समझाकर बतायेगी।' इतना कहकर वह रुक गया और सोचने लगा कि वह तो डेज़ी की तरह बोल रहा है।

'तुम खुद जनसंख्या बढ़ाने में क्या करना चाहते हो?'

रमन समझ गया कि उसका अर्थ क्या है। अपने इस नवीनतम संबंध के बारे में दोनों ने कई महीने मज़ाक किये थे। लेकिन इस समय उसे यह बात पसंद नहीं आई और यह मज़ाक सुनकर वह एकदम चुप हो गया। गुप्ता ने उसका परिवर्तन नोट किया। वह बोला, 'तुम्हारी चमक ग़ायब हो गई है। क्या बात है?'

रमन सोचने लगा कि गुप्ता जानता है, लेकिन वह कितना जानता है, और क्या उसे पता है कि डेज़ी ने पुलिस में तो रिपोर्ट नहीं करा दी है...। वह रुका कि गुप्ता शायद कुछ और कहे, लेकिन जब उसने कुछ नहीं कहा, तो वह बोला, 'बहुत ज़्यादा सफर किया, उसकी थकान है, और कुछ नहीं। कार्यक्रम के अनुसार सब कुछ चलता रहा। गाँवों में लोगों ने बात को समझा और सराहा।'

गुप्ता को बुद्धिवादी लहज़े में बात करना और सुनना पसंद था, इसलिए उसे

यह बात अच्छी लगी और उसने कहा, 'प्रचार में हमारा दृष्टिकोण यह होना चाहिए कि विषय कुछ भी हो, जनता उसे सुनने और उसका प्रयोग करने के लिए तैयार रहती है। शहर के लोग उन्हें जैसा समझते हैं, वैसे वे नहीं होते।'

रमन चिंतित था कि गुप्ता डेज़ी की बातें न करने लगे; इस समय तो उसका विचार ही उसे दुखी कर देता था। उसने तो सोचा था कि बाहर निकलकर और बोर्डलैस होटल में अपने मित्रों के साथ गपशप करके वह उसके भूत को नष्ट करने में सफल होगा, लेकिन यहाँ आकर उसने महसूस किया कि डेज़ी का नाम उसे यहाँ नहीं लेना चाहिए, क्योंकि वह बहुत पवित्र है और उसे इस तरह काफ़ी की मेज़ पर उछाला नहीं जा सकता। इसलिए उसने विषय बदल दिया और 'एक ही जगह उसे कठिनाई का सामना करना पड़ा...' कहकर निस्संतान स्त्रियों को बच्चा देने वाले गुफ़ा मंदिर और वहाँ के अद्‌भुत बूढ़े पुजारी की कहानी सुनाकर उनका मनोरंजन किया।

गुप्ता यह कहानी सुनकर विचारमग्न हो गया, और इस प्रकार के अंधविश्वासों का विरोध करने के लिए बोला, 'हमारे देश में अंधविश्वास, धर्म और अज्ञात शक्तियों की क्रियाओं, इन तीनों में बहुत विश्वास है, लेकिन हम यह नहीं जान पाते कि इनकी शुरुआत कहाँ होती है और अंत कहाँ होता है..., 'हमारी स्थिति बहुत कुछ मिली-जुली है। सामाजिक कार्यकर्त्ताओं को यह समझकर काम करना चाहिए।' यह अस्पष्ट टिप्पणी करने के बाद उसने फिर काफ़ी मँगाई और पीकर वहाँ से चला गया।

रमन को इससे नई ताज़गी प्राप्त हुई, उसे लगा कि उसका जीवन पुराने ढर्रे पर आ चला है। इस बातचीत के बाद उसे लगा कि उसके खिलाफ़ कोई कार्रवाई नहीं हुई है। गुप्ता सबसे मिलने-जुलनेवाला आदमी है, इसलिए अगर उसके खिलाफ़ पुलिस में कोई रिपोर्ट लिखाई गई होती, तो उसे ज़रूर इसका पता चल गया होता।

रमन मार्केट रोड पर साइकिल से चला, फिर दाहिनी ओर मुड़कर कचहरी की तरफ इस आशा से गया कि वहाँ वकील से मिलकर उससे बकाया पैसा लेने का प्रयत्न करेगा। वकील उसे कचहरी के चौक में ही दिखाई दे गया, वह किसी मुवक्किल को साथ लिये धीरे-धीरे उससे कुछ बात करता हुआ टहल रहा था। वह शायद किसी गवाह को सिखा रहा था कि क्या कहना है। दूसरे वकील तेज़ी से इधर-उधर चल-फिर रहे थे। दूर-दूर से आये मुकदमों में व्यस्त लोग कागज़ों के बंडल सँभाले अपने साथियों के साथ जगह-जगह डेरा जमाये थे। चारों तरफ़ व्यस्तता थी और किसी को रमन की तरफ़ देखने या उससे बात करने की फुरसत नहीं थी। आखिकार वकील की नज़र रमन की ओर गई और उसने अपने मुवक्किल से यह कहकर विदा ली, 'तुम सोमवार को आ जाना, स्टांप पेपर नब्बे रुपए का लगेगा।' फिर उसने रमन से कहा, 'बहुत दिन बाद दिखाई दे रहे हो, क्या करते रहे इतने दिन?'

यह सवाल सुनकर रमन को परेशानी हुई। हर कोई यही पूछ रहा था, जैसे उन्हें इसकी ट्रेनिंग दी गई हो। क्या इसका कोई विशेष अर्थ है? क्या उसका नाम कबीर स्ट्रीट तक फैल गया है? उसे यह सोचकर ताज्जुब हुआ, लेकिन उसने जवाब दिया, 'काम से बाहर चला गया था। नया काम हासिल करना पड़ता है, महँगाई बढ़ती जा रही है।'

'हाँ, हाँ,' वकील ने कहा, 'कभी आकर मिलो। रुई के गोदाम के ऊपर मैंने नया दफ्तर खोला है। वहाँ आ जाओ।'

'उसके लिए नया बोर्ड बनवायेंगे?' रमन ने पूछा। उसे लगा कि यह काम मिल सकता है।

'मैंने किसी और से बनवा लिया है...'

रमन को यह सुनकर परेशानी हुई। उसने जानना चाहा, 'किससे बनवाया?'

'मार्केट गेट पर कोई आदमी है। मेरे एक मुवक्किल ने बताया था,' वकील ने सीधा उत्तर न देते हुए कहा

रमन को लगा कि वकील ने उससे गद्दारी की है। यह जयराज उसके पीछे पड़ा रहता है और उसका काम हथिया लेता है। वह बोला, 'मैंने जो बोर्ड बनाया था, उसके कुछ पैसे बाक़ी हैं।' यह कहकर उसने हाथ आगे बढ़ा दिया जैसे दान ले रहा हो।

वकील ने सख्त आवाज़ में कहा, 'यह पैसा वसूलने की जगह नहीं है।'

'मुझे इसके लिए अपाइंटमेन्ट लेना होगा?'

'हाँ, क्यों नहीं। मैं बहुत बिज़ी हूँ और अपने साथ कैश-बाक्स लेकर तो नहीं चलता।'

क्यों लेकर चलोगे, जब तुम्हारा हाथ हमेशा मुवक्किल की जेब में रहता है—उसने सोचा। लेकिन कहा यह, 'बहुत वक्त हो गया है। आपको याद ही होगा...'

'हाँ, हाँ, याद क्यों नहीं होगा,' यह कहकर वकील उसके सामने से चल पड़ा।

रमन ने ईश्वर को धन्यवाद दिया कि वकील को यह याद नहीं रहा कि उसने दूसरा बोर्ड बनाकर देने का वादा किया था। अच्छा हुआ, तुम्हारे नाम पर रेत चिपकी है...जयराज ही तुम्हारा काम कर सकता है।

इसके बाद रमन एक कोर्ट-क्लर्क की तलाश में चला जो उसका रिश्तेदार था। वह कभी-कभी उससे मिलता-जुलता रहता था, क्योंकि उससे परिवार की राजनीति पर मनोरंजक बातें हो जाती थीं। लेकिन आज वह अपने दफ़्तर में बहुत व्यस्त था, इसलिए उसने सामने पड़ी बेंच की एक सीट की तरफ़ इशारा कर दिया, जिस पर एक आदमी पहले से बैठा था चुपचाप, और जो उसका ध्यान अपनी ओर आकर्षित करने की कोशिश कर रहा था; वह एक फाइल में से कागज़ निकालकर अदालत

के कमरे में जाने की तैयारी कर रहा था, जहाँ कोई सुनवाई चल रही थी। थोड़ी देर बाद वह लौट आया और अपनी सीट पर बैठकर बात करने लगा, 'सरला की शादी तय हो गई है...ताज्जुब है, जिस तरह यह सब हुआ,' लेकिन तभी बज़र बज उठा और वह फिर चल पड़ा। इस उदास और काम में लगे लोगों के वातावरण में रमन् लोगों के चेहरे देखता रहा। सोचता रहा, ये लोग मुझसे ज़्यादा मुश्किलों में पड़े हैं—कोई सूली पर चढ़ने का इन्तज़ार कर रहा है, शायद, किसी की जायदाद या घर लुट गया है—कितनी समस्याएं है! कोई इन्तज़ार कर रहा है कि उसके साथ बुरा से बुरा क्या हो सकता है, कोई कोर्ट के आदेश का इन्तज़ार कर रहा है...। ये सब काम इस क्लर्क के जिम्मे था, और शायद वह हर समस्या से पैसा भी बनाता होगा—इसीलिए इतना धनी हो उठा है। वह रमन की चाची के रिश्ते से उसका भाई होता था, बड़े धार्मिक स्वभाव का, सिर पर चोटी और जाति का निशान बड़ा सा टीका। रमन इन्तज़ार करता रहा कि पता करे, इसे उसके बारे में कोई खबर मिली है या नहीं—इस वक्त उसे यही धुन लगी थी कि शहर में क्या अफ़वाहें उड़ रही हैं, उनको खोद-खोद कर निकाले। क्लर्क अदालत से वापस आया और फिर बातें करने लगा, 'मैंने सुना था,' —रमन सतर्क हो गया—'कि तुम कहीं बाहर गये थे।'

'हाँ, हाँ, और काम की तलाश में गया था...यह तो करना ही पड़ता है।'

'हाँ, हाँ यह तो है ही। मैं मंदिर गया था, वहाँ तुम्हारी चाची मिली थीं, उन्होंने ही बताया। मुझे इतनी दूर मंदिर तक जाना मुश्किल होता है, कभी-कभी ही जा पाता हूँ, और चाची से मिलकर अच्छा लगा। उन्होंने ही सब कुछ बताया।'

'क्या बताया?'

'कि तुम दौरे पर हो।'

'हाँ, हाँ, और काम की तलाश रहती ही है, क्या करूँ, महँगाई बढ़ती जा रही है और बहुत-सा पैसा डूब भी जाता है। लोग साइन बोर्ड बनवा तो लेते हैं, लेकिन पैसा खा जाते हैं।'

'दुनिया सचमुच बहुत बुरी है,' भाई ने कहा, वह लोगों की तकलीफों को जानता था। उसने ऐसा कुछ भी नहीं कहा जिससे रमन को लगे कि उसके खिलाफ़ कोई खबर है या पुलिस उसकी तलाश कर रही है। भाई ने किसी की शादी के बारे में कुछ कहने के लिए अपने ओंठ फिर खोले, लेकिन बज़र दुबारा बज उठा और वह एकदम उठकर चल पड़ा। इसके बाद रमन भी वापस चला आया।

शाम हो रही थी, वातावरण सुहाना था। कोर्ट के बाहर वह थोड़ी देर ठिठका। उसे कुछ खास नहीं करना था। आज वह सिर्फ शुरुआती पड़ताल कर रहा था। कल वह काम की तलाश में निकलेगा—इसके लिए उसका क्षेत्र निश्चित था। अब तक पुलिस का किसी ने ज़िक्र नहीं किया था। अच्छी बात थी। लेकिन हो सकता

है कि ये सब समझते हों कि इसका तो कबाड़ा हो ही गया, इसलिए चर्चा करके इसका दिल क्यों दुखाया जाये। यह संभावना हो सकती थी। कहीं सचमुच उसके लिए हथकड़ी तैयार हो, और वह निश्चिंत हो जाये, तो यह मूर्खता की बात होगी। इसलिए इसकी पक्की जानकारी प्राप्त कर लेनी चाहिए। अगर बुरा ही होना है, तो यह निश्चित पता चल जाये। उसने कोर्ट रोड से पुलिस स्टेशन की तरफ साइकिल बढ़ाई। उसने उसके इर्द-गिर्द दो-तीन चक्कर लगाये। अगर उसके खिलाफ़ कुछ नहीं हुआ, तो वह आज़ादी महसूस करेगा—और अगर कुछ सचमुच हुआ, तो उसे स्वीकार करना ही पड़ेगा, और वह भी अच्छी बात ही होगी, क्योंकि संशय बना रहना तो बहुत ही कष्ट देता है। शायद उसे कोई वकील भी करना पड़े—तो वह रेत वाले वकील को ही पकड़ेगा, और इस तरह उसका कर्ज़ा भी चुक जायेगा।

वह खुले महराबदार दरवाज़े से, जिस पर हरी-भरी बेल फैली हुई थी, भीतर घुसा इसके आगे थोड़ा-सा रास्ता चलकर पार करना था, जिसके दोनों तरफ़ फूलों के गमले लगे हुए थे। अच्छी सजावट है, उसने सोचा। जेल जाने से पहले यहाँ से गुज़रना कुछ बुरा नहीं होगा। इस वक्त वह जो कर रहा था, उस पर सोचने लगा। जैसे पतंगा मोमबत्ती की लौ की तरफ खुद दौड़ता है, उसके अपनी तरफ़ आने का इन्तज़ार नहीं करता, उसी तरह वह भी उसी तरफ़ जा रहा था। उसकी समझ में आ रहा था कि पतंगा अपने पंख क्यों जलाना चाहता है। बीच में लटकते हुए अधूरे विनाश की अपेक्षा पूरी तरह नष्ट हो जाना अच्छा है। कौन-सा राक्षस मुझे इस तरह पुलिस इन्सपेक्टर से मिलने लिये जा रहा है? क्या वह अब भी वापस लौट जाये, पुलिस इन्सपेक्टर ने अभी उस पर नज़र नहीं डाली थी, वह हमेशा की तरह कुछ लिखने में लगा होगा।

लेकिन राक्षस उसे आगे बढ़ाता रहा। उसने वरांडे में कदम रखा, फिर दफ्तर में घुस गया। एक छोटा-सा हाल, काली-सी दीवारें, एक कोने में लोहे की छड़ों से बना पिंजड़ा। उसने सोचा, यह मेरे जैसे लोगों के लिए है; ये लोग मुझे तीन दिन तक यहाँ रख सकते हैं।

उसके कदमों की आवाज़ सुनकर इन्सपेक्टर ने सिर उठाया और ज़ोर से बोला, 'वाह! मैं तुम्हारे बारे में ही सोच रहा था।'

रमन का खून जम गया, उसे पसीना छूटने लगा। उसने खुद से कहा, बस यही मेरा अंत है। उसने दाहिनी तरफ़ बने पिंजड़े की तरफ नज़र डाली, देखा, वहाँ कोई आदमी छड़ को पकड़े खड़ा है। वह सोचने लगा, शायद यह मेरा साथी है।

इन्सपेक्टर बोला, 'आओ, आओ। बैठ जाओ।'

रमन ने उसकी आज्ञा का पालन किया और कुछ अटपटे ढंग से कहा, 'नमस्ते! मैं...मैंने...सोचा कि आपसे मिलता चलूँ...बहुत वक्त हो गया।'

'हाँ, हाँ, तुम न आते तो मैं ही तुम्हारे पास आ रहा था।'

अब रमन की ज़बान भी सूख चली। उसने पूछने की कोशिश की, 'आपको मेरा घर पता है?'

'हाँ, क्यों नहीं, हम पुलिस के लोग जिसका चाहें पता लगा लेते हैं। तुम्हारा पता निकालना कोई समस्या नहीं है।' हे ईश्वर, कितनी आसानी से कह रहा है यह बात! अब बिल्ली ने चूहे को पकड़ लिया है...उसने फुर्ती से सोचा।
'अगर कोई आदमी ओ.वी. है तो यह ज़्यादा दिन नहीं चलता। उसका भी पता लगा लिया जाता है।'

रमन ने सहम कर पूछा, 'यह ओ.वी. क्या होता है?'

'यह अंग्रेज़ी का शब्द है, आउट ऑफ़ व्यू, यानी नज़रों से दूर,' इन्सपेक्टर ने चुस्ती दिखाते हुए कहा। 'बात यह है–,' उसने कहना शुरू किया, लेकिन तभी छत के पास से एक टीन के डिब्बे का खड़कना सुनकर वह रुक गया, 'ओह, यह फिर परेशान करने लगा–,' यह कहकर उसने आवाज़ दी, 'फाइव-नॉट-सेविन।'

'आया हुज़ूर', बाहर से जवाब आया।

रमन समझ गया, यह अपने आदमी को बुला रहा है।

पुलिस की अधूरी वर्दी पहने एक सिपाही सामने आया और उसने इन्सपेक्टर को सेल्यूट मारा। रमन यह सोचकर एकदम खड़ा हो गया कि यह उसे गिरफ़्तार करने आया है, लेकिन इन्सपेक्टर ने उसे बैठ जाने का इशारा किया और सिपाही से बोला, 'वह शैतान बंदर फिर आ धमका है।' सिपाही ने दीवार में लगी खिड़की पर नज़र डाली। रमन ने देखा कि बंदर का छोटा-सा हाथ खिड़की से भीतर घुसकर वहाँ रखे एक टीन के डिब्बे को घसीटने की कोशिश कर रहा है। सिपाही ने बड़े सधे अंदाज़ में आवाज़ लगाई, 'भागो यहाँ से', जिसे सुनकर बंदर तुरंत गायब हो गया।

इन्सपेक्टर ने अभी तक यह स्पष्ट नहीं किया था कि वह रमन की क्यों तलाश में था। दसवीं दफ़ा उसने बात शुरू की, 'मैं चाहता था–,' और बाक़ी कहा उसका वाक्य फिर टीन की खड़खड़ में डूब गया। बंदर का हाथ बार-बार खिड़की में आ-जा रहा था। इन्सपेक्टर अब ज़ोर से चीखा, 'फ़ाइव नॉट-सेविन, यह फिर आ गया है। तुम इसका पक्का इलाज नहीं कर सकते?' सिपाही फिर अधूरी वर्दी में भीतर आया और पागलों की तरह खिड़की की तरफ़ देखकर चिल्लाने लगा। उसकी आवाज़ सुनकर बंदर हाथ खींच लेता, लेकिन चुप होते ही फिर डाल देता और खड़खड़ शुरू हो जाती। 'मैं कह रहा हूँ, एक लंबा बाँस लाओ और इसको निकाल बाहर करो। बेवकूफ़ों की तरह चिल्लाओ मत। चलो, कुछ करो।'

सिपाही जब बाँस लाने बाहर गया, तब पिंजड़े में बंद आदमी ने खोखली आवाज़ में कहा, 'यह तो रोज़ आता है, साहब। पटाख़े चलाओ तो यह फिर नहीं

आयेगा, यही ढंग है। और उसे पकड़ना चाहते हैं तो शराब में मूँगफली भिगोकर उसे खिला दें।'

'ए, तुम चुप रहो और अपनी टाँग मत अड़ाओ। क्या करना है, हमें पता है। वापस जाओ।' 'वापस जाओ' का मतलब यह था कि पिंजड़े के भीतर दीवार से सटकर जा बैठो। शायद यह दूसरों के लिए उसमें जगह खाली कराना चाहता है। रमन अब समझने लगा था कि पुलिस स्टेशन का क्या मतलब होता है और वहाँ की ज़िंदगी कैसी होती है। यह सब होते समय बंदर की खड़खड़ जारी थी और उसका शोर बढ़ता ही जा रहा था। तभी सिपाही एक काफ़ी लंबा बाँस लेकर भीतर आया और उसे खिड़की में डालकर बंदर को भगा दिया। इसके बाद वहाँ शांति छा गई।

इन्सपेक्टर ने रमन से कहना शुरू किया, 'मैंने वहाँ एक टीन के डिब्बे में थोड़ा-सा फॉलिडाल रखा है, बंदर उसके पीछे पड़ा है। यह बड़ी खतरनाक जगह है, बंदर बहुत हैं, और अगर कोई बंदर फालिडॉल छू लेता है तो वह मर जायेगा और लोग पुलिस स्टेशन में आग लगा देंगे। अगर उसे यहाँ रखते हैं तो कोई भी बदमाश उससे अपनी आत्महत्या कर लेगा और लोग हम पर हमला करके कहेंगे कि हमने कैदी को मार डाला है।'

'आप यह जहर यहाँ रखते क्यों हैं?'

'उन कीड़ों को भगाने के लिए जो रात होते ही इन दीवारों से निकलने लगते हैं। ये दीवारें भी मैंने फॉलिडाल से पुतवाई हैं। अगर तुम्हें इनका तमाशा देखना हो तो इस पिंजड़े में चले जाओ और देखो कि शाम होते ही लाखों कीड़े चारों तरफ से टूट पड़ते हैं।' रमन यह सुनकर घबड़ा गया। इन्सपेक्टर कहता रहा, 'अगर तुम मेरे पीछे लगा अपराधियों का चार्ट देखो तो पाओगे कि यह लाक-अप हमेशा भरा रहता है। लेकिन मैं इसे बदलना चाहता हूँ। मैं इस फॉलिडाल की कीमत भी अपनी जेब से देता हूँ जिससे उसमें बंद अपराधियों को कुछ राहत मिले और वे रात को आराम से सो सकें। फॉलिडाल न हो तो वे इन्हें खा जायेंगे। मैं एक बगीचा भी लगा रहा हूँ। हमारे सुपरिंटेन्डेन्ट ने मुआयना करके कहा कि हमारा बाग़ सबसे अच्छा है। तुमने प्रवेश की मेहराब देखी जिसपर हरी-हरी बेलें लहरा रही हैं?'

'बहुत ही सुंदर हैं', रमन ने कहा। 'लेकिन आप मुझ से मिलना क्यों चाहते थे?'

'मैं चाहता था—,' लेकिन इन्सपेक्टर वाक्य पूरा करता, इससे पहले एक आदमी को गर्दन से पकड़े लोगों की भीड़ पुलिस-स्टेशन में घुस आई। इन्सपेक्टर उछलकर खड़ा हो गया, 'यह शैतान फिर आ गया!' उसने इस आदमी के मुँह पर थप्पड़ मारा, छड़ी से सिर पर चोट की, और भीड़ को अलग हटने का हुक्म देकर कहा, 'इसे

भीतर डाल दो... ।' दो सिपाहियों ने उसे घूँसे मारते हुए भीतर धकेल दिया। इन्सपेक्टर ने रमन को बताया, 'आज ही यह छूटा है। लेकिन फौरन फिर शुरू हो गया। सात दफ़ा का सज़ायाफ़्ता है।' भीड़ भी बोले जा रही थी, हर आदमी कुछ-न-कुछ कह रहा था। इन्सपेक्टर ने अपनी छड़ी और टोपी उठाई और यह कहता हुआ बाहर निकल गया, 'ठीक है, मैं खुद वारदात की जगह पहुँचता हूँ। पहली रिपोर्ट लिखनी होगी।' फिर रमन की तरफ़ मुड़कर बोला, 'जाना मत। मैं अभी लौटता हूँ।'

उसके साथ हर आदमी मेहराब से बाहर निकल गया और पुलिस स्टेशन में शांति छा गई। रमन कुछ देर चुप बैठा सोचता रहा कि पता नहीं उसे कब तक यहाँ रहना पड़ेगा। अगर वह यहाँ से जाने की कोशिश करे, तो हो सकता है, उसे घसीटकर वापस ले आया जाये और हथकड़ियाँ पहना दी जायें। फाइव-नॉट-सेविन बग़ीचे में काम करके आया और दरवाज़े पर गार्ड की तरह खड़ा हो गया। जाँच करने के लिए रमन उठा, अपनी साइकिल पकड़ी और चलने को हुआ। अगर फाइव-नॉट-सेविन को आदेश होगा, तो वह उसे रोकेगा, लेकिन उसने सिर्फ रमन पर नज़र डाली और बोला, 'जा रहे हैं? हाँ, साहब को लौटने में देर हो सकती है।' फिर कुछ सोचता हुआ कहने लगा, 'दिन में ही ओ.ओ.ने हरकत की। उसकी रिपोर्ट तैयार करने में काफ़ी वक़्त लग सकता है।'

'यह ओ.ओ. क्या है?' रमन ने उत्सुकता से पूछा।

'ओ.ओ. यानी ओल्ड ऑफ़ेन्डर, पुराना अपराधी', सिपाही ने समझाकर बताया।

तभी भीतर से आवाज़ आई, 'मैंने कुछ नहीं किया है...आप झूठ बोल रहे हैं।'

फ़ाइव-नॉट-सेविन ने शांति से कहा, 'शातिर बदमाश है।' रमन साइकिल पर चढ़कर चल पड़ा।

पंद्रह दिन बीत गये। रमन की ज़िंदगी ढर्रे पर आ गई। पुलिस स्टेशन से लौटने पर उसका भय समाप्त हो गया था। अब वह अपने पुराने ग्राहकों से मिलकर नये काम तलाशने लगा था। उसका यह डर कि जयराज ने उसके ग्राहकों को फोड़ लिया होगा, भी खत्म हो गया था। उसके ग्राहक उसके लौटने से खुश नज़र आये। बाज़ार में बिनौले व्यापारी ने तो उसे देखते ही गले से लगा लिया। कटपीस कपड़े के दुकानदार ने कहा कि वह तो उसका इन्तज़ार ही कर रहा था; और किताब वाले ने कोई वजह न होते हुए भी उसका स्वागत किया। लगता था, हर आदमी उसका अभाव महसूस कर रहा था, हालांकि एक-दो लोगों ने उसे तिरछी नज़र से भी देखा, जो उसे अच्छा नहीं लगा। कोआपरेटिव के सेक्रेटरी ने तो बातों की झड़ी लगा दी और एक दफ़ा इस तरह आँख मिचकाई, कि उसे ज़रा शक सा भी हुआ। लगता था, लोग जितना

कह रहे हैं, उससे ज़्यादा उसके बारे में जानते हैं। लेकिन वह किसी को रोक तो नहीं सकता था, कि वह यह सोचे और यह न सोचे। इसलिए उसने अपना रुख़ ज़रा कड़ा कर लिया और महसूस किया कि यह अच्छा ही था।

रमन को अब यह परेशानी होने लगी कि इस लंबे टूर की जो अच्छी-खासी फ़ीस उसे मिलने वाली थी, उसका अब क्या होगा; और वह काफ़ी बड़ा काम जो उसे मिलने वाला था, उसका क्या होगा। अगर वह वे तीस बोर्ड बना देता, तो उसकी आमदनी काफ़ी ज़्यादा हो जाती। वह दरअसल पैसे के पीछे भागने वाला या कोई काम न मिलने पर रोनेवाला आदमी नहीं था—फिर भी पुरानी आदत यही होने के कारण उसे यह नुकसान काफ़ी खल गया।

काम-धंधा एक बात है, और उसकी उलझनें बिलकुल दूसरी, और एक की वजह से दूसरी को दरगुज़र करना क्या सही कहा जा सकता है?

वह चूड़ीवाला भी, मार्केट का सबसे बड़ा लंपट भी फिर दोस्ती से बात करने लगा था। वह रमन की तलाश करता हुआ आया और एक नये साइन बोर्ड का आर्डर तथा उसके लिए एडवांस भी दे गया; लिखना था : 'नायलोन की एकदम नये फ़ैशन की चूड़ियाँ, सब साइज़ों में'। वह किसी अज्ञात कारण से इस साइन बोर्ड में नीचे की लाइन के पास एक छोटी-सी वीणा की तस्वीर भी बनवाना चाहता था, और रमन ने इसके लिए पाँच रुपये और माँगे, जो उसने स्वीकार कर लिए—पाँच लाइनों के कुल मिलाकर पचहत्तर रुपए होते थे। रमन ने उसे पिछले सब अपराधों के लिए माफ़ कर दिया, लेकिन यह पूछ लिया, 'और पिछला बिल?'

चूड़ीवाले ने अपनी दुकान पर उसके साथ बहुत आक्रामक व्यवहार किया था, लेकिन अब वह बहुत मीठा व्यवहार कर रहा था। बोला, 'यार-दोस्तों के बीच बकाया की बातचीत नहीं होनी चाहिए।'

रमन बोला, 'इतनी दूर मेरे पास आने की जगह तुम जयराज के पास भी जा सकते थे। वह तो मार्केट में तुम्हारी दुकान से कद्रम भर की दूरी पर ही है।'

उसका जवाब रमन को खुश कर गया, 'मेरे धंधे में गुण और आकर्षण की क़दर है, नहीं तो मैं चूड़ियाँ नहीं बेच रहा होता। रद्दी बोर्ड लगाने की जगह मैं खाली साइन बोर्ड लगाना ज़्यादा पसंद करूँगा।'

यह सुनकर रमन गद्गद हो उठा। उसके स्वभाव का व्यापारिक पक्ष प्रतियोगिता और सफलता को महत्त्व देता था। अब वह काम में अपने को झोंक देना चाहता था, क्योंकि कुछ न करने पर उसे डेज़ी की याद आती थी, और उससे अलग होने का दर्द उसे सताने लगता था।

एक शाम वह घर के पीछे वरांडे में काम कर रहा था, कुछ गज़ की दूरी पर नदी बह रही थी। चाची मंदिर गई हुई थी। एलामन स्ट्रीट पर खाने लायक मीठे खिलौने बेचने वाला अपनी आखिरी आवाज़ लगाकर नल्लप्पा की झाड़ी की तरफ़ जा चुका था, और इलाके का आना-जाना तथा काम-धाम मन्द पड़ने लगा था। लग रहा था कि छह नहीं, सात बज रहे थे। रमन ने अठारह और बारह आकार का तख़्ता रंदे से छीलकर चिकना कर दिया था और उस पर पेन्ट की एक परत भी लगा दी थी, और अब उसे सूखने के लिए पलट कर दीवार के सहारे इसलिए रख दिया था कि उस पर रेत न चिपक जाये, और अब एक पैड पर अक्षरों के नमूने बनाकर देख रहा था कि कौन-सा स्टाइल अच्छा रहेगा। पीछे की छोटी दीवार के पार जिससे कभी-कभी बकरियाँ झाँकती थीं, एक नया चेहरा नज़र आया, जिसे उसने आँख की कोर से देख लिया और सोचने लगा कि यह कौन हो सकता है। लेकिन वह अपने काम में लगा रहा। काफ़ी देर तक वह इसकी उपेक्षा करता रहा, फिर उसे महसूस हुआ कि उसकी गर्दन को किसी ने छुआ है, तो उसने सिर घुमाया। उसने जो देखा, उसे समझने में उसे कुछ समय लगा। क्या यह भ्रम था? यह संभव है क्योंकि जब मस्तिष्क एक ही विषय पर केन्द्रित हो जाता है, तब अक्सर ऐसा होता है। लेकिन वह इस दृश्य से उत्तेजित हो उठा। उसे 'नायलोन' शब्द की तरफ़ वापस आना मुश्किल लगने लगा, जिसे, चूड़ीवाला चाहता था, कि बहुत आकर्षक ढंग से लिखा जाये। आजकल उसके लिए हर संदेश में यही लिखने का ख़तरा पैदा हो गया था, 'दो से ज़्यादा नहीं...साधन सीमित...'। अरे, डेज़ी, उसने दोबारा देखकर निश्चित करना चाहा कि भ्रम गायब हो गया या नहीं। आसमान में रोशनी खत्म हो चुकी थी, कुछ तारे भी निकल आये थे और आकार पर ध्यान देकर ही निश्चय किया जा सकता था। ग़लती की कोई गुंजाइश नहीं थी। बड़ा सिर, चपटा माथा, नुकीली ठोढ़ी, सब बिल्कुल स्पष्ट थे। उसकी बाँहें दीवार पर थीं, और हाथों में सिर था। उसने बोर्ड और पैड एक तरफ़ रख दिया, उठ खड़ा हुआ और धुँधला दिखाई देने वाली आँखों से नज़र बाँधकर देखा। वहाँ किसी का सिर था। हाथ बढ़ाकर उसे छुआ, एकदम ठोस चीज़। 'कौन, डेज़ी?' उसने पूछा।

'हाँ', उस अर्ध-मरदानी आवाज़ ने कहा।

उसकी समझ में नहीं आया कि क्या कहे, बोला, 'घर के सामने से क्यों नहीं आईं?'

'वहाँ कोई जवाब नहीं मिला, इसलिए इधर आई।'

'चाची मंदिर गई हुई हैं, इसलिए...', वह बिना सोचे यह वाक्य बोल गया। जैसे वह एकदम घबरा गया था। बोला, 'मैडम...'

'अब यह "मैडम" क्यों? उसने पूछा। वह सोच रहा था कि ऐसा कुछ न

कहे जिससे डेज़ी नाराज़ हो जाये और यही शब्द सबसे उपयुक्त लगा। इसके बाद वह बोला, 'आप यहाँ क्यों आई हैं, सामने दरवाज़े पर क्यों नहीं?'

वह बोली, 'यह तो मैं पहले ही बता चुकी हूँ।'

'हाँ, हाँ, लेकिन मैं पूछता हूँ कि इस तरह क्यों आई हैं?'

'तो तुम क्या चाहते हो—ढोल-नगाड़े बजाती हुई आऊँ?'

उसकी इच्छा हुई कि कहे, हाँ, क्यों नहीं? दुल्हन तो इसी तरह घर आती है। लेकिन उसने कोशिश करके अपने आप को टोका—विवाह के साथ जुड़े शब्दों से उसे डर लगने लगा था।

मैं पुलिस स्टेशन से मुश्किल से निकल कर आया हूँ...शायद एक पैर अभी उसके भीतर ही है। वह सोचने लगा कि शायद यह मुझे सचेत करने आई है, या शायद इसने पुलिस में रिपोर्ट कर दी है और अब मुझसे कहने आई है कि यहाँ से भाग जाओ। हो सकता है, अब इसे अपनी शिकायत पर अफ़सोस हो रहा हो...

'तुम्हारे दिमाग़ में क्या चल रहा है?' उसने दीवार की दूसरी तरफ़ से पूछा।

'मैं...मैं आपको मिस कर रहा था...देखिये, मैं ज़रा ज़्यादा बिज़ी था...बहुत सारे ज़रूरी काम इकट्ठे हो गये थे।'

'मैं भी बिज़ी थी, तीन हफ्ते के सर्वे की रिपोर्ट लिख रही थी।'

'आपका दिमाग़ इसी में उलझा होगा, इसलिए आपने गुड नाइट भी नहीं कहा।'

'कब?'

'जब हम कोप्पल से बस में आये।'

'मैंने तुम्हें उस दिन गुड मार्निंग भी तो नहीं कही थी।'

'यह तो सही है,' उसने सख्ती से कहा।

'अगर मैं आज यहाँ नहीं आती, तो क्या तुम दौरे का पैसा और दूसरी चीज़ें लेने नहीं आते?'

'यह बड़ी बात नहीं है। यह तो मैं कभी भी ले सकता था।'

'इसके लिए तुम्हें फ़ार्म पर दस्तख़त करने होंगे और बिल बड़े दफ़्तर में पास होगा,' उसने अपनी आदत के अनुसार साफ़-साफ़ कहा।

'हम यहाँ क्यों बातें कर रहे हैं?' उसने अचानक पूछा।

'क्योंकि तुम यहाँ मिले हो,' डेज़ी ने जवाब दिया।

रमन की मनस्थिति बहुत उलझ गई थी। उसे यह आश्चर्य लग रहा था कि वह यहाँ आई है—अविश्वसनीय था यह, शायद यह उसका दिवास्वप्न ही था। 'आप यहाँ मेरे लिए आई हैं?'

'मेरा ख्याल है कि एलामन स्ट्रीट आने का कारण यही हो सकता है।'

'यहाँ कोई नदी की सैर करने भी आ सकता है।'

'हाँ, यह भी हो सकता है,' उसने कहा। रमन छोटी-सी दीवार से कूदकर दूसरी तरफ़ आ गया। अब वह अपने को भूल चुका था—बोर्ड पर 'नायलोन' लिखना छोड़कर, और यह सोचकर कि वह काफ़ी देर से काम में लगा है, अब उसको हाथ-मुँह धोना चाहिए और अपने बाल भी ठीक-ठाक करने चाहिए, वह उसके साथ हो लिया। डेज़ी के निमंत्रण ने उस पर जादू-सा कर दिया था। दोनों कुछ देर तक चुपचाप चलते रहे। नदी के किनारे पहुँच कर सीढ़ियों से उतरे। सौभाग्य से इस समय वहाँ कोई नहीं था—होता भी तो रमन परवाह करने के मूड में नहीं था। डेज़ी वापस आ गई थी, और वह उसके खिलाफ़ भी नहीं लगती थी—उसके लिए इतना काफ़ी था।

नदी में पैर डालकर वे आखिरी सीढ़ी पर बैठ गये। पानी ठंडा था और ताज़गी महसूस हो रही थी। आसमान में तारे चमक रहे थे, ठंडी हवा चल रही थी, पैर पानी में डूबे हुए थे, शहर का शोर-शराबा और आवाज़ें यहाँ से काफ़ी दूर थीं, रोज़ नदी पर घूमने आनेवाले लोग रेत पर परछाइयों की तरह एक-दूसरे को काटते इधर- उधर से गुज़र रहे थे। वातावरण में अच्छी संभावनाएं नज़र आ रही थीं। रमन ने डेज़ी की ओर नज़र फेंकी और उसकी तरफ़ सरक आया। वह उसकी ओर आकर्षित हो रहा था।

डेज़ी हटी नहीं, लेकिन बोली, 'फिर से समस्या मत पैदा करना।'

उसने धीरे से कहा, 'आप मुझे अच्छी लगती हैं। मैं आपके बिना रह नहीं सकता।'

डेज़ी ने कहा, 'मेरे साथ घूमते हुए दोबारा कोई तमाशा मत करना। "मैं आपको प्यार करता हूँ।" "आपके बिना रह नहीं सकता" वगैरह सब बेमानी शब्द हैं। यह सब तुमने शायद उपन्यासों और हालीवुड की फिल्मों से सीखा है। जब कोई आदमी कहता है, "मैं तुम्हें प्यार करता हूँ" और औरत भी कहती है, "मैं भी तुम्हें प्यार करती हूँ"—तो यह सब मशीनी लगता है, विश्वसनीय नहीं? शायद पश्चिम के समाज में यह सही हो, लेकिन यहाँ बेवकूफ़ी है। मैं तो सोचती हूँ कि प्यार करने वाले गूँगे हो जाते हैं।'

'प्यार हर समाज में एक ही होता है,' उसने कहा, पहली दफ़ा हिम्मत करके 'प्यार' शब्द का उपयोग किया। अगर इसके लिए वह उसे नदी में भी डुबा दे, तो भी कोई बात नहीं। वह इसे स्वीकार कर लेगा। उसने कहा, 'मैं आपसे सहमत हूँ। साहित्यकारों ने जो रोमांसवाद को बढ़ावा दिया है, उसमें मेरा विश्वास नहीं है। उसने लोगों के सोच और व्यवहार को प्रभावित किया है और वे असली ज़िंदगी में भी उसी के अनुसार आचरण करने लगे हैं।' डेज़ी यह सुनकर हँसने लगी, और रमन को अच्छा लगा कि उसने कुछ प्रतिक्रिया की। वह बोली, 'तुम जो कह रहे हो उसके बावजूद तुम ज़बरदस्त रोमांटिक हो।'

'आप इतने पास हो, तो हर कोई ऐसा ही हो जायेगा।' वह डेज़ी से बहुत-सी ऐसी बातें कहना चाहता था, जिनसे उसकी गहरी भावनाएं, उमंगें और उलझनें सब कुछ स्पष्ट हो जायें। वह अपनी समूची ज़िंदगी उसके सामने इस तरह खोलकर रख देना चाहता था, कि वह उसको गंभीरता से लेने लगे। उसने अपने को भूलकर जो समझ में आया, कहना शुरू कर दिया। वह समझ नहीं पा रहा था कि कहाँ से शुरू करे और क्या-क्या कहे। वह उसे बताना चाहता था कि उससे मिलना उसके अब तक के जीवन की सबसे महत्त्वपूर्ण घटना है—इसके लिए वह उसका कितना आभारी है; वह उसे अपने जीवन का दर्शन बताना चाहता था; साइन बोर्ड पेन्टर के रूप में अपनी ज़िंदगी का महत्त्व स्पष्ट करना चाहता था। साइन बोर्ड लिखने वाला ऊपर से साधारण आदमी लग सकता है, लेकिन उसके हाथों में पूरे समाज की आकांक्षा और व्यापार इकट्ठा होता है। उसने यह धंधा क्यों चुना, यह बताने के लिए उसने अपने आरंभिक दिन, कॉलेज की पढ़ाई और उस समय के अपने साहसिक कार्य तथा रोमांस भी बताये— एक छोटी-सी लड़की, एक लंबी लड़की, मोटी लड़की, इन सबसे रोमांस किये—लेकिन ज़्यादातर कल्पना में, वास्तविकता में नहीं। वह उलटा-सीधा बोलता रहा और डेज़ी भी धीरज से सुनती रही। वह कोई भी वाक्य पूरा नहीं कह पा रहा था, विचार एक-दूसरे में उलझ रहे थे और आगे-पीछे दौड़-भाग रहे थे। वह खुद यह सब समझ रहा था, उस अँधेरे में उसे डेज़ी का चेहरा साफ़ नहीं दिखाई दे रहा था, जिससे वह जान सके कि वह इन बातों को रुचि से सुन रही है या उन पर मुस्करा रही है। अंत में उसने अचानक यह कहकर बात खत्म कर दी, 'हाँ, आप ठीक कहती हैं, मैं रोमांटिक हूँ और मेरा कोई इलाज नहीं है।' इसके बाद आखिरी बात यह कही, 'मेरा ख्याल है कि अपने बारे में मैं बहुत कुछ कह गया। मैं जानना चाहूँगा कि क्या आप भी अपने बारे में कुछ कहना चाहेंगी।'—वह सोच रहा था कि डेज़ी शायद अपने बारे में बताने आई होगी, उसकी आत्मकथा सुनने के लिए नहीं।

डेज़ी हँसकर कहने लगी, 'तुम मेरे बारे में क्या जानना चाहते हो? तुम्हारी ज़िंदगी की महानता और विविधता की तो मैं कल्पना भी नहीं कर सकती।...जो हो, तुम मुझे अब कई महीनों से जानते हो, और मेरे बारे में तुम्हारी उत्सुकता भी काफ़ी होगी। लेकिन मैं शुरुआत कहाँ से करूँ?' यह कहकर वह रुकी और सोचने-सी लगी। 'तुम्हें उस गाँव के मंदिर में उस पागल से बूढ़े की याद होगी जिसने मेरा जीवन बताने की बात कही थी। तुम्हें याद हो तो उसने कुछ ऐसी बातें कहीं जो मुझे अद्‌भुत लगी थीं। उसने कहा था कि वह मुझे समुद्र के किनारे एक झोंपड़ी में देख रहा है, जिससे लहरें टकरा रही हैं। मुझे पता नहीं उसने यह कैसे देखा, और सच में ऐसी ही जगह मेरे पिता ने मुझे पाया था, बहुत-सी जगहों में तलाश

करने के बाद। तुम यह जानना चाहोगे कि मैं वहाँ कैसे पहुँची और क्यों। मेरा जन्मस्थान न वह झोंपड़ी थी और न वह समुद्र तट। यह बात मैं शुरू से बताती हूँ।'

रमन सतर्क होकर सुनने लगा, कि वह क्या कहने जा रही है। वह अब तक इतनी गंभीर कभी नहीं हुई थी, और रमन बोल पड़ा, 'आप मुझे यह सब क्यों बता रही हैं?'

'तुम्हारी ज़िंदगी की कहानी सुनने का कर्ज़ उतारने के लिए।'

रमन बोला, 'मेरी बातें तो बहुत ज़्यादा स्पष्ट नहीं थीं।'

वह बोली, 'मेरा ख्याल है, मैं भी बहुत ज़्यादा स्पष्ट नहीं हो पाऊँगी। जो हो, मेरी बातें सुनो और बीच में बोलना नहीं। यह अच्छा है कि मैं जैसी हूँ, तुम उसे जान लो, और मेरे बारे में बेवकूफ़ी की बातें मत सोचो। तुम्हारी कहानी का मेरे ऊपर कोई असर नहीं पड़ा है, क्योंकि मुझे तुम्हारे बारे में कोई उत्सुकता नहीं रही, जैसे तुम मुझे दिखाई दिये, वैसे ही मैंने तुम्हें लिया; तुमने मेरे लिए कुछ काम किया जो मुझे संतोषजनक लगा, जैसा मैं चाहती थी, तुमने किया, लेकिन तुम्हारा व्यवहार...ख़ैर, यह चर्चा मैं नहीं करूँगी। अब चुपचाप मेरी बातें सुनो।'

अब उसने कहना शुरू किया कि पहाड़ों और नदियों के पार किसी गाँव में उसका बचपन बीता; उसका भूगोल उसने स्पष्ट नहीं बताया; और वह भी सवाल पूछने की हिम्मत नहीं कर सका। वह घटनाओं का क्रम भी साफ़-साफ़ नहीं बता पा रही थी, लेकिन रमन ने जैसे भी वह चाहे, बोलने दिया, बीच में कहीं नहीं टोका। किसी गाँव के घर में उसका बचपन बीता, उसके पिता बहुत बड़ी ज़मीन और बाग-बगीचों के मालिक थे; बहुत ज़्यादा बड़ा संयुक्त परिवार था, अगणित भाई, बहनें, चाचा, बहुएं, दादियाँ और चचेरे-मौसेरे भाई बहन। इस सबमें पंद्रह बच्चे थे। घर होस्टल की तरह था, सवेरे छह बजे से लोग जगकर तैयार होना शुरू कर देते थे। घर काफ़ी बड़ा और बड़े-बूढ़ों से भरपूर था, लेकिन बच्चे चारों तरफ दिखाई देते थे। 'मैं कई दफ़ा बिल्कुल अकेली रहना चाहती थी, लेकिन कोई जगह या समय ऐसा नहीं मिलता था कि मैं सोच सकूँ कि क्या करूँ। कहीं ज़रा भी प्राइवेसी नहीं थी। मैं जिधर भी जाती, कोई मुझसे बात करने लगता या किसी खेल में मुझे लगा लेता या मुझसे कहता कि यह करो या वह करो। घर में बहुत शोर होता था लेकिन किसी को लगता ही नहीं था, लेकिन मैं पागल हो उठती थी। छोटे बच्चे रोते रहते थे, बड़े चिल्लाते नज़र आते थे, कुछ लड़कों में लड़ाई होती रहती थी, और इस सबके ऊपर किसी-न-किसी बुजुर्ग की बुलंद आवाज़ भी सुनाई देती रहती थी। जैसे पागलखाना था हमारा घर। पता नहीं क्यों, मुझे इन सबसे नफ़रत थी। इसका कारण मैं नहीं जानती, क्योंकि मेरे माता-पिता बहुत ही अच्छे स्वभाव के थे, मेरे चाचा हमेशा मुझे दुलारते और हँसी-मज़ाक करते रहते थे, और मेरे अपने तथा चचेरे-मौसेरे भाई-बहन सब बहुत ही दोस्ताना स्वभाव के थे।'

यहाँ रमन ने पूछ ही लिया, 'क्या यही वजह है कि आप देश में कम आबादी देखना चाहती है?'

इस सवाल पर उसने झुँझलाकर कहा, 'आबादी की समस्या में तो मेरी रुचि बहुत बाद में पैदा हुई, इस पर बचपन की बातों का कोई असर नहीं था। इस तरह चीज़ों को एक-दूसरे से जोड़ो मत, मुझे इस तरह की मनोवैज्ञानिक थियोरियों में विश्वास नहीं है। अगर मैं सारे घर में अकेली बच्ची भी होती, तो भी मेरे भविष्य पर कोई असर नहीं पड़ता।' यह स्पष्टीकरण करने के बाद वह आगे कहने लगी, 'हम सबका पालन-पोषण एक साथ ही हुआ। हम सब सवेरे छह बजे उठते और पीछे के आँगन में कुएँ के इर्द-गिर्द हाथों में मंजन लेकर पहुँच जाते, पानी के बर्तन के लिए छीना-झपटी करते, इधर-उधर घूमते और हँसी-मज़ाक करते दाँत मलते और गंदगी फैलाते, कि कोई बुज़ुर्ग वहाँ आता और डाँट-डपटकर हमें वह जगह एकदम खाली करने को कहता। फिर हम सब खाते-पीते, कपड़े पहनते और बाहर निकलकर चारों दिशाओं में अपने-अपने स्कूलों के लिए चल पड़ते। कोई एक स्कूल हम सबको दाखिला नहीं दे सकता था। हमसें से कुछ खेतों से गुज़रते हुए स्कूल जाते और किसी को पड़ोसी की उधर जाती बैलगाड़ी मिल जाती जिस पर वह सवार हो लेता। लेकिन किसी-न-किसी तरह हम सब वक्त पर स्कूल पहुँच जाते। मैं एक मील पैदल चलकर सड़क पर पहुँचती, जहाँ से बस पर बैठकर शहर के अपने कान्वेन्ट पहुँचती।

'मुझे पढ़ाई बेकार और निर्जीव लगती थी। मुझे हमेशा यह विचार सताता रहता कि मुझे कुछ इससे अच्छा करना चाहिए, कुछ ऐसा जो जीवन में ज़्यादा उपयोगी हो; और मैं एक ऐसी निरर्थक व्यवस्था से बँधी हूँ जिससे छुटकारा संभव नहीं है। मुझे भी दूसरे बच्चों की तरह घर पर रहना पड़ता था।'

रमन बोल पड़ा, 'मैं नहीं जानता था कि आप इतने अच्छे ढंग से बयान कर सकती हैं...'

डेज़ी ने उसकी प्रशंसा को अस्वीकार करते हुए कहा, 'मैंने कहा था, टोकना मत। शाम को पाँच बजे इसका उलट होने लगता, सब बच्चे घर में फिर इकट्ठा होते और किचेन में जो भी पकता, उस पर टूट पड़ते। हम सबको लाइन में बिठाकर नाश्ता कराया जाता, हाथ-मुँह धोकर कपड़े बदले जाते, और एक बार फिर हम सब अड़ोस-पड़ोस में खेलने निकल जाते, और तब तक खेलते रहते जब तक घर वापस लौटने का समय न हो जाता; तब हम पूजा-गृह की तरफ़ मुँह करके प्रार्थना करते—पूजागृह बहुत छोटा था, उसमें हम सब समा नहीं सकते थे, और हम सब इतनी बुलंद आवाज़ में पवित्र मंत्र बोलते कि हमारे बड़े-बूढ़ों को विश्वास हो जाता कि हमारी आवाज़ें स्वर्ग तक ज़रूर पहुँच गई होंगी। फिर हम सब रात का भोजन करने लाइन में बैठते और गुड नाइट कर के विविध कमरों और कोनों में बिछी चटाइयों

और दरियों पर, तकियों या तकियों के बिना कहीं भी सो जाते थे। इस तरह की ज़िंदगी में हमारा व्यक्तित्व पनप ही नहीं पाता था।

'मैं सोच भी नहीं सकती थी कि ज़िंदगी किसी और तरह की भी हो सकती है, मनुष्य कुछ और भी कर सकता है और किसी और तरह भी जिया जा सकता है। मैं नहीं जानती थी कि इसे बदला भी जा सकता है, जब तक परिवार में मेरे विवाह की अफ़वाहें नहीं फैलने लगीं। दूसरे बच्चों ने मुझ पर हँसना और मेरा मज़ाक उड़ाना शुरू कर दिया। मेरे पिता और उनके छोटे भाई ने गंभीरता से बातचीत करना शुरू कर दिया कि क्या-क्या करना होगा; बहुत-सी चिट्ठियों का ज़िक्र किया जाने लगा। जन्म कुंडलियां मिलवाई जाने लगीं और विवाह के कार्यक्रम पर चर्चा होने लगी। लोग मुझे अर्थपूर्ण नज़रों से देखने लगे। लेकिन यह सब मुझे अच्छा नहीं लग रहा था। एक दिन मेरी माँ मुझे एक बगल के कमरे में ले गई और बताने लगी कि होने वाला दूल्हा मुझे देखने आयेगा, उसकी मुझे तैयारी करनी चाहिए। लेकिन जब मैंने यह कहा कि मैं दूल्हे को अपनी जाँच नहीं करने दूँगी बल्कि खुद उसकी जाँच करूँगी, तो लोगों को बड़ा धक्का लगा। सबने बहुत गुस्सा किया और मेरे पिता ने तो मुझसे बोलना भी बंद कर दिया, तब उनके भाई मुझे एक तरफ ले गये और समझाने लगे, 'पागल मत बनो। तुम्हें समझना चाहिए कि ऐसा कोई नहीं करता।' इस पर मैंने कहा कि, 'अगर कोई नहीं करता, तो अब किसी को शुरू करना चाहिए।'

''बेटे, तुम्हें क्या हुआ है? इस तरह ज़िंदगी में जम जाने का यह अवसर क्यों खो रही हो?' मैंने उनसे कहा कि जीवन में मेरा यह उद्देश्य नहीं है। मैं कुछ और करना चाहती हूँ।'

रमन उसकी यह बात सुनकर सिहर उठा। वह बोला, 'अब आपने यह उद्देश्य पूरा कर लिया है। इसलिए अब अपना यह विचार बदल सकती हैं।'

डेज़ी ने इस टिप्पणी पर ध्यान नहीं दिया और अपनी बात कहती रही, 'आखिरकार उन्होंने मुझे मना लिया। यह चाचा मुझे बहुत प्रिय थे और मैं उनकी बात नहीं टाल सकती थी। मैंने तय कर लिया कि दिखाई की यह रस्म मैं पूरी करूँगी और अपनी जाँच होने दूँगी। लेकिन मैंने यह भी सोच लिया था कि लड़के को मैं पसंद नहीं करूँगी और उसे सबके सामने निरुत्साहित करूँगी। मुझे ननद से उधार लिये ज़ेवरों से सिर से पैर तक लाद दिया गया, कान, नाक, गला और हाथों में हीरे और सोने के ज़ेवर पहना कर एक बहुत भारी, साड़ी से मुझे ढक दिया गया। मैं एकदम बीमार महसूस करने लगी, कि मेरा व्यक्तित्व बिलकुल खत्म कर दिया गया है। लेकिन मैं धीरज से यह सब सहती रही। मुझे बगल के एक कमरे में बिठा दिया गया और सब मुझे देख-देखकर कहने लगे कि कैसी अच्छी लग रही है, बच्चे आँखें फाड़-फाड़कर मुझ पर नज़र डालते, फिर हँसने लगते। मुझे इस दृश्य से नफ़रत

हो रही थी। मेरे भीतर यह भावना घर करने लगी कि मैं ग़लत दुनिया में आ गई हूँ और इन सबके बीच मैं अजनबी हूँ। मेरी माँ मुझे देखकर खुशी से फूली जा रही थी, और मुझे उसकी दशा पर तरस आ रहा था। इस वक्त मेरी उम्र सिर्फ तेरह साल की थी, लेकिन मेरे विचार बन गये थे कि मेरे लिए क्या अच्छा है और ज़िंदगी में मुझे क्या करना है। लोग मेरी तारीफ़ कर रहे थे लेकिन मैं शीशे के सामने जाने से डर रही थी। फिर मुझे गुड़िया की तरह बिठा दिया गया और अपने माता-पिता के साथ दूल्हे जी का इन्तज़ार किया जाने लगा। ये लोग आये तो कितनी आवभगत की गई! दूल्हा तलाश करना बड़ा मुश्किल काम है, और जब कोई मिल जाता है तो उसे इनाम की तरह लिया जाता है। लड़का देखने में बुरा नहीं था, लेकिन मुझे इससे कोई लेना-देना नहीं था। वह ज़मींदार था और सैंकड़ों एकड़ ज़मीन तथा अपार धन-सम्पत्ति का मालिक था। शानदार ग़लीचे पर बैठा उसका पिता बार-बार एक ही बात दोहराये जा रहा था, "मैंने एक कुछ बेटे को सौंप दिया है। यही सब काम सँभालता है।" उसे अपना बेटा बहुत प्यारा था और वह उसकी प्रशंसा करते थक नहीं रहा था, और जब भी वह कुछ कहता, उसकी पत्नी समर्थन में सिर हिला देती। इस नाटक का केन्द्र मैं ही थी, फिर भी मुझे ये बातें मज़ा दे रही थीं। मैं इस सबको मनोरंजन की दृष्टि से देख रही थी, और मेरा ख़्याल है, गैर ज़िम्मेदारी का व्यवहार भी कर रही थी। जब मुझसे कहा गया कि मैं अतिथियों के सामने चलकर दिखाऊँ, तो कोमलता और इज्ज़त के साथ चलने के स्थान पर मैं सिपाही की तरह सीधी अकड़कर चली जिससे मेरे ज़ेवर बजने लगे और लेस-लगी भारी साड़ी खिसिर-खिसिर करती सुनाई दी।'

रमन यह सुनकर हँसने लगा और बोला, 'मैं यह नज़ारा देख पा रहा हूँ—कि सिर पर चोटी रखे सिल्क में सजा, आँखें फाड़कर आपको देखता लल्लू आपके सामने बैठा है।'

'नहीं, उसके सिर पर चुटिया नहीं थी। सिर घुटा हुआ था, जैसा गाँव के लोगों का नहीं होता।'

रमन को इस व्यक्ति से ईर्ष्या महसूस हुई।

उसने कहा, 'मेरा ख़्याल है, उसकी आँख ज़रूर भेंड़ी होगी।'

'अरे नहीं, मैंने कहा न कि दूल्हे के तौर पर वह बुरा नहीं...'

'फिर भी मेरा ख्याल है कि उसमें ज़रूर कोई और कमी होगी...,' रमन बोला। 'मैं नहीं जानता था कि आप लोग इतनी देख-परख करते हैं, और इतना सब कहते-सुनते हैं...'

'मुझे तो कुछ कहने का अवसर ही नहीं था, और मुझे खुद अपनी तारीफ चाहिए ही नहीं।' रमन ने इस पर कुछ नहीं कहा और चुप रहा। डेज़ी बोली, 'मैंने

तुमसे कह दिया था कि टोकना नहीं, लेकिन तुम हो कि बोले ही जा रहे हो, जिससे मुझे परेशानी होती है।'

'मैं अपने कुछ संदेह दूर करना चाहता था। ख़ैर, आगे...'

'जैसा मैंने कहा, मैं सिपाही की तरह मार्च करती उसके सामने जा खड़ी हुई, तो उसने समझा कि मुझ पर यह हमला करना चाहती है, और वह ज़रा-सा पीछे हट गया। और लोग भी मेरी चाल पर परेशान लगे। लड़के के पिता को तो इतना धक्का लगा कि उसने बेटे की फिर कोई तारीफ़ नहीं की। मेरी माँ बोली, 'प्रणाम करो इनको। ज़मीन तक झुककर करो।' मैंने अपना सिर हिला दिया। मुझे हमेशा ज़मीन तक झुककर या किसी के सामने लेट कर उसे प्रणाम करने का नियम नापसंद रहा है।'

'मेरा भी यही विचार है,' रमन बोला। 'यह एकदम ग़लत है। मैंने जीवन में किसी को इस तरह प्रणाम नहीं किया।'

'फिर टोकाटाकी की। अपनी कहानी बाद में सुनाना,' डेज़ी ने कहा। लड़के ने पूछा, "किस क्लास में पढ़ती हो?" यह ऐसा सवाल था जिसे हर कोई पूछता ही है। लेकिन मैंने इसका जवाब न देकर खुद उसी से पूछ लिया, "तुम किस क्लास में पढ़ते हो?" मेरे इस सवाल ने तो जैसे सब कुछ उलट-पुलट कर दिया, क्योंकि यह सुंदर जवान शायद किंडरगार्टन से ज़्यादा नहीं पढ़ा था, उसकी योग्यता तथा गुण उसकी सम्पत्ति ही थी। यह धक्का बरदाश्त करने के बाद उसने पूछा, "क्या तुम गाती हो?"

"तुम गाते हो?" बदले में मैंने भी पूछ लिया। लेकिन मुझे ताज्जुब हुआ कि उसने जवाब में कहा, "हाँ, मैं गाता हूँ।" उसके पिता ने बतलाया, 'इसने गुरुओं से संगीत सीखा है। इसकी इच्छा है कि मद्रास संगीत अकादमी के मंच से गाये। तुम गाती हो?' मेरे जवाब देने से पहले मेरे पिता बोल पड़े, "हर हफ्ते तीन दिन शहर से शिक्षक इसे सिखाने आता है।" लेकिन मैं बोली, "पर मैं अच्छा नहीं गाती। मुझे संगीत पसंद नहीं है।"

'इस तरह कब तक चलता। ज़ाहिर है, प्रस्ताव आगे नहीं बढ़ा। मैं कुछ और तमाशा करूँ, इससे पहले मुझे भीतर के एक कमरे में ले जाया गया, और सैंकड़ों आँखें मुझे घूरने लगीं। मुझे लगा कि लोग मेरा गला दबा देंगे, लेकिन मुझे अकेले छोड़ दिया गया। कई दिन तक मुझसे कोई नहीं बोला। मैंने अपने परिवार को अपमानित कराया था। इस इलाके का एक प्रतिष्ठित परिवार एकदम ज़मीन पर आ गया था, अब मेरे लिए तो लड़का ढूँढ़ना संभव ही नहीं होगा, घर की और लड़कियों के लिए भी लड़के तलाश करने में मुश्किलें आयेंगी। मैंने अपने परिवार का ज़बरदस्त अहित किया था।'

तभी तालुका दफ्तर के घंटे बज उठे और डेज़ी बात करना बंद करके उन्हें गिनने लगी। वह उछलकर खड़ी हो गई और तेज़ी से चल पड़ी, रमन समझ ही नहीं

सका कि क्या हुआ है। उसने केवल ये शब्द सुने, 'नौ बज गये! मुझे पता ही नहीं चला।' उसके इस तरह चलें जाने पर रमन क्रोधित हो उठा।

वह भी उठकर रेत पर पाँव रखता घर की ओर चला। सोचने लगा, 'इसे तो समझ पाना ही बहुत कठिन है। पहेली ही है यह।' उसकी चाची पीछे के दरवाज़े से उसे देख रही थी, उसने आश्चर्य से पूछा, 'दीवार से कूदकर क्यों आ रहे हो? दरवाज़ा तो खुला है।' ज़ाहिर था कि चाची ने दरवाज़ा उसके लिए खोल दिया था। रमन को बुरा लगा कि वह उसके काम करने के कमरे में आ गई हैं; दोनों के बीच एक तरह का समझौता था कि वह इधर कभी नहीं आयेगी और उसके काम धाम में दखल नहीं देगी। लेकिन कभी-कभी वह यहाँ आकर चूल्हा जलाने के लिए लकड़ी की कतरनें बटोर ले जाती थी। लेकिन इसके लिए वह रमन से पूछ लेती थी, इसके अलावा वह इस कामकाज की जगह से दूर ही रहती थी और इसका दरवाज़ा भी रमन की इच्छानुसार ही खुलता और बंद होता था। इस क्षेत्र पर रमन का सर्वाधिकार था। हाँ, नदी पर नहाने जाते समय वह ज़रूर इसे खोलती थी। इस वक्त तो उसके यहाँ आने का कोई मतलब ही नहीं था, फिर भी वह आई, यानी वह निश्चय ही उसकी जासूसी कर रही है। अब अगर वह यहाँ आई और पीछे का दरवाज़ा भी खोला, तो ज़रूर उसने सामने सीढ़ियों की तरफ़ देखा भी होगा—हालांकि उसे इसकी परवाह नहीं थी। उसने पूछा, 'तुम्हें दरवाज़ा खोलने की क्या ज़रूरत थी?'

'सड़क वाला, दरवाज़ा खुला पड़ा था, और तुम कहीं दिखाई नहीं दिये, तो मुझे फ़िक्र होने लगी।' यह कहकर चाची रसोईघर में चली गई। रमन ने महसूस किया कि अब यह सोचने का कोई मतलब नहीं होगा कि चाची ने उसे डेज़ी के हाथ पकड़े हुए देख लिया है या नहीं। देख लिया हो तो क्या, न देखा हो तो भी क्या! दोनों बातें एक ही हैं। हाथ पकड़ना—बेवकूफ़ी भरा सुख—क्योंकि डेज़ी हाथ झटककर बिना किसी भावना के वहाँ से जा भी सकती थी। उसे यह चिंता छोड़ देनी चाहिए। उसे अपनी पढ़ी हुई पुरानी किताबों में से एक वाक्य याद आया, 'वह हेकुबा का कौन है, और हेकुबा भी उसकी कौन है!' उसे डेज़ी की जगह अपना नाम हेकुबा रख लेना चाहिए—उसने डेज़ी फूल जैसा कोमल व्यवहार जो नहीं किया। घंटे ने नौ बजाये तो क्या हो गया। क्या कोई उससे पूछनेवाला था? अगर कहीं कोई ऐसा हो जो उससे पूछताछ कर सके, तो वह मैं ही हो सकता हूँ...कितनी खुश करने वाली बात है! उसने महसूस किया कि उसके विचार गड़बड़ा गये हैं, डेज़ी के अचानक चले जाने के कारण, नहीं तो वह उसे बहुत मीठे ढंग से विदाई देने की योजना बना रहा था। उसका आत्म-निरीक्षण अभी पूरा नहीं हुआ था, 'सब

* हेकुबा, सुप्रसिद्ध त्रोजन युद्ध के समय त्रोय के राजा प्रियम की प्रेमिका—अनुवादक

भाड़-चूल्हे में जाये। मैं हेकुबा का कौन हूँ?' उसने लालटेन जलाई और चूड़ीवाले के बोर्ड पर काम करने लगा। इस पर वह देर रात तक घुटने सिकोड़े काम करता रहा। चाची जानती थी कि ऐसे समय उसे तंग नहीं करना चाहिए। वह खुद किचेन में ही सो गई थी। रमन काम पूरा करके वहाँ आया और देर तक खड़ा सोचता रहा कि उसको जगाये या नहीं। लेकिन उसकी नींद खुल गई और उसने खाना निकाल दिया। रमन को डर लगा कि वह उससे पूछताछ न करे, ऐसा हुआ तो वह कठोरता से जवाब देगा और ज़्यादा कुछ नहीं बतायेगा; लेकिन दही-भात का आखिरी कौर जब उसने मुँह में डाला, तब चाची ने कुछ और कहा, 'आज की कथा में कृष्णजी का लड़ाई के मैदान में अर्जुन को उपदेश था, जो मुझे बहुत अच्छा लगा। पंडित जी बड़े विद्वान हैं।'

चूड़ीवाला अब एकदम बदल गया था। रमन जब साइन बोर्ड बनाकर उसे देने गया, तब मार्केट से गुज़रते हुए वह यही सोच रहा था कि इस दफ़ा भी कहीं उसे पहले की तरह का ही अनुभव न हो, भले ही आर्डर देते समय वह बड़ी मीठी-मीठी बातें कर रहा था। दुकान पर हमेशा की तरह सभी उम्र की औरतों की भीड़ थी। चूड़ीवाला एक जवान औरत की कलाई को बड़ी कोमलता से पकड़े था, लेकिन रमन को देखते ही उसने उसका हाथ एकदम छोड़ दिया। फिर चहककर बोला, 'अहा! आइये जनाब, तशरीफ़ रखिये।' उसने कोने में रखे स्टूल की तरफ़ इशारा किया, जबकि उसकी सब ग्राहिकाएं उसी के इर्द-गिर्द दरी पर बैठी थीं।

रमन ने हमेशा की तरह साइन बोर्ड को खोला और हमेशा के शब्द कहे, 'छूना मत, अभी सूखा नहीं है;' और उसे दीवार के सहारे रख दिया।

चूड़ीवाले ने उस पर प्रशंसा की नज़र डाली। फिर उसने अपनी ग्राहिकाओं से पूछा, 'कैसा है?' सबने एक साथ कहा, 'अच्छा लगता है।'

रमन ने सोचा, ये सब तो उसके गुलाम हैं, राजा साहब जो कहेंगे, उसी को दोहरायेंगे। उसने पूछा, 'इसे लटका दूँ? मैं कीलें लाया हूँ। बताओ कहाँ?' इस काम में सब औरतें हाथ बँटाने लगीं। रमन बोर्ड लगाने सीढ़ी पर चढ़ा, कई नई चूड़ियाँ पहने कोमल हाथों ने रस्सी को पकड़ा, और बाकी सब औरतों ने सीढ़ी को दोनों तरफ़ से थाम लिया। 'आराम से चढ़ना। हम सब सीढ़ी को पकड़े हैं, डर की कोई बात नहीं है।' चूड़ीवाला सड़क की दूसरी तरफ़ एक खास जगह जाकर खड़ा हो गया, जहाँ से बोर्ड की जाँच कर सके, और उसने भी कहा कि बहुत अच्छा है। राह चलते कई लोग भी देखने खड़े हो गये थे। काम पूरा करके रमन जब नीचे

उतरा, तब वह खुद को हीरो महसूस कर रहा था। शायद वह यह भी सोच रहा हो कि अब उसे फूलमाला पहनाई जायेगी और मिठाई खिलाई जायेगी। दुकान की ओर जाते हुए वह माथे से पसीना पोंछ रहा था, और सब लोग उसे रास्ता देने के लिए इधर-उधर हो गये थे।

दुकानदार यह कहता हुआ उसके पीछे घुसा, 'मुझे, खुशी है कि तुमने नायलोन की चूड़ियाँ शब्द को बहुत आकर्षक बनाया है। अब आराम से बैठो...उसने फिर कोने में रखे स्टूल की तरफ़ इशारा किया। रमन के पैर सीढ़ी पर चढ़ने-उतरने से दुखने लगे थे, इसलिए स्टूल पर बैठकर उसे अच्छा लगा, बाकी सब लोग दरी पर जा बैठे। चूड़ीवाले ने उनकी तरफ देखकर कहा, 'मैं एक मिनट में आपको चूड़ियाँ देता हूँ', फिर रमन की तरफ़ घूमकर पूछा, 'तुम्हारे लिए क्या मँगाऊँ, काफ़ी, कोका कोला या फेन्टा? क्या पसंद करोगे?'

'जो चाहे मँगा लो, शुक्रिया,' रमन ने कहा। 'और बिल का पेमेंट भी कर देना।'

'अभी?' चूड़ीवाले ने पूछा।

'हाँ, हाँ, इसी वक्त। पचहत्तर रुपए, पेशगी काट लेना।'

'एक बोर्ड के पचहत्तर रुपए!' चूड़ीवाले ने घबराकर कहा।

'हाँ, हाँ, एक बोर्ड के पचहत्तर, दो के डेढ़ सौ, तीन के सवा दो सौ, यही आजकल रेट है। हर चौथी लाइन पर मुझे ब्रश बदलना पड़ता है, या सौ शब्दों के बाद, और मैंने यह मेम्पी के जंगल से लाई बढ़िया लकड़ी पर बनाया है। यह सौ साल तक भी धूप और बारिश में ऐसी ही बनी रहेगी, ज़रा भी नहीं चटकेगी। शुद्ध अलसी का तेल और जर्मनी के पेन्ट का इस्तेमाल किया है। तुम्हारा पोता जब दुकान सँभालेगा, तब भी यह इसी तरह चमकता रहेगा।'

'अरे, मैंने तो शादी का विचार तक नहीं किया है।'

क्यों नहीं किया, रमन सोचने लगा, इतनी ग्राहिकाओं के होते हुए भी...। दुकान बंद करने के बाद इनमें से किसी की भी कलाई पकड़ लो—बस, काम बन गया...लेकिन ऊपर से उसने कहा, 'मैं तुम्हें अव्वल दर्जे का काम देना चाहता था, और इसके लिए अव्वल दर्ज़े की चीज़ें भी चाहिए।' रमन अपने धंधे में वापस आ गया था और सौदेबाज़ी और ग्राहक को समझा-बुझाकर पैसा वसूलने की तरक़ीबों का पहले की तरह उपयोग करने लगा था। वह महसूस करने लगा कि अब वह अपना सही व्यक्तित्व फिर पा गया है, जो पिछले दिनों डेज़ी के प्रभाव में डूब गया था, यह बहुत ज़्यादा हो गया था। इसे डेज़ीवाद कहें, यह सही तो है—अच्छा लगता है, उत्तेजित करता है, आपका ध्यान बँटाता है—लेकिन इसे इतनी गंभीरता से नहीं लेना चाहिए कि

कोई दुर्घटना ही हो जाये। पिछले कई महीनों से वह इसी में मुब्तिला रहा था। अब मुझे इस रोग से छुटकारा पा लेना चाहिए और अपने से हमेशा सवाल-जवाब करते रहना चाहिए। पूछना चाहिए कि डेज़ी मेरे लिए क्या है या मैं डेज़ी के लिए क्या हूँ? मुझे अपने धंधे में डूब जाना चाहिए, मज़बूत आदमी की तरह उन्नति करते रहना चाहिए, दिनभर काम करके शाम को बोर्डलैस में अपने शानदार और स्वस्थ दोस्तों में घुलमिलकर मौज-मस्ती करनी चाहिए। क्या हुआ कि वह मुझे ढूँढ़ती हुई यहाँ आई और कुछ देर हम नदी किनारे बैठकर गपशप करते रहे। अब वह काफ़ी सख्तजान हो गया है और ऐसी बातों को उसे ज़्यादा महत्त्व नहीं देना चाहिए। सच बात यह है, कि अगर वह चाहे तो, इस शहर की बहुत सारी औरतों को आकृष्ट कर सकता है; इसी वक्त अगर डेज़ी वहाँ होती तो देखती कि कितनी औरतें चूड़ीवाले के वहाँ उसकी सीढ़ी पकड़े खड़ी थीं! वह जानता था कि उसका व्यक्तित्व अनाकर्षक नहीं है। उसे चाहिए कि डेज़ी को अकेला छोड़ दे, यह मूर्खतापूर्ण बोझ अपने दिमाग़ से एकदम उतार दे। उसकी शक्ल देखकर चूड़ीवाला कहने लगा, 'तुम तो बहुत सोच-विचार करने लगे, योगी की तरह!'

'हाँ, हाँ, मुझे एकदम अपने अगले काम में लग जाना है।'

'यह काम क्या है?' चूड़ीवाले ने उत्सुकता से पूछा।

'यह क्यों जानना चाहते हो?' रमन ने शरारत से पूछा।

'मुझे हमेशा दोस्तों की उन्नति से खुशी होती है।'

रमन ने अपने थैले से एक डायरी निकाली। उस पर मढ़ा कैलिको कपड़ा धुँधला पड़ गया था, लेकिन उस पर लिखा सन् 1962 नज़र आ रहा था। चूड़ीवाले ने कहा, 'यह कम-से-कम दस साल पुरानी है।'

'हाँ, हाँ' रमन ने कहा, 'मैं दस और साल तक इसका उपयोग कर सकता हूँ। दिन में मुझे सिर्फ चार लाइनें लिखनी पड़ती हैं, और वह भी हर रोज़ नहीं। इसमें तीन सौ साठ से ज़्यादा पन्ने हैं, और इसका पूरा उपयोग न करना राष्ट्रीय संपत्ति को नष्ट करना होगा' उसने एक पन्ना खोला और उसे पढ़ने के लिए सामने कर दिया।

चूड़ीवाला ज़ोर से पढ़ने लगा, 'फायनेंस एण्ड इन्वेस्टमेंट कारपोरेशन, इंडिया टैक्सटाइल्स, डॉ. गुरुनाथ, मैथिल्डा नर्सरी स्कूल, खतरा : 440 वोल्ट।' फिर वह ताज्जुब से बोला, 'तुम तो बड़े बिज़ी आदमी हो। खूब आमदनी होती होगी?'

'हाँ, क्यों नहीं होगी? मैं खुद काम के पीछे नहीं भागता। वह खुद मेरे पास आता है। और मैं नंबर लगाकर काम देता हूँ, कोई मुझ पर दबाव नहीं डाल सकता। हर एक काम के आगे उसकी तारीख़ लिखी है। मैं सबसे बढ़िया चीज़ें लगाता हूँ,

कोई भी लकड़ी और लैंप से बने काले रंग का इस्तेमाल नहीं करता।' यह कहकर रमन ज़ोर से हँसा। कोई यह नहीं बता सकता था कि यहाँ वह अपने बारे में यह सब क्यों बता रहा है—शायद दुकान पर जमा लोगों को प्रभावित करने के लिए। अपने महत्त्व से उसका चेहरा खिल उठा था।

चूड़ीवाला इससे सचमुच प्रभावित था। उसने अपना बक्सा खोला, उसमें से पैसे की थैली निकाली, और पचपन रुपए निकालकर रमन के सामने बढ़ाते हुए कहा, 'मैं चाहता था कि कुछ कन्सेशन कर देते।'

'मैंने पहले ही कन्सेशन कर दिया है। नहीं तो पंद्रह वर्ग फीट के बोर्ड के मैं पचासी और नब्बे रुपए लेता हूँ।' अब तक पीने के लिए कुछ नहीं आया था। रमन ने कहा, 'फ़िक्र मत करो, अगर लानेवाला कोई नहीं है, तो मैं रास्ते में कहीं पी लूँगा।'

'नहीं, ऐसा कैसे हो सकता है,' यह कहकर उसने एक कम उमर की लड़की की तरफ़ देखकर कहा, 'तुम बड़ी अच्छी लड़की हो। एक फेन्टा तो ले आओ, कहना, मैंने मँगाया है।'

वे लड़की के लौटने का इन्तज़ार कर रहे थे और चुप थे, इसे देखकर रमन ने कहा, 'इन्हें चूड़ियाँ पहनाओ, इन्तज़ार क्यों करा रहे हो!'

'अरे, कोई बुरा नहीं मानेगा,' उसने कहा और सब औरतों ने 'हाँ' में सिर हिलाया, फिर कोई खुशनुमा बात कही। रमन सोचने लगा, इसने सब पर जादू कर रखा है।

फ़ेन्टा आया, रमन ने पिया ओर चलने को उठ खड़ा हुआ। चूड़ीवाला भी उसके साथ उठा और बाहर तक पहुँचाने गया। विदा करने से पहले बोला, 'मैं तुमसे एक मेहरबानी चाहता हूँ। यहाँ एक लेडी है, बर्थ कंट्रोल के दफ्तर में। तुम उन्हें जानते हो?'

रमन ने पूछा, 'क्यों?'

'मैंने सुना है कि तुम जानते हो।'

'कैसे? और क्यों? बर्थ कंट्रोल की औरत से मेरा क्या लेना-देना?'

'अरे नहीं, मुझे ग़लत मत समझो। मेरी एक ग्राहिका ने तुम्हें उसके दफ्तर में देखा है—और कोई बात नहीं। अगर जानते हो तो मैं एक सिफ़ारिश चाहता हूँ—यही बात है।'

'तुम तो कह रहे थे कि तुम्हारी शादी ही नहीं हुई। फिर तुम्हारी समस्या क्या है! और वह गर्भपात नहीं कराती।'

'अरे नहीं, ऐसी कोई बात नहीं, बिलकुल नहीं। जी हाँ। मैंने सुना है कि ऑपरेशन

करानेवाली गाँव की औरतों को इनाम के तौर पर वह चूड़ियाँ देना चाहती हैं। अगर यह सच है तो मैं ये चूड़ियाँ सप्लाई करना चाहता हूँ। मैं उनके साथ गाँव-गाँव जाने को तैयार हूँ और औरतों को बढ़िया चूड़ियाँ पहनाऊँगा। मेरी कुछ नायलोन की चूड़ियाँ तो अनोखी हैं। तुम मिनट भर के लिए दुकान में चलो तो मैं दिखाऊँ।'

'अरे नहीं, तुम्हारा कहना ही काफ़ी है।'

'ये चूड़ियाँ टूटती नहीं हैं, और औरतें इनके लिए कुछ भी करने को तैयार हो जायेंगी।'

4

अब रमन को उस रात नंबर सात, थर्ड क्रास, के दरवाज़े पर जाकर खटखटाने का अच्छा बहाना मिल गया। डेज़ी ने उसे अंदर बुला लिया।

उसने कहा, 'मैं आपका ज़्यादा वक्त नहीं लूँगा, ज़्यादा से ज़्यादा पंद्रह मिनट। डेज़ी कुछ थकी हुई लग रही थी। रमन ने सोचा, बहुत काम होता है, बेचारी, कोई सहायक भी नहीं है। अगर आप दरवाज़े के पीछे खड़े होकर चुपचाप सुनते, जैसा उस लड़के ने सुना जो पास के रेस्तराँ से उसके लिए खाना लाया था, तो वह कह रहा था, 'मैं एक मित्र की तरफ़ से सिर्फ़ यह जानने आया हूँ कि क्या आप उन गाँव की औरतों को इनाम के तौर पर चूड़ियाँ दे रही हैं जो...'

'बकवास है सब', डेज़ी ने जवाब दिया, 'मैं इस तरह औरतों को बदलने में विश्वास नहीं करती। उन्हें समझना चाहिए कि वे क्या कर रही हैं, और इन बचकाने लालचों में नहीं पड़ना चाहिए। अपने दोस्त से कहना, चूड़ियाँ अपने पास रखे। मैं उसे जानती हूँ। वह दो दफ़ा नमूने लेकर यहाँ आ चुका है। मैंने उसे भगा दिया। सिर्फ दो मिनट उसे दिये। इस तरह की बातें मुझे पागल कर देती हैं, समझे।' कुछ देर शांति रही, फिर चलने की आवाज़। फिर उसकी आवाज़, 'नहीं, नहीं, तुम फिर मुसीबत में पड़ जाओगे। समझ से काम लो।'

'एक समय मैं बहुत समझदार आदमी समझा जाता था। बुद्धि, तर्कवाला। मैं सबसे ज़्यादा तर्कहीन व्यक्ति को भी समझदार बना देता था।'

'मुझे तो पता नहीं हैं,' औरत की आवाज़। 'मुझे भी अपने इस तर्क और समझ को देखने का मौक़ा क्यों नहीं देते? मैंने तो तुम्हें हमेशा ठोस दिमाग़ और तेवर का आदमी पाया है...अच्छा, अब कोई बचकानी हरकत मत करो, हटो, मुझे तकलीफ़ होती है। बड़े आदमी की तरह व्यवहार करो।'

'लेकिन उस शाम नदी के किनारे तो आपने मुझे छूने दिया था?'

'अच्छा, वह! लेकिन वह अलग बात थी, वहाँ अँधेरा था।'

और फिर उठने और झपटकर स्विच तक हाथ पहुँचने की आवाज़ें सुनाई दीं,

और क्लिक करके वह बंद हो गया। बाहर खड़ा लड़का अगर छेद में आँखें डालकर देखता, तो इस वक्त उसे कुछ भी दिखाई नहीं देता। शांति छा गई और कुछ देर बाद रोशनी फिर जल गई, औरत की आवाज़ कह रही थी, 'अगर तुम्हें रुकना है तो अपनी साइकिल भीतर ले आओ। मैं नहीं चाहती कि उसकी चोरी हो जाये, या इससे भी बुरी बात यह होगी कि इस समय कोई उसे मेरे वरांडे में देखे।'

'आपकी आज्ञा का मैं गुलाम हूँ।'

'यह कहते शर्म नहीं आती?'

'नहीं, अच्छा लगता है और गर्व महसूस करता हूँ।' फिर दरवाज़ा बंद करके चटकनी लग जाती है और लड़का खाना दहलीज़ पर रखकर चला जाता है।

दिन भर रमन अपने काम के सिलसिले में बाहर घूमता रहा या वरांडे में बैठा पेन्ट करता रहा। शाम को उठकर उसने हाथ-मुँह धोये, अच्छे कपड़े पहने और साइकिल उठाकर चल पड़ा। उसकी चाची यह देखकर परेशान हो उठी और चिंता करने लगी। उसने देखा कि आया और गया, और कपड़े भी बहुत अच्छे पहने। चेट्टियार की दुकान के बगल में शक्ति लांडरी के मालिक ने उससे कहा था, 'तुम्हारा भतीजा आजकल अपने कपड़ों पर बहुत ज़्यादा ध्यान देने लगा है। मेरे लिए तो यह अच्छा ही है। रोज़ अपनी शर्ट पर प्रेस कराता है। उसमें कहीं भी कोई कमी नहीं होनी चाहिए...।' चाची को और भी अफ़वाहें सुनने को मिली थीं। अब वह मंदिर में भी किसी से बात करते डरती थी, कि वहीं वे रमन की ही चर्चा न करने लगें। वह अपने पड़ोसियों और चेट्टियार को भी ज़्यादा बात नहीं करने देती थी। अफ़वाहों के ये सब टुकड़े एक साथ मिलाकर उसने पूरा ख़ाका तैयार किया और एक दिन लंच करते वक्त उसने रमन से पूछ ही लिया—उसने खाना खत्म होने तक इन्तज़ार किया क्योंकि इससे पहले पूछने पर हो सकता था कि वह खाना ही बंद कर दे और नाराज़ होकर उठ जाये।

'तुम शाम को कहाँ जाते हो?' उसने सीधा सवाल ही पूछ लिया, क्योंकि वह इसे कूटनीतिक दृष्टि से उलट-पुलट कर कैसे पूछे, यह वह समझ ही नहीं सकी। रमन चुप रहा, फिर उठा और पीछे जाकर हाथ-मुँह धोये, कमरे के बीच खड़े होकर सोचता रहा कि किचेन में जाये और चाची से बातचीत करे, या अपने कमरे में जाकर चुपचाप सो जाये। आजकल वह दिन के समय ज़रा थका-थका महसूस करता था, लेकिन—हर शाम पाँच बजे से लेकर आधी रात के बाद तक बहुत तरोताज़ा और खुश बना रहता था क्योंकि यह सारा समय वह डेज़ी के साथ बिताता था। डेज़ी भी दिन के वक्त दफ्तर में ऊँघती नज़र आती थी। कई दफ़ा उससे मिलने जो लोग

आते, वे उसे कुर्सी पर अधसोया ही पाते थे। एक शाम उसने रमन से ज़रा सख्ती से कहा, 'तुम्हें नौ बजे तक खाने के लिए घर ज़रूर पहुँच जाना चाहिए,' लेकिन वे अनजाने ही ग्यारह बजे तक बातें करते रहे, जब तालुक दफ्तर का घंटा बजा तो वह चौंकी और तेज़ी से उठकर रमन को दरवाज़े से बाहर कर आई। रमन साइकिल पर सवार यह सोचता हुआ चला, 'मैं तालुक दफ्तर के घंटे को तोड़कर रहूँगा।' लेकिन यह निश्चय ज़्यादा दिन नहीं चल सका, रमन डेज़ी के बिस्तर से तड़के उसी समय उठ पाता और साइकिल पर सवार होकर घर की ओर चलता, जब शहर के लोग जागने लगते और चेट्टियार की दुकान भी खुल जाती, जो उस सड़क से आने-जाने वालों के लिए घड़ी का काम करती थी। इस क्षण तक चाची ने स्थिति के साथ समझौता कर लिया था। उसके सवाल ने रमन को परेशान कर दिया। अब वह बड़ा हो गया था, उसकी उम्र तीस से ज़्यादा हो चुकी थी, और चाची तो क्या, किसी देवी को भी उससे यह पूछने का अधिकार नहीं था, कि वह किससे मिलता है और कहाँ जाता है। उसे इसकी कोई फ़िक्र नहीं करनी चाहिए। एलामन स्ट्रीट के सब निवासी उसे देखें और ताज्जुब करें कि वह क्या करता है, वह किसी की परवाह नहीं करता। वह अपने रास्ते पर चलता रहेगा। दुनिया के लाखों स्त्री-पुरुष अपनी चाची या किसी चेट्टियार या एलामन स्ट्रीट के विरोधियों की अनुमति लिये बिना जो चाहते हैं वह करते रहते हैं। यह स्ट्रीट शहर का बहुत घटिया हिस्सा है। वह सोचने लगा कि क्या वह अपना पुराना घर बेच कर न्यू एक्सटेंशन जैसे किसी ज़्यादा सभ्य मोहल्ले में जाकर क्यों न रहने लगे, या मालगुड़ी छोड़कर ही चला जाये—यह शहर आधुनिक जीवन से परिचित नहीं है। लेकिन इसके बाद तुरंत उसका स्वाभिमान जागा और वह सोचने लगा कि मैं अपना मोहल्ला या शहर क्यों छोड़ दूँ—जहाँ मैं बचपन से रहता आ रहा हूँ। अगर कुछ लोग मुझे इस शहर में अपने ढंग से रहता देख नहीं सकते, तो वे ही क्यों न शहर छोड़कर चले जायें? वह अपने घर के बारे में जितना ज़्यादा सोचता, उतना ही अधिक उसे प्यार करने लगता—सारे शहर में उसके जैसा घर और कोई नहीं था—नदी के बिलकुल किनारे, दिन भर ठंडी हवा...। मैं क्यों छोड़ूँ यह जगह?

उसने सब प्रकार के तर्कों के खिलाफ़ अपने को मज़बूत करके किचेन में प्रवेश किया। चाची उसकी तरफ़ पीठ किये अलमारी में बर्तन रख रही थी। उसने दरवाज़े पर खड़े होकर धीरे से खाँसा जिससे चाची का ध्यान उसकी ओर आकर्षित हो। उसने सिर घुमाकर कहा, 'तुम खाँस क्यों रहे हो? अपना ध्यान रखा करो, ठंडा पानी मत पियो।'

'मैं ठीक हूँ। मुझे कुछ नहीं हुआ। मैं तुम्हें कुछ बताना चाहता हूँ मैं एक लड़की से शादी कर रहा हूँ—जिसे तुमने उस दिन यहाँ देखा था।'

यह सुनते ही चाची के हाथ से बर्तन गिर पड़ा, उसकी ताकत एकदम खत्म हो गई हो जैसे। 'उस लड़की से? कौन है वह? उसकी जाति क्या है?'

'वह कौन है, यह महत्त्वपूर्ण नहीं है। वह मेरी बीबी बनने जा रही है, तुम्हारे लिए यह जानना काफ़ी है।'

'वह ईसाई तो नहीं है या कुछ और...उसके नाम से तो यही लगता है।'

'यह एक फूल का नाम है, और कुछ नहीं। डेज़ी एक फूल होता है।' लेकिन यह कौन-सा फूल है, इसे तो वह नहीं जानता—वह सोचने लगा। फिर भी उसने कहा, 'यह बड़ा सुंदर फूल है और अमेरिका, यूरोप वगैरह देशों में होता है। इस नाम में क्या बुराई है?'

'ईसाई है वह। तुम इस घर में ईसाइन कैसे ला सकते हो?'

रमन ने सब धर्मों की एकता पर कुछ कहना चाहा लेकिन चुप रह गया और यही कहा, 'मैं तो सिर्फ यह जानता हूँ कि उसका नाम डेज़ी है। मैंने उससे कभी नहीं पूछा कि वह ईसाई हैं या कुछ और। मुझे लगा ही नहीं कि यह सब पूछना चाहिए। मैं तुमसे भी कहता हूँ कि यह सब भूल जाओ। वह भी मेरी और तुम्हारी तरह आदमी है, यह काफ़ी है। मुझे वह बहुत पसंद है, और मेरा ख्याल है, तुमको भी अच्छी लगेगी। तुम हमारा विरोध मत करो,' उसकी आवाज़ चाची को समझाने की, मनाने की लग रही थी, जो वास्तव में उसे अच्छा नहीं लग रहा था।

लेकिन चाची पर उसकी अपील का कोई असर नहीं हुआ। वह बोली कुछ नहीं, पीछे की तरफ़ मुड़ी और सोच-विचार में डूबी बर्तन उठाने-धरने लगी। रमन का ख्याल था कि इस बात पर वह बहस करेगी, ज़्यादा पूछताछ करेगी, लेकिन उसके इस रुख से उसे आश्चर्य हुआ। वह इस तरह के परिणाम की आशा नहीं कर रहा था। उसे लगा कि उसका कोई महत्त्व ही नहीं है, जो उसका अपमान था। वह चाहता था कि या तो वह उसकी बात मान जाये, या उससे बहस करे, या इस बात पर दोनों में लड़ाई ही हो जाये, लेकिन उसकी यह प्रतिक्रिया तो एकदम अनोखी थी। वह उसके सिर को पीछे से देखता रहा, फिर घूमकर अपने कमरे में चला गया और चटाई बिछाकर लेट गया। अपनी किताबों के संग्रह में से एक किताब उठा ली, जो छोटे टाइप और दो कॉलम्स में छपा बहुत पहले प्रकाशित किसी अज्ञात दुनिया के इतिहास का दो-खंडीय संस्करण था, उसका एक पृष्ठ खोला और उसकी पंक्तियों पर नज़र दौड़ाने लगा। इसका एक शब्द भी उसकी समझ में नहीं आ रहा था, लेकिन इससे उसका दिमाग़ स्थिर हो गया था और वह चाची के बारे में उलटा-सीधा सोचने से बच गया था। उसने हमेशा चाची की समझ पर भरोसा किया था और मानता था कि उसे वह हमेशा समझा-बुझाकर किसी भी बात को मनवा सकता है। उसने कभी रमन की बात का बुरा नहीं माना था और उसके विरोध में नहीं खड़ी हुई

थी। यह रमन के लिए उसका पहला अनुभव था। कुछ देर तक वह किताब की पंक्तियों पर नज़र दौड़ाता रहा, फिर वह ऊँघने लगा और बिना कुछ प्रयत्न के सो गया।

चार बजे वह सोकर उठा, मुँह पर पानी डाला और किचेन में गया। चाची वहाँ नहीं थी, लेकिन उसके लिए अंगीठी की गर्म राख में काफ़ी का एक बर्तन रख गई थी। वह काफ़ी पी गया और चारों तरफ़ नज़र डाली। चाची कहीं दिखाई नहीं दी—मंदिर जाने का उसका समय अभी नहीं हुआ था। उसकी चिंता करने से क्या फ़ायदा। जहाँ चाहे जाने दो उसे। मैंने उसे चोट पहुँचाने जैसा कोई काम नहीं किया है। मैं सिर्फ अपनी ज़िंदगी बनाने की कोशिश कर रहा हूँ, और अगर वह डेज़ी का धर्म क्या है और इस तरह की दूसरी बातों की चिंता कर रही है, तो इसके लिए मैं कुछ नहीं कर सकता। इस तरह तो वह उस काले धब्बे के लिए भी परेशान हो सकती है, जो डेज़ी की दायीं कोहनी पर दिखाई पड़ता था। शायद चाची कोने वाली दुकान पर गई होगी और पड़ोस में किसी से मिलने गई होगी। तीन घर छोड़कर अगले घर में उसकी एक घनिष्ट सहेली रहती है, जो हमेशा मंदिर जाते हुए उसके साथ जाती है।

लेकिन चाची हमेशा बाहर जाते हुए उसे बताकर ही जाती थी, भले ही कुछ मिनटों के लिए ही जाये, और दरवाज़े का ध्यान रखने को कहकर जाती थी। उसके इस तरह जाने का मतलब यह हुआ कि वह उससे बात नहीं करना चाहती। क्या यह सारे जीवन के संबंध का खात्मा था? लेकिन अगर यह बात है तो उसने रमन के लिए काफ़ी क्यों बनाई? इसमें उसे उम्मीद की किरण नज़र आई, लेकिन यह आदत का नतीजा भी तो हो सकती थी? जो हो, उसे अब बहुत कुछ करना था, खासतौर से अपने धंधे में—उसे अब यह तथ्य नहीं भूलना होगा कि अब वह शादीशुदा होने जा रहा था और उसकी ज़िम्मेदारियाँ बढ़ने वाली थीं। ऐसी पत्नी पाकर, जिसकी अपनी आमदनी हो, उसे यह साबित करना होगा कि वह उस पर निर्भर करने नहीं जा रहा है। उसे पहले की अपेक्षा ज़्यादा मेहनत करके अपने ग्राहकों को सही तारीखों पर साइन बोर्ड बनाकर देने होंगे, और किसी को यह टिप्पणी करने का अवसर नहीं देना होगा कि वह कामचोर है या औरतों के पीछे भागता है, उसे ध्यान देना होगा कि डेज़ी को ये बातें न सुननी पड़ें। उसने अपने को समझाया कि दूसरों के मूड या शब्दों की परवाह नहीं करनी चाहिए। काफ़ी खत्म करके वह चुस्ती से अपने कमरे में चला गया। कोने में रखा लकड़ी का तख्ता उठाया और उसको नापना शुरू कर दिया। इस पर लिखा जाना था 'गिरिजा वोकेशनल इन्स्टीट्यूट', 'स्त्रियों', का एक सहकारी संस्थान' जिसका उद्घाटन अगले महीने गवर्नर को करना था। संस्थान का चेयरमैन उसे जानता था और उस पर विश्वास करता था, अगर समय पर बोर्ड

लिखकर नहीं दिया तो उसका भरोसा वह खो देगा। बोर्ड को पंद्रह दिन में तैयार करके और सुखाकर दे देना था। सौभाग्य से चेयरमैन को उसकी रुचि भी पसंद थी, इसलिए दूसरों की तरह उसने रंग और स्टाइल वगैरह के कोई निर्देश नहीं दिये थे। वे यह भी चाहते थे कि वह बोर्ड में एक लाइन की जगह भी दे दे जिसमें संस्कृत में कोई ऐसा वाक्य लिखा जा सके, जिससे संस्था के उद्देश्य का पता चल सके। इसमें उद्यम का महत्त्व अंकित किया जाना था। यह वाक्य क्या होगा, इससे उसे कोई लेना-देना नहीं था, उसका कहना केवल यह था कि वाक्य ज़्यादा बड़ा न हो और छोड़ी गई जगह में आ जाये, और उसके शब्द वह जिस शैली में चाहे, लिख सके। इन मामलों में लोगों को डेज़ी से सीखना चाहिए, जिसने पहले दिन से ही उसके चुनाव पर पूरा भरोसा किया था। चाची के साथ हुई समस्या के बाद अब उसे डेज़ी के बारे में सोचकर भला लग रहा था। चाची भी डेज़ी की तरह क्यों नहीं हो सकती—इतनी आसानी से मान जाने वाली। डेज़ी द्वारा अंतिम रूप में उसके प्यार को स्वीकार कर लेने से पहले उसे जो कठिनाइयाँ सहनी पड़ी थीं, उन्हें इस क्षण वह भूल गया था। उसका हाथ पेंसिल से अक्षरों की शैली क्या हो, इसका प्रयोग कर रहा था।

रमन ने साढ़े छह बजे तक इस तख्ते पर काम किया। कल वह इस पर पहला रंग चढ़ायेगा और कई दिन बाद, जब वह सूख जायेगा, उस पर दूसरी परत चढ़ायेगा। उसे जल्दी सूख जाने वाले पेन्ट पसंद नहीं थे, जिनमें उसे नयापन तो लगता था, पर सफ़ाई नहीं आती थी। कुल मिलाकर बोर्ड दस दिन में तैयार हो जायेगा। साढ़े छह बजे उसने काम खत्म कर दिया और दुकान बंद कर दी। अब उसके समय में एक हिसाब आ गया था। उसने घड़ी पर नज़र डाली। आज देर हो रही लगती थी। लेकिन डेज़ी समझ जायेगी। उसे जल्दी से लांड्री जाकर अपनी सिल्क की कमीज़ और दूसरी कुछ चीज़ें लानी थीं। जब वह लांड्री जा रहा था, उसे चाची आती दिखाई दी—जो एक नई बात थी। उसने पूछा, 'चाची, आज मंदिर नहीं गईं?'

'नहीं, तुम जा रहे हो?' उसने पूछा, जिसका अर्थ यह था कि उसे उसके कार्यक्रम का पता था।

'हाँ, हाँ, लांड्री जा रहा हूँ। जल्दी है, कहीं वह बंद न कर दे', यह कहकर वह चल दिया। पंद्रह मिनट बाद जब वह अखबार में अच्छी तरह पैक अपनी सिल्क की शर्ट लेकर वापस आया, तो उसने देखा कि चाची कमरे में एक कोने में बैठी उसका इन्तज़ार कर रही है। कमरे में अपनी शर्ट उतारकर रमन चाची के पास आया। वह बोली, 'रामू, कुछ मिनट मेरे पास बैठो। मैं तुमसे कुछ कहना चाहती हूँ।' रमन का दिल धड़कने लगा और वह आज्ञाकारी लड़के की तरह उसके पास बैठ गया। उसे महसूस हुआ कि समय दो या तीन दशक पीछे चला गया है, वह अपने बचपन

में लौट आया है, और चाची उसे आवाज़ लगाकर अपने सामने बुलाती और बिठाती है और वर्णमाला सिखाना शुरू कर देती है। इस वक्त वह उसकी आज्ञा टाल नहीं सकता था। उसने दबी ज़बान से कहना चाहा : मुझे देर हो गई है, लेकिन यह कहने की उसे हिम्मत नहीं हुई, क्योंकि वह तुरंत जवाब देती, 'मैं जानती हूँ तुम कहाँ जा रहे हो; उसे इन्तज़ार करना पड़े तो करने दो।' चाची ने अपनी बात शुरू की, 'बनारस जाने में मेरी मदद करो।'

'कब जा रही हो?'

'हफ्ते भर में। एक पार्टी बनारस जा रही है। और मैं उनके साथ जा रही हूँ।'

'कौन लोग हैं पार्टी में?' रमन ने पूछा, और अभी से उसकी कमी महसूस करने लगा।

'तीसरे घर वाली अंडाल उस पार्टी में है। कुछ दिन पहले उसने बताया था। मैं अभी उससे यही पूछने गई थी कि क्या मैं उसके साथ चल सकती हूँ।'

'क्या कहा उसने?' रमन ने इस तरह पूछा जैसे उसे यह कोई खास बात नहीं लग रही है।

'हाँ, मुझे ले जायेगी वह।'

'तुम भी अब अपने पुरखों की तरह पैदल यात्री बनती जा रही हो, जैसे वे पैदल ही पूना गये थे और पैदल ही लौटे थे।'

'हाँ,' उसने बेरुख़ी से कहा, पहली दफा। उसने इस विषय पर उदासी दिखाई; दरअसल कई दिनों से उसने इसकी चर्चा नहीं की थी, जिससे लगता था कि वह भीतर से खुश नहीं है।

'कितने दिन तक ये लोग वहाँ रहेंगे?'

'तीन महीने—पहले ये लोग बद्रीनाथ और हरिद्वार जायेंगे।'

'बद्रीनाथ! हरिद्वार! हिमालय में?'

'उन्होंने सब तैयारी कर ली है। कुल खर्चा साढ़े सात सौ रुपए लगेगा।' यह मोटा हिसाब बताने के बाद वह जैसे अपनी यात्रा की सैर करती हुई बोली, 'पहले बद्रीनाथ में भगवान का दर्शन करेंगे, फिर हो सका तो अमरनाथ में भी, जहाँ बर्फ का लिंगम बनता है। इन तीर्थों की यात्रा कर लेने के बाद और जहाँ से गंगा जी निकलती हैं, वहाँ उसमें डुबकी लगा लेने के बाद, और फिर वहाँ से बनारस हो आने के बाद मुझे क्या होता है, इसकी मुझे कोई चिंता नहीं रहेगी। इसके बाद मैं ज़िंदगी से और कुछ नहीं चाहूँगी।'

रमन ने यात्रा के आर्थिक पहलू पर विचार किया। साढ़े सात सौ रुपए। बैंक में उसका अपना पैसा इतना ही था जिसमें उसकी शादी का खर्चा निबट सके, और

जब तक उसके काम के बकाया पैसे नहीं मिल जाते, तब तक का खर्चा वह किसी तरह चला ही लेगा। डेज़ी के दफ़्तर से उसे तब तक और कोई पैसा मिलने वाला नहीं था, जब तक वह दोबारा गाँवों में जाकर अपना पिछला काम पूरा न कर दे, जिसे वह मानसून खत्म होने तक के लिए टाल रहा था, यानी सितंबर तक, और तब तक वे दोनों पति-पत्नी भी बन सकते हैं।

चाची ने कहा, 'पोस्ट आफिस में मेरे साढ़े चार सौ रुपए जमा हैं, और बाकी का इन्तज़ाम तुम्हें...'

रमन ने विश्वास दिलाया, 'वो तो मैं कर दूँगा, तुम चिंता मत करो। इसमें तुम्हारी वापसी भी हो जायेगी?'

'हाँ, शायद। इस बारे में मैंने अभी नहीं पूछा है। अगर मैं वापस न लौटूँ, तो शायद कुछ कमी भी हो जाये।'

'ये लोग कब वापस आयेंगे?'

'यह मासी चल रहा है। अगली आदी तक आ सकते हैं।'

'तुम वापस कब लौटोगी?'

चाची ने अँगड़ाई लेते हुए कहा, 'यह ज़्यादा महत्त्वपूर्ण नहीं है।'

'तुम्हारा क्या मतलब है, चाची?'

'बेटा, बात यह है,' अब मेरी इस उमर में, जब ज़िंदगी के बहुत थोड़े साल रहे हैं, लोग वापस नहीं लौटना चाहते। काशी में यात्रा का अंत हो जाता है। अब मैं दस दिन और ज़िन्दा रहूँ या दस साल या बीस साल, इससे कोई फ़र्क नहीं पड़ता। मेरी पीढ़ी के हर आदमी की यही इच्छा होती है कि ज़िंदगी काशी में खत्म हो जाये, और उसे गंगाजी में बहा दिया जाये। ज़िंदगी का यह अंत बहुत पवित्र माना जाता है।'

रमन यह सुनकर बहुत निराश हुआ और सोचने लगा कि चाची की इस सोच का ज़िम्मेदार वही खुद है। उसने बड़ी नम्रता से कहा, 'चाची, तुम कहीं मत जाओ। यहीं रहो।'

'इस मौके का तो मैं ज़िंदगी भर इन्तज़ार करती रही हूँ। अगर इन लोगों के साथ न जा सकी...'

'कोई बात नहीं। मैं सब इन्तज़ाम कर दूँगा। फ़िक्र मत करो,' उसने अंत में कहा। चाची की आँखों में आँसू भर आये थे, वे उसने पोंछ लिये। रमन इतना भावुक हो उठा था कि और कुछ नहीं कह सका। आज तक की सारी ज़िंदगी में उसने चाची के बिना एक दिन तो क्या, एक घंटा भी नहीं बिताया था। उसने चाची से विनती की, लेकिन उसके दिमाग़ का एक हिस्सा यह सोच रहा था कि डेज़ी उसका इन्तज़ार करती फ़िक्र कर रही होगी कि आज मुझे देर क्यों हो रही है। उसने दुखी

होकर कहा, 'अगर तुम मेरी शादी के कारण यहाँ से जा रही हो, तो मैं शादी नहीं करूँगा।'

'मेरे जाने के लिए यह अच्छा मौका है,' चाची बोली। 'अंडाल के लोग साथ होंगे और सब कुछ ठीक रहेगा। मुझे उन पर विश्वास है।'

'अगर तुम रुकना चाहो, तो मैं...', आगे क्या कहे, यह वह निश्चय नहीं कर सका—कि वह यह शादी नहीं करेगा, या इसकी तारीख आगे बढ़ा देगा। उसके विचार गड्ड-मड्ड हो रहे थे। वह बच्चों की तरह सिसक-सिसककर रोने लगा और ज़ोर से बोला, 'नहीं, मैं इस तरह तुम्हें नहीं जाने दूँगा।'

उसे रोते देखकर चाची भी भावुक हो उठी, और वह भी थोड़ी देर रोई, फिर बोली, 'तुम अपनी ज़िंदगी जिओ, मैं यही चाहती हूँ, लेकिन अगर मैं जानती कि तुम शादी करना चाहते हो तो मैं खुद एक दर्जन जन्मपत्रियाँ इकट्ठा कर देती।'

'चाची, तुम मुझे समझ नहीं रही हो,' रमन ने बच्चे की तरह सुबकते हुए कहा। 'मैं इसलिए शादी नहीं कर रहा हूँ क्योंकि मैं इस समय शादी करना चाहता हूँ। इसलिए कर रहा हूँ क्योंकि मैं इस लड़की को प्यार करता हूँ और इसके साथ मैं खुश रहूँगा। अभी मत जाओ, शादी में मुझे आशीर्वाद दो, फिर मैं तुम्हारा काशी जाने का सारा इन्तज़ाम कर दूँगा, और वापस आना चाहो तो आ जाना अगर मैं अभी शादी कर लूँ तो मैं उसे घर नहीं लाऊँगा। तुम ही यहाँ बनी रहना।'

'यानी तुम उसके घर में रहने लगोगे?' चाची ने कुछ कड़वाहट से कहा। वह सही कह रही थी। रमन दो जगह तभी रह सकता था, जब वह अपने को काटकर दो टुकड़े कर ले और एक-एक टुकड़ा दोनों जगह रहे। वह जानता था कि शादी के बाद डेज़ी से अलग रहना उसके लिए संभव नहीं होगा, अब भी उसे डेज़ी से अलग बिताये गये घंटे बेकार हुआ समय लगता था। वह चुप रहा। चाची बोली, 'मैंने इस लड़की के बारे में बहुत-सी कहानियाँ सुनी हैं। यह अपने माँ-बाप को छोड़कर भाग गई थी?'

रमन अपनी झुँझलाहट को दबाकर बोला, 'इससे दूसरों को क्या मतलब? वह एक अलग किस्म की लड़की है, लोगों की सेवा करना चाहती है, और यही उसका धर्म है। वह किस धर्म और देवी-देवता को मानती है, इसकी मैं परवा नहीं करता, और यह मैंने उससे पूछा भी नहीं है। उसकी पूजा यही है कि वह अज्ञानियों और ग़रीबों की सेवा करना चाहती है और उन्हें अच्छी ज़िंदगी देने की कोशिश में लगी है। उसे धन या ऐश-आराम या सम्मान की चिंता नहीं है। वह ग़रीब-से-ग़रीब के साथ उसकी झोंपड़ी में रह सकती है, उनका खाना खा सकती है और मिट्टी के फ़र्श पर सो सकती है।'

'मैं भी तो यही कहती हूँ। जब अफ़सर, जज और पैसे वाले तुम्हें स्वीकार करने को तैयार हैं, तुम्हें राजकुमार की तरह सब सुख-सुविधाएं देना चाहते हैं, तब तुम उसके चक्कर में क्यों पड़ रहे हो?'

रमन ने चाची की सोच-समझ पर आह भरी। उसे आदर्शों की बातें बताने का कोई मतलब नहीं था। यह सब उसकी बुद्धि के बाहर थीं। इसलिए उसने सादगी से यही कहा, 'वह अच्छी लड़की है।'

'उसकी ज़ात क्या है? इतिहास क्या है? वह घर से भाग गई थी। यह सब तुम नहीं जानते?'

'घर से भागने में क्या बुराई है? तुम भी तो घर से भाग रही हो?'

'तो तुम्हें मुझमें और उसमें कोई फ़र्क नज़र नहीं आता? तुम्हारी बुद्धि पर माया का पर्दा छा गया है।'

रमन को यह सब सुनकर चिढ़ होने लगी, लेकिन उस पर काबू पाकर कहने लगा, 'देखो, चाची, तुम अपने जीवन की इच्छा पूरी करने के लिए घर से भाग रही हो, वह घर छोड़कर इसलिए भागी थी क्योंकि उसके माँ-बाप चाहते थे...ख़ैर, इन सब बातों की चर्चा करने से क्या फ़ायदा। उसने क्या किया, यह मैं तुम्हें बताता हूँ। उसने मुझे अपनी पूरी ज़िंदगी के बारे में बताया है। तुम उसे समझने की कोशिश करो। उसने घर इसलिए छोड़ा क्योंकि उसके लिए दूसरा रास्ता ही नहीं बचा था।' मिठाई बेचने वाले की आवाज़ें और घंटियाँ सुनाई दीं और बंद हो गईं; चिड़ियाँ अपने घोंसलों में जाने के लिए चूँ-चूँ करने लगीं, काफ़ी देर हो गई थी, सात बज चुके थे। उसे आज चाची के साथ हर बात का फैसला कर लेना चाहिए, भले ही डेज़ी के पास पहुँचने में देर क्यों न हो जाये। वह चाची को वे सब बातें बता देना चाहता था जो डेज़ी ने उसे बताई थीं, और वे भी जिन्हें उसने समय-समय पर डेज़ी के मुँह से सुना था और टुकड़े-टुकड़े जोड़कर पूरी बात समझी थी। वह बोला, 'चाची, मेरी बातें ध्यान से सुनना। बीच में टोका-टाकी मत करना।' उसने डेज़ी की ही तरह कहना शुरू किया। 'लड़की का नाम लक्ष्मी, पार्वती या गायत्री, ऐसा ही कुछ था। मैंने नाम कभी नहीं पूछा। उसने घर छोड़ा क्योंकि उसका वहाँ रहना असंभव हो गया था।'

'किसने किया था?'

'उसके परिवार ने।'

'उसके माँ-बाप थे?'

'हाँ, थे।'

'लड़की अपने माँ-बाप को बरदाश्त नहीं कर सकी। जो अनाथ होते हैं, वे माँ-बाप के लिए तरसते हैं, और यह लड़की...'

'अरे, चुप रहो। टोको मत,' रमन ने आदेश दिया।

चाची इस सबसे उकताने लगी थी। वह फुर्ती से उठी, भगवान के सामने दीया जलाया और रोशनी जला दी, फिर वहाँ से चली गई। वह डेज़ी की कहानी सुनना नहीं चाहती थी। रमन उसे यह कहानी विस्तार से बताना चाहता था—कि कैसे वह जो कपड़े पहने थी, उन्हीं में घर छोड़कर चली गई, हिच हाइकिंग करके, बिना टिकट रेल का सफ़र करके मद्रास पहुँची, अपनी सुरक्षा और नारीत्व खतरे में डालकर इधर-उधर घूमती और टक्करें खाती रही; फिर कैसे एक ईसाई मिशनरी संस्था की मदद से शिक्षा प्राप्त की, लेकिन बपतिस्मा लेने से इनकार कर दिया और नाम बदलकर रहने के लिए सादा सा किसी फूल का नाम, डेज़ी, चुन लिया, कैसे उसे मछुवारों के साथ झोंपड़ियों में रहने और उन्हें शिक्षित करने का काम मिला, जो वह झुग्गी बस्तियों में करती रही, कैसे पहली दफ़ा समुद्र देखकर वह अभिभूत हो उठी, समाज-सेवा वगैरह में लगी रही, फिर मिशन की सहायता से कॉलेज की पढ़ाई पूरी की;—ये सब बातें पहली बार डेज़ी के मुँह से सुनकर वह द्रवित हो उठा था। लेकिन अब वह यह सब बता नहीं पा रहा था, यहाँ ये मामूली लग रही थीं। उसने कुछ न बताने का फैसला किया, उठकर जल्दी से शाम के कपड़े पहने और चलने लगा। चाची दरवाज़े पर खड़ी थी, उसने पूछा, 'रात को खाना खाने आओगे?'

'हाँ', रमन ने जवाब दिया। 'अभी मैं ज़रूरी काम से किसी से मिलने जा रहा हूँ, जल्दी लौट आऊँगा।'

लेकिन चाची ने विश्वास नहीं किया। 'तो मैं घंटे भर के लिए मंदिर चली जाती हूँ। पहले आ जाओ तो बुला लेना...।'

रमन वापस लौटा, लेकिन रात को नहीं, दूसरे दिन दोपहर को लंच के समय आया। सारी रात वह चाची के बारे में डेज़ी से बातें करता रहा। डेज़ी ने उससे यही कहा, 'अगर वह जाना ही चाहती हैं तो तुम रोक क्यों रहे हो? उनका यह धार्मिक विश्वास है, हम भले ही इसे अंधविश्वास कहें, इसलिए जाने दो।'

रमन ने बच्चों की तरह दुखी होते हुए कहा, 'वह वापस नहीं आयेंगी। वह वहीं रहकर मरना चाहती हैं।' वह अपनी कल्पना में चाची की अस्थियाँ अपरिचितों द्वारा गंगा में बहाई जाते देख रहा था।

डेज़ी ने उसे समझाया, 'परेशान मत होओ। इसमें ग़लत क्या है? मैं भी अगर धर्म को माननेवाली औरत होती तो, तो मैं भी अपने बुढ़ापे में यही सब करना चाहती। यह भी तो हो सकता है कि वहाँ के शांत और नियमित वातावरण में वे काफ़ी दिन जियें। इसलिए राम, धीरज से काम लो। उन्हें, जैसे वे जीना चाहती हैं, जीने दो।' रमन के मन में एक संदेह यह उभरा, कि कहीं डेज़ी अपना रास्ता साफ़ करने के लिए तो यह नहीं कह रही है? लेकिन यह विचार उसने दबा लिया और स्वयं से

कहा, इसने जितना चिंतन जन्म के विषय का किया है, शायद उतना ही इसने मृत्यु का चिंतन भी किया है—यह ख्याल कुछ अजीब ही था, लेकिन इससे उसे राहत मिली।

दूसरे दिन लंच के बाद चाची ने फिर अपनी बात छेड़ी। रमन अपने कमरे में जाकर एक किताब देख रहा था, कि चाची भी उसके पास आकर चटाई के एक कोने पर बैठ गई। रमन को डर लगा कि वह पिछली रात की बात न उठा ले, कि मैंने सारी रात इन्तज़ार कराया, लेकिन उसने इसका ज़िक्र नहीं किया। उसने कहा, 'तो तुमने सोच लिया?' चाची कल से ज़्यादा स्थिर लग रही थी, तीर्थयात्रा के विचार ने ही उसे शांति प्रदान कर दी थी। उसने आगे कहा, 'मैंने उनसे बात की थी और वे कह रहे हैं कि अगर मैं वापस न आई, तो वे पचहत्तर रुपए कम कर देंगे।' वह ऐसे बच्चे की तरह लग रही थी जिसे कम पैसे में ज़्यादा चाकलेट खाने को मिल जाये। 'यानी तुम्हें मेरे लिए सिर्फ तीन सौ रुपयों का इन्तज़ाम करना होगा। तुम मेरे बैंक को चिट्ठी लिख दो कि मनीआर्डर से बनारस पैसा भेज दें। अगर मैं उन्हें हर महीने बीस रुपए देती रहूँ तो वे मुझे खाना देते रहेंगे और बड़े हाल के एक कोने में सोने की जगह दे देंगे, और यह कोना मेरा ही रहेगा। लेकिन मंदिर और गंगाजी के होते हुए रहने की जगह की तो ज़रूरत ही नहीं पड़ेगी।' वह बनारस जाकर विश्वनाथ भगवान और गंगाजी की कल्पना से ही बहुत प्रसन्न हो रही थी। 'बनारस पहुँचकर मैं तुम्हें पोस्ट कार्ड डाल दूँगी।'

'लेकिन तुम लिखोगी कैसे?' चाची इतनी तो पढ़ी थी कि धार्मिक ग्रंथ पढ़ सके, लेकिन लिखने के नाम पर वह सिर्फ अपने हस्ताक्षर कर सकती थी, जो उसे हर महीने सेविंग्स बैंक से मिलने वाली रसीद पर करना पड़ता था।

चाची बोली, 'वहाँ ऐसे लोग हैं जो यात्रियों के खत लिखते हैं और उन्हें डाकखाने में डाल आते हैं। मैं तुम्हें वहाँ से लिखूँगी और तुम मुझे सौ रुपए भेज देना, जो सभा के खाते में जमा कर लिया जायेगा; फिर जब मेरी मृत्यु होगी तो वे दाह-संस्कार कर देंगे और उसका हिसाब और बाक़ी पैसा तुम्हें भेज देंगे।'

रमन उदास होकर सोचने लगा कि मैं मौत की बातें बहुत ज़्यादा सुन रहा हूँ।

फिर चाची डेज़ी की तरह निरपेक्ष भाव से कहने लगी, 'मेरा ख्याल है कि मैं ज़्यादा ज़िन्दा नहीं रहना चाहती। अब कभी भी मैं गुज़र जाऊँ तो मुझे अच्छा लगेगा। मैंने अपना कर्त्तव्य पूरा कर दिया है, जो यह था कि तुम्हें जिंदगी में कोई कमी न रहने दूँ।'

रमन ने वार्ता का रुख बदला; नहीं तो वह फिर से वह कथा सुनाने लगती, कि किस तरह बहुत दिन पहले हुई उस रेल दुर्घटना में, जिसमें रमन के माता-पिता दोनों की मृत्यु हो गई थी, वह मुझे गोद में लेकर बड़ी मुश्किल से बचकर निकल

आई, बारिश से नदी का पुल टूट गया था...। यह घटना उसने इतनी बार सुनी थी, कि अब उसे फिर सुनकर वह बिलकुल प्रभावित नहीं होता था, और किसी फिल्म की कहानी की तरह वह उसके मन से गुज़र जाती थी, किसी ऐसी दुर्घटना की तरह नहीं जो सीधे उसके अपने जीवन के साथ जुड़ी थी, जिसमें वह भाग्य से ही बच गया था। इसलिए उसने एकदम यह कहा, 'लेकिन जब तुम चाहो, वापस भी चली आना।'

चाची ने इस पर सीधी प्रतिक्रिया नहीं की, यह पूछा, 'तुम यहीं रहते रहोगे?'

'हाँ, और क्या? मैं और कहाँ जाऊँगा! मुझे यह जगह पसंद है, इसीलिए मैं चाहता हूँ कि तुम भी यहीं रहो।'

चाची यह सुनकर डर गई, बोली, 'उसे यह जगह पसंद आयेगी? पुराने ढंग का घर है।'

रमन को चाची की यह चिंता अच्छी लगी, कि डेज़ी के बारे में कुछ कहने का मौका आया। 'वह बड़ी सादा लड़की है। सादा चीज़ें ही उसे पसंद हैं। मैं कितना चाहता हूँ कि तुम उससे मिलतीं और उसे समझ पातीं...।' यह कहकर वह कुछ सोचने लगा।

'तुम शादी कब करोगे?'

'जल्द ही करूँगा,' रमन ने कहा, 'तुम हमारी शादी में नहीं रहोगी?'

'नहीं,' चाची ने जवाब दिया, 'बेटा, यह ज़रूरी नहीं है।' फिर जोड़ा, 'मैं सोचती हूँ कि छह महीने पहले ही वे पाँच हज़ार रुपए दहेज के साथ बात करने आये थे...।' रमन ने इस पर कुछ कहना नहीं चाहा, और उसे टोकने या बहस करने से भी परहेज़ किया, क्योंकि वह घर, शहर और ज़िंदगी सब से नाता खत्म करने की पक्की योजना बना रही थी। लेकिन चाची ने पूछ ही लिया, 'शादी कैसी करोगे?' क्योंकि शायद उसके मन में इसको लेकर स्वाभाविक उत्सुकता जन्म ले चुकी थी।

'बहुत सादा,' रमन ने जवाब दिया। उसने यह नहीं बताना चाहा कि उन्होंने बिना किसी संस्कार के साथ रहने का फैसला किया है। उसने डेज़ी को बताया कि हमारे शास्त्रों में पाँच तरह की शादियाँ बताई गई हैं, जिन पर विचार करके वे इस नतीजे पर पहुँचे थे कि उनके लिए गंधर्व नाम से जाना जाने वाला विवाह सबसे उपयुक्त है; और प्राचीन साहित्य में इसी विवाह का उल्लेख मिलता है। जब दो आत्माएं परस्पर मिल जायें, तो विवाह संपूर्ण हुआ माना जाना चाहिए; फिर किसी संस्कार की क्या ज़रूरत है? डेज़ी ने कहा कि उसे तो किसी भी प्राचीन परंपरा में विश्वास नहीं है, लेकिन उसे यह विधि सही लग रही है, इसलिए वह इसे मान लेगी। यह गंधर्व विवाह किस प्रकार संपन्न किया जायेगा, इस पर विचार करना भविष्य के

लिए छोड़ दिया गया था। डेज़ी का फैसला था, 'जिस दिन भी हम चाहेंगे, एक छत के नीचे रहना शुरू कर देंगे।'

'फिर तुम अपने को मिसेज़...कहना शुरू कर दोगी?'

'नहीं,' उसने कहा था, 'मैं अपना नाम नहीं बदलूँगी।' यह सुनकर रमन को झटका लगा लेकिन उसने बहस नहीं की और चुपचाप डेज़ी का निर्णय स्वीकार कर लिया था। उसने अपने से कहा, सभी बातों में उसी का निर्णय अंतिम रहेगा। प्रस्ताव स्वीकार करने से पहले डेज़ी ने दो शर्तें रखी थीं, एक यह कि वे बच्चे पैदा नहीं करेंगे, और दो, कि अगर किसी गलती से बच्चा पैदा भी हो जाये तो वे बच्चा किसी को दे देंगे, जिससे वह अपना समाज-कार्य करती रह सके। रमन को इसमें कोई संशोधन करने या इसे बदलने की छूट नहीं होगी। डेज़ी ने उसे यह समझाया था, 'बहुत दिन पहले मैंने अपने को औरत की ज़िंदगी से अलग कर लिया था। ऐसी लाखों औरतें हैं जो इस तरह रहती हैं, मैं ही अकेली नहीं हूँ। मैंने अपने लिए एक नई तरह की ज़िंदगी की योजना बनाई है। मैंने अपने लिए एक उद्देश्य तय किया है जिससे हटना संभव नहीं है। मैंने बड़े पादरी को वचन दिया है कि मैं अपने विचार नहीं बदलूँगी। अगर तुम मुझसे शादी करोगे तो तुम्हें मुझे अपने अनुसार ही चलने देना होगा। जिस दिन तुम मुझसे कोई सवाल करोगे, मैं तुम्हें छोड़ दूँगी। मुझे यह अच्छा नहीं लगेगा, फिर भी...।' ये बातें कहते हुए डेज़ी की आँखों में पागलों जैसी चमक आ गई थी, लेकिन उसके व्यक्तित्व से अभिभूत रमन ने यही उत्तर दिया था, 'आप जो भी कहेंगी, मैं कभी हस्तक्षेप नहीं करूँगा। कभी कोई प्रश्न नहीं पूछूँगा। मैं प्राचीन सम्राट शान्तनु की तरह...।'

'तुम हमेशा कोई पुरानी मिसाल ढूँढ़ लेते हो,' डेज़ी ने ज़रा झुँझलाते हुए कहा। 'खैर, कौन था यह शान्तनु?' रमन ने महाभारत की कहानी उसे सुनाई।

रमन ने चाची की तीर्थयात्रा का प्रबंध करना आरंभ कर दिया। उसे उसकी तीसरे घर वाली परिचिता से, यात्रा की विस्तृत जानकारी प्राप्त करने के लिए, मिलना पड़ा। वह एक स्थानीय बैंक के एकाउंटेन्ट की अधेड़ उम्र की पत्नी थी, जो चाची से भी ज़्यादा बातों को घुमाती-फिराती थी और मुद्दे पर पहुँच ही नहीं पाती थी। उसका पति बेहद दुबला-पतला सूखा-सा आदमी था, जो दस बजे काम पर चला जाता था और, बाकी लोगों के दफ्तर छोड़ देने के बाद भी मेज़ पर जमा अपने कागज़ों में उलझा रहता था और छह-सात बजे घर लौटता था। महिला घर की पूरी मालकिन थी। जब रमन उसके घर पहुँचा, एकाउटेन्ट दफ़्तर के लिए निकल रहा था—कार्टूनिस्ट लक्ष्मण द्वारा बनाये गये आम आदमी के नमूने की हूबहू नकल, जो एक दैनिक समाचार

पत्र में रोज़ प्रकाशित होता है–चेक का कोट पहने, बगल में दबा छाता और आँखों से लटकता ढीला-ढाला चश्मा। वह बोला, 'अरे, रमन, तुम्हारी दुनिया कैसी चल रही है?'

'बढ़िया। मैं बद्रीनाथ की तीर्थयात्रा के बारे में जानने आया हूँ। मेरी चाची आपकी पार्टी के साथ जाना चाहती है। आप भी जा रहे हैं?'

'अरे, नहीं, मेरी बीवी से पूछिये, इसके बारे में। मुझे कुछ नहीं पता। और मैं जा भी कैसे सकता हूँ? मेरी कैजुअल लीव सिर्फ चार दिन की बची है और कल ही हमारे मैनेजर ने कहा...।' रमन ने फौरन अपने दिमाग़ का स्विच बंद कर दिया। यह दफ़्तर से लदा नकारात्मक किस्म का आदमी था, जो दफ्तर की बातों के सिवा और कुछ सोच ही नहीं सकता था। इसलिए यह ताज्जुब की बात नहीं थी कि उसकी बीवी हिमालय चली जाना चाहती थी।

सड़क पर बातचीत की आवाज़ें सुनकर महिला दरवाज़े पर आई और रमन को देखते ही बेतहाशा बोल उठी, 'अरे, राम, आओ, आ जाओ',–अपने पति को जैसे वह एकदम भूल गई, जो बिना बोले चुपचाप चला गया। महिला काफ़ी तन्दुरुस्त थी, आधे सफ़ेद बालों का गुच्छा गर्दन के ऊपर बँधा हुआ, बड़े-बड़े गाल, भारी जबड़ा और चेहरे पर हल्दी की परत। उसे देखकर रमन को चैन मिला। उसने ईश्वर को धन्यवाद दिया, कि यह इस किस्म की औरत है जो सब पर हावी रहेगी और चाची को भी हिमालय पर चढ़ा ले जायेगी और उसकी देखभाल कर लेगी। वह इतने ज़ोर से बोलती थी कि सड़क के उस पार बने घरों में भी सुनाई देती थी। रमन ने पूछताछ की, उसने कहा, 'तुम फ़िक्र मत करो, मैं चाची की देखभाल कर लूँगी। वह तुम्हारी वजह से परेशान हैं, हालांकि बाहर दिखा नहीं रही हैं।'

'मैं उसे अभी नहीं जाने देना चाहता।'

'लेकिन क्यों?' महिला ने ज़रा उग्रता से पूछा।

'तुम उसे अपनी ज़िदगी भर की इच्छा को पूरा होते क्यों नहीं देखना चाहते? अब तक उसने खाना पकाने और घर चलाने की ज़िम्मेदारी निभाई है। अब तुम एक और खाना पकाने वाली लाना चाहते हो, तो वह घर में क्यों रहे?'

रमन को अफसोस हुआ कि वह इससे मिलने यहाँ आया। बातचीत गलत रुख ले रही थी। वह कहना चाहता था कि डेज़ी उसका खाना नहीं बनायेगी। वह बहुत विशेष स्त्री है, और अपने को बीवी और माँ कहने वाली सैकड़ों जाहिल औरतों से कहीं बेहतर है। वह सोचने लगा कि इस तरह के पड़ोसियों के बीच डेज़ी कैसे रह पायेगी। इसलिए क्यों न वह खुद डेज़ी के फ़्लैट में रहने चला जाये? जहाँ इस तरह का इलाक़ा नहीं है। लेकिन उसने इस विचार को तुरंत खारिज कर दिया। वह अपने मोहल्ले से बहुत घनिष्टता से जुड़ा था, और यहाँ रहने के लिए वह किसी

का कृतज्ञ नहीं था। अगर कोई डेज़ी को पसंद न करे, तो वह खुद यहाँ से चला जाये—लेकिन उसे विश्वास था कि डेज़ी इस तरह की परिस्थितियों से निबटने के पूरी तरह योग्य है।

बड़ी देर तक बुलंद आवाज़ और इधर-उधर की बातें करने के बाद रमन उससे यात्रा संबंधी ज़रूरी बातें जान सका, लेकिन उसके लिए यह बहुत कठोर अनुभव साबित हुआ, कई दफ़ा उसने सोचा कि वह भी उसके पति की तरह वहाँ से खिसक ले। शायद यह इस महिला का धुआँधार व्यक्तित्व ही था, कि उसका पति दफ़्तर में ही अपना ज़्यादा समय बिताना पसंद करता था, और चाची भी बनारस पहुँचकर उससे अलग होने तक इसे कैसे बरदाश्त कर पायेगी। ये पाँच लोग अगले बुधवार को निकल रहे थे, एक और परिवार के दो बेटे इनके साथ देखभाल के लिए जाने वाले थे; छह सौ पचहत्तर रुपए तुरंत दे देने पर यात्रा पक्की हो जाती थी। यह पैसा इस ज़बरदस्त महिला को भी दिया जा सकता था, जो बाकी की कार्यवाही करवा देती। रमन ने उससे दोबारा मिलने का वादा किया, वह अपने बैंक गया और ज़रूरत का पूरा पैसा निकालकर घर लौट गया। वह नहीं चाहता था कि चाची इसके लिए खुद पैसा दे, हालांकि उसने कहा था कि उसे अपने लिए बहुत कम पैसों की ज़रूरत पड़ेगी।

वह घंटे भर बाद महिला के पास फिर आया और उसे पूरा पैसा पकड़ा दिया। वह फिर उसे दरवाज़े पर ही मिली और देश-दुनिया की सब तरह की बातों के साथ रमन से यह भी कहा कि चाची ने ज़िंदगी भर तुम्हारे लिए कितना कुछ किया है—कि दोनों शाम को मंदिर की कथा को कितना ज़्यादा मिस करेंगी, और हाँ, रमन ने इतने अच्छे दहेज के साथ आनेवाला रिश्ता क्यों स्वीकार नहीं किया, और यह खबर क्यों फैल रही है कि वह किसी ऐसी लड़की से शादी करना चाहता है जिसकी जाति का ही पता नहीं है—कौन है वह? उसने कहा कि इन सब बातों में कोई सच्चाई नहीं है—इस भयंकर औरत से पार पाने का सबसे अच्छा उपाय झूठ बोलना ही हो सकता था, जिससे इस पर और बहस न हो। इस औरत को रमन स्कूल के दिनों से जानता था, और उसका सबसे अच्छा पहलू यही था कि वह चाची की इज़्ज़त करती थी। चाची पर भी उसका अच्छा प्रभाव था, और कई दशक से वह इन्हें देखता चला आ रहा था; जहाँ तक उसे याद पड़ता है यह चाची को खरीद-फरोख्त में, घूमने-फिरने में और सलाह वगैरह देने में उसकी सहायता करती थी, और यह उसके साथ रोज़ मंदिर भी जाती थी। रमन को संदेह हुआ कि चाची उसके बारे में जो कुछ जानती थी, वह सब भी इसी के द्वारा उसके कानों में पहुँचता होगा। उसने सोचा कि इससे कहा जाये कि चाची को वापस भी ले आये, इसलिए वह बोला, 'आपसे मेरी प्रार्थना है कि चाची को अपने साथ वापस भी ले आयें।'

'अब वह तुम्हारे घर कैसे आ सकती है? उसकी इच्छा है कि अपने आख़िरी दिन काशी में ही बिताये। उसे जाने दो, उसकी योजना पूरी होने दो। वह जो चाहती है, उसे करके ही खुश रहेगी। तुम सोचते हो कि तुम जो चाहो करते रहो और वह देखती रहे। नहीं, बच्चे, नहीं, तुम अगर यह सोचते हो कि आजीवन हम परिवार की गुलामी करते रहें, तो यह ग़लत है। सहन करने की एक सीमा होती है। तुम...'

उसका दिमाग़ इस बात से हटाने के लिए रमन ने उसके हाथ में पैसा रख दिया, 'मुझे खुशी है कि मैं उसकी यात्रा के लिए अपना पैसा दे रहा हूँ।' यह कहते हुए उसने शब्द 'अपना' पर ज़ोर दिया।

'यही ठीक बात है,' महिला ने चीखकर कहा। 'उसने सारी ज़िंदगी तुम्हारे लिए होम कर दी।'

रमन ने धीरे से कहा, 'उसने मुझसे सिर्फ तीन सौ रुपए माँगे थे, लेकिन मैं पूरा पैसा दे रहा हूँ। उसका पैसा बिल्कुल नहीं छुआ।'

'तुम अच्छे लड़के हो,' महिला ने कहा, 'इस काम के लिए तुम ज़रूर स्वर्ग जाओगे। तुम तो हीरा हो, क्या मैं नहीं जानती, लेकिन बुरे लोग बिगाड़ते हैं—इसीलिए यह ज़रूरी है कि सही समय पर सही लड़की से शादी करो। तभी सब ठीक-ठाक चलेगा। मैंने तुम्हारी चाची को यही बताया है। मैंने उससे कहा, ''इस समस्या के लिए खुद तुम ही ज़िम्मेदार हो। तुम बेवकूफ़ हो। तुमने उसे खाये-पिये बछड़े की तरह खुला घूमने के लिए क्यों छोड़ दिया। इसीलिए...''

रमन ने पूछा, 'मुझे कुछ और तो नहीं करना है?'

'नहीं, जवान बछड़े, यह काफ़ी है। बाक़ी सब मैं देख लूँगी। हम रेल के टिकट खरीदेंगे, और जो ज़रूरत होगी। अपने परिवार की हालत देखकर मैं भी यही सोचती हूँ कि बनारस से वापस न आऊँ।'

'बाबू भी शायद यही चाहते है,' यह कहकर वह तेज़ी से सीढ़ियाँ उतर गया, और महिला को आखिरी बात कहने का मौक़ा ही नहीं दिया।

चाची के जाने की तैयारियाँ बहुत लंबी-चौड़ी थीं। हालांकि उसका सामान एक जूट के थैले में समा जाता था, उसके आदेशों का अंत नहीं होने में आता था। रमन भी उस पर बहुत ज़्यादा ध्यान दे रहा था, और ज़्यादा से ज़्यादा समय उसके साथ बिताने लगा था। वह समझता था कि उसे चाची के साथ रहना चाहिए। उसने बोर्डलैस जाना कम कर दिया था और डेज़ी के साथ भी दो घंटे ही बिताता था, अगर वह दफ़्तर में बुलाती तो वहाँ चला जाता था। वह अब भी उसकी सबसे बड़ी ग्राहिका

थी और जगह-जगह लटकाने के लिए छोटे-बड़े साइन बोर्ड बनवाती ही रहती थी। शाम को घर पर उसे देखकर चाची भी बहुत खुश होती थी। उसके दिमाग़ का वज़न कम हो गया था और अब तक उसने जो चुप्पी ओढ़ रखी थी, वह भी ग़ायब हो गई थी। वह पहले की तरह काफ़ी बातूनी हो गई थी, और अपने बाबा की पूना यात्रा भी कई दफ़ा और सुना चुकी थी। शाम को भी रोज़ की तरह वह मंदिर जाती थी—कृष्ण भगवान के जीवन की कोई भी कथा वह छोड़ना नहीं चाहती थी। जब वह वापस आती, तब तक रमन भी डेज़ी से मिलकर लौट आता था, और उसे खाना खिलाते हुए वह उस दिन की कृष्ण जी की कहानी भी उसे सुनाती थी। 'पता है, कृष्ण जी जब गोपियों के सामने प्रकट होते, तो उनमें से हर एक, और वे हज़ारों होती थीं, सब सोचती थीं कि वे उन्हीं के साथ नाच रहे हैं। यह कैसे होता था, और इसका महत्त्व, सब पंडितजी बड़ी अच्छी तरह समझाते हैं...। इसके बाद वह तुरंत घरेलू सूचनाएं देना शुरू कर देती, 'याद रखना, थैले में जो चावल रखा है, उसे मैंने साफ़ कर दिया है, उसके कंकड़ और धूल वगैरह सब मैंने निकाल दिये हैं...।' शाम का उसका सारा वक्त चावल बीनने और फटकने में ही लगता था। वह वरांडे के पीछे चश्मा लगाकर बैठ जाती और थोड़े-थोड़े चावल अपने सामने फैलाकर धीरे-धीरे उनको साफ़ करती रहती। 'तुम्हें खाने का तेल छह महीने तक नहीं खरीदना पड़ेगा, चेट्टियार ने अभी नये तिलों को मिल में पिसवाकर तेल निकलवाया है और उसी में से मुझे भी दिया है, लेकिन याद रखना कि हफ्ते में कम-से-कम एक दिन उसकी डाट खोलकर कुछ मिनट के लिए बाहर ज़रूर रख देना, नहीं तो उसमें बदबू आना शुरू हो जायेगी। जब डाट खुली हो तो उसे देखते भी रहना। ध्यान रखना कि उसमें कीड़े न घुस जायें, और कोई और यह काम करे, तो उसे भी यह बात अच्छी तरह समझा देना।' डेज़ी का ज़िक्र वह इसी तरह करती थी, सीधे उसका नाम नहीं लेती थी, और उसे हमेशा भूले रहने की कोशिश करती थी। 'अचारों में भी दस दिन में एक दफ़ा हवा ज़रूर लगाना, याद रखना की सूखी सब्जियों का स्टाक दो साल के लिए काफ़ी है, लेकिन बर्बाद ज़रा भी मत करना।' रमन को पहली दफ़ा पता लग रहा था कि तीस साल से उसके खाने-पीने के लिए चाची कितना ज़बरदस्त इन्तज़ाम करती रही है, जिसकी उसे अब तक कोई जानकारी ही नहीं थी। चाची और सब काम छोड़कर रात-दिन उसका पेट अच्छी-से-अच्छी चीज़ों से भरने और उन्हें सँभालकर रखने के काम में ही लगी रहती थी। वह यह सोचकर चकित रह गया कि इस सबमें कितनी मेहनत लगी होगी।

चाची ने अपने जूट के थैले में अपनी चीज़ें रखना शुरू कीं : दो सफ़ेद साड़ियाँ, एक ताँबे की डिब्बी में माथे पर लगाने के लिए पवित्र भभूत, प्रार्थना करने के लिए दानों की माला, मंत्रों की किताब, और कृष्ण जी और गणेश जी की दो छोटी-छोटी

चाँदी की मूर्तियाँ। 'ये मेरे पिताजी ने मुझे दी थीं,' उसने रमन को बताया।

थैले में और चीज़ें रखने की जगह थी। रमन ने कहा, 'अभी इसमें बहुत जगह है—ज़रूरत की और भी चीज़ें क्यों नहीं रख लेतीं?'

'मुझे और कुछ नहीं चाहिए, इसमें मुझे अभी अपनी शाल रखनी है, और भुना हुआ लैया, इतना जो दो हफ्ते चल जाये।' फिर बोली, 'लोग कहते हैं कि देश में लैया हर जगह मिल जाता है, और छाछ और केले भी मिल जाते हैं। और मुझे क्या चाहिए?' रमन जानता था कि सालों तक वह दिन में एक दफ़ा खाना खाकर ही रही है। वह उसकी बहुत कम ज़रूरतों और ज़िंदगी की सादगी से चकित रह गया। उसे अब तक चाची के जीवन में झाँकने का अवसर नहीं मिला था और उसके लिए यह आँखें खोलने वाला ज्ञान था। वह उसी के लिए जीवित रही थी। शाम को मंदिर जाने के अलावा उसके सब काम उसी के लिए होते थे। वह घर पर बैठी उसके आने का इन्तज़ार करती रहती थी और उसका मूड देखकर समझने की कोशिश करती थी कि वह सुखी है या दुखी। वह जब भी बाहर जाता, उसके लौटने पर दरवाज़ा खोलने के लिए उसका इन्तज़ार करती रहती, और जब शाम को डेज़ी के यहाँ से लौट नहीं पाता, तो उसे कितनी तकलीफ़ होती होगी।

चाची बोली, 'दूधवाला सवेरे साढ़े चार बजे गाय लेकर आता है। उस वक्त कोई उसके सामने खड़ा रहे, नहीं तो वह पानी मिला देगा।' रमन की अब समझ में आया कि उसका दूध और दही इतना मलाईदार होता है, तो उसका कारण यही है कि चाची दूधवाले की बगल में खड़ी उसकी बालटी को ध्यान से देखती रहती है। उसने आजतक इन बातों पर ध्यान ही नहीं दिया था। अब उसे पता चल रहा था कि वह एकदम नये पौधे की तरह था, जिसे माली ने रात-दिन मेहनत करके पाला और बड़ा किया था। जब वह मज़े से साइन बोर्ड पेन्ट कर रहा था या बोर्डलैस में अपने यार-दोस्तों से गप्पें लड़ा रहा होता या डेज़ी के साथ मज़े कर रहा होता था, तब उसे जीवित रखने के लिए उसके पीछे कितना उद्योग किया जाता रहा था। वास्तविकता यह थी कि एक व्यक्ति ने उसके लिए अपनी पूरी ज़िंदगी होम कर दी थी। डेज़ी इस व्यवस्था में किस प्रकार सम्मिलित होगी? क्या वह तड़के सवेरे गायवाले के पीछे खड़ी होगी या तेल के डिब्बे में नियमित रूप से हवा लगा सकेगी? यह तो सोचा भी नहीं जा सकता। उसने पहले ही साफ़ कर दिया था कि कोई उससे इस तरह के कामों की उम्मीद न करे। वह ताज़्जुब से सोचने लगा कि चाची ज़िंदगी भर किये अपने इन कामों से इस चावल बीनने और तेल सँभालकर रखने वगैरह तरह-तरह के कामों से, अब अलग होकर कैसे रह सकेगी। वह चाची से बहुत आजिज़ होकर कहने लगा, 'तुम बनारस से लौटकर ज़रूर आना, यह तुम्हारा ही घर है, तुम्हें तो यहीं रहना चाहिए। और बनारस में तुम करोगी भी क्या?'

'मैं वहाँ क्या करूँगी, यह मैं तुम्हें बता चुकी हूँ। अब और कुछ महत्त्वपूर्ण नहीं है। इस संसार-सागर में मैं काफ़ी तैर ली—क्या तुम यह नहीं समझते?' यह मुहावरा उसने निश्चय ही शाम की कथाओं से उठाया होगा, और देर तक वह इसके भाव में डूबी रही। फिर वह दुनिया की बातों में लौट आई, 'चेट्टियार की दुकान को मत छोड़ना। वह अच्छा आदमी है—उससे जो माँगो, वह ला देता है, चाहे दूध हो या चीते की खाल। सब्जीवाली ज़्यादातर मंगल के दिन आती है; हमें उसके कुछ पैसे देने हैं—; यह कहकर वह वरांडे में गई और सफेद दीवार पर हरी पत्ती के रस से खींची गई लाइनें गिनकर बोली, 'हाँ, तीन रुपए पंद्रह पैसे। ज़्यादा मत देना, इससे उसका अब तक का हिसाब साफ़ हो जायेगा। इसके बाद तुम अपना हिसाब रखना। वह आमतौर पर सवेरे दस बजे आती है। इस वक्त तुम रहोगे? या कोई और रहेगा?' उसका मतलब डेज़ी से था, और इससे यह भी ध्वनित होता था कि वह सब्ज़ीवाली का इन्तज़ार करने वाली नहीं है। रमन को इस बात से झुँझलाहट हुई लेकिन इस वक्त कुछ कहना ठीक न समझकर वह चुप रह गया। वृद्धा कहती रही, 'देखो, शुक्कर के दिन मैं मंदिर में रखी दान-पेटी में दस पैसे का सिक्का डालती हूँ। पिछले तीस सालों से, जब से मैं इस घर में तुम्हारी देखभाल करने आई हूँ, मैंने इसमें एक दिन का भी नागा नहीं किया। हमेशा याद रखना, भगवान ही हमारी रक्षा करता है। जब भी उधर से गुज़रो, पैसे डाल दिया करना, या पड़ोसिन से कह देना, वह डाल दिया करेगी।'

चाची को गये तीन दिन हुए थे। उसके बिना रमन को घर बड़ा-बड़ा लगने लगा था और आवाज़ें सुनाई देने लगी थीं। अब वह घूम-घूमकर देखने लगा था कि डेज़ी के रहने के लिए उसमें कहाँ क्या परिवर्तन कराने चाहिए। नदी-किनारे उसका यह घर डेज़ी को सँभालना होगा—अरे, नहीं, उसे तो घर की देखभाल से नफ़रत है, वह यह सब नहीं करेगी। उस शाम की बातचीत में उसने कई दफ़ा यह बात कही थी, 'मेरी तरह तुम भी घर की देखभाल करोगे। लेकिन इसका मतलब क्या है? मेरी तो समझ में नहीं आता। घर से इतना लगाव और उसकी देखभाल मुझे एकदम पसंद नहीं है।' घर दूसरे महत्त्व की वस्तु है, काम उससे पहले है।

रमन कहने को हुआ, गर्भधारण रोकना शायद अकेला काम है, लेकिन चुप रहा। डेज़ी की दृष्टि में घर धूप और बारिश से बचने का एक सहारा भर है, और उसमें सोने, नहाने और संदूक रखने के काम भी किये जा सकते हैं। इस आदर्श के तहत उसकी वस्तुएं भी बहुत सीमित थीं, देखा जाये तो चाची की ही तरह। अगर चाची का सामान जूट के एक थैले में समा जाता था, तो डेज़ी का एक-छोटे

से टीन के बक्से और बी-ओ-ए-सी के एक हवाई बैग में, जिसे बड़े पादरी ने कांगो जाते समय उसे दिया था। फरनीचर के नाम पर उसके पास एक फोल्डिंग कुर्सी, एक स्टूल और एक बाँस की मेज़ थी, जिस पर कीलें रखी रहती थीं। सोने के लिए उसके पास एक चटाई थी और एक तकिया, लेकिन वह सख़्त ज़मीन पर सिर रखकर आराम से सो जाती थी। रमन ने एक दफ़ा उसे ज़रा आराम से रहने का सुझाव भी दिया था, 'कुछ और फरनीचर क्यों नहीं खरीद लेतीं?'

इस पर उसने अपना सिर हिला दिया था। 'कोई ज़रूरत नहीं है। सालों से मैंने इनका इस्तेमाल किया है, और मेरे लिए ये काफ़ी हैं। तुम अपने लिए जो चाहो, करना...मुझे एतराज़ नहीं होगा।' डेज़ी का हर बात में कमी करना उसे मंजूर था, लेकिन जो चीज़ उसे परेशान करती थी, वह "अपने" और "मेरे" को अलग करना, वह कुछ भी दोनों का एक समान सोचना भी नहीं चाहती थी। वह उसे अपने अनुसार बदलने की कोशिश भी नहीं करती थी। यह उसके संयुक्त जीवन बिताने की कल्पना के विपरीत था, लेकिन वह यह सोचकर चुप रह जाता, कि उसका शरीर अलग है, दिल और दिमाग़ अलग हैं, जैसे उसकी नाक का जोड़ या ओठ पर खिंची सीधी रेखा, और इसके लिए कुछ नहीं किया जा सकता, और सच तो यह है कि यह मेरा काम ही नहीं है। प्रेम-प्यार में इन बातों का महत्त्व नहीं होता।

यह सब उसकी अपनी ज़िंदगी के अनुकूल ही था। वह भी ज़मीन पर ही सोता था, लेकिन उस पर चटाई बिछा लेता था, लेकिन वह तो चटाई भी नहीं बिछाती थी। उसका कहना था, 'लाखों लोग जैसे रहते हैं, हम उनसे अलग ढंग से क्यों रहें? मैं भी झोंपड़ी में रही हूँ और जानती हूँ, ये लोग कैसे रहते हैं।' लेकिन उसे आशा थी कि जब वह उसके साथ रहने आयेगी, तब वह उसे चटाई बिछाकर सोने के लिए मना लेगा, और अगर वह दोनों के लिए एक चटाई पर न भी सोना चाहे, तो उसके लिए अलग चटाई ला देगा। उसे जब कभी डेज़ी के यहाँ सोना पड़ता, वह चटाई पर ही सोता था, लेकिन उसने न इस बात पर ध्यान दिया, न इसको महत्त्व दिया। इसलिए अब वह इस तरह की बातें क्यों सोच रहा है, जब वे दोनों पति और पत्नी बनने जा रहे हैं—लेकिन ये शब्द वह उसके सामने इस्तेमाल करने से बचता था कि कहीं वह नाराज़ न हो जाये। वह यही कहती थी, 'किसी मर्द और औरत का एक छत के नीचे साथ रहने लगना कोई विशेष बात नहीं है।' यह बात उसे परेशान करती थी, लेकिन जो वह कहती, उसे स्वीकार कर लेता था। उसने समझ लिया था कि शांतिपूर्ण जीवन के लिए उसकी बात का विरोध न करना ज़रूरी है वह अक्सर सोचता, दो ड्राइवर मोटर गाड़ी नहीं चला सकते। वह उसकी हर बात को स्वीकार करने के लिए पूरी तरह तैयार था, और ऐसा कुछ भी नहीं करना चाहता था कि शान्तनु की तरह अकेला रह जाये। कोई भी सवाल न करने पर ही यह

पत्नी रहेगी, ज़रा भी संदेह किया तो हमेशा के लिए ग़ायब हो जायेगी। उसने अपना पहला संभावित बच्चा भी छोड़ देने का वादा कर लिया था, सिर्फ इसलिए कि वह खुश रहे।

रमन ने यह देखने के लिए घर का चक्कर लगाया, कि वह साफ़-सुथरा है। किचेन की दीवार उसने घिस-घिसकर साफ़ कराई थी और फिर उसे सफ़ेद पुतवा दिया था। चाची के जाने के बाद पूरा हफ्ता इस काम में लग गया था। डेज़ी भले ही कुछ न चाहे, उसका यह कर्तव्य बनता था कि वह घर को ठीक-ठाक कराकर ही उसे वहाँ लाये। पुराना मिट्टी का चूल्हा, जिसमें हमेशा खाना पकता रहा था, उसने हटा दिया, और उसकी जगह बिजली की हॉट प्लेट ले आया। चूल्हा भी उसने सँभालकर रखा, क्योंकि अगर खाना उसे ही पकाना पड़ता, तो वह उसका इस्तेमाल कर सकता था उसने चावल पकाने का ताँबे का पुराना बर्तन भी इतिहास की वस्तु की तरह अलग रख दिया, और अलुमिनियम तथा शीशे के सब नये बरतन ले आया। खाने के कमरे के बगल वाला दस फीट का छोटा-सा कमरा, जो चाची के ज़माने में पूजा-घर था, उसने डेज़ी के लिए नियत कर दिया—इसमें वह अपनी मेज़-कुर्सी, दफ्तर के कागज़ और फाइलें वगैरह रख सकेगी। इस कमरे में एक छोटी-सी खिड़की थी, जिसमें से काफ़ी हवा और रोशनी आती थी। अगर वह एकांत में काम करना चाहे, तो वह इसे भीतर से बंद कर लेगी, और ज़रूरत पड़ने पर वह बाहर से खटखटा दिया करेगा; अपने कमरे में वह अपनी किताबें और बिस्तर रखेगा। उसके लिए वह सिल्क की तरह मुलायम रुई से भरा गद्दा लायेगा, और उसे भी अपने ही कमरे में लगा देगा, वहाँ दोनों के लिए काफ़ी जगह है; और घोंसले में आराम से रहती दो चिड़ियों की तरह दोनों यहाँ मज़े से सोयेंगे। उसे ख्याल आया कि अपने घर का नाम ही वह 'घोंसला' क्यों न रख दे, और साइन बोर्ड पर इसे लिखकर बाहर टाँग भी दे। लेकिन यह नाम उसे अटपटा-सा लगा, तो उसने सोचा कि अक्षरों की डिज़ायन सुंदर करके वह यह कमी पूरा कर देगा—इसमें वह पेड़ की शाखाएं भी बनायेगा, जिसमें रखे घोंसले में दो चिड़ियाँ बैठी हैं। फिर जब उनके अंडे होंगे—नहीं, अंडे निकलने की तो नौबत ही नहीं आनेवाली, जब उनका बीज पड़ेगा, तभी—वह शुरू में ही अंडे रोक देगी, लेकिन वह यह भी चाहती है कि बच्चा हो और उसे किसी को दे दिया जाये। अगर अगले साल एक और बच्चा हो जाये, वह भी उपहार ही होगा; और अगर गाँव की औरतों की तरह वह ज़बरदस्त जनन-क्षमता प्रदर्शित करे तो शायद वह बड़ी तेज़ी से किसी अनाथालय का लंबा लबादा ओढ़े और सिर ढके नन को या किसी दाढ़ीवाले पादरी को ये बच्चे देती चली जायेगी। और सवाल न पूछने पर भी, प्रश्न का ज़रा-सा इशारा भी पाते ही वह मेरी नज़र से हमेशा के लिए लुप्त हो जायेगी। दरअसल हर मोड़ पर वह पहेली ही लगती थी। कई दफ़ा वह आश्चर्य

करता कि उसे जाने-समझे बिना वह अपनी सारी ज़िंदगी उसके साथ कैसे बिता सकेगा। यह शादी करके वह शायद अपने को बेवकूफ़ ही बना रहा है। लेकिन आखिरकार यह गंधर्व विवाह ही था, जिसे जितनी आसानी से किया जा सकता था, उतनी ही आसानी से तोड़ा भी जा सकता था। जो हो, उन्हें एक बार तो रजिस्ट्रार के सामने जाना ही पड़ेगा, क्योंकि बच्चे को नाम दिया जाना ज़रूरी होता। फिर भी अगर बच्चा न हो, तो इसकी भी ज़रूरत नहीं है, इसलिए चिंता की बात नहीं है—यह सब क्या झमेला है! जो भी हो, रजिस्ट्रार के दफ्तर में एक दफ़ा दस्तखत तो कर ही देने चाहिए।

चाची के पूजा-घर को डेज़ी के कमरे के रूप में बदलने के काम में सब देवी-देवताओं को हटाना पड़ा। रमन ने उन सबको एक कबर्ड में रख दिया।

एक दिन शाम ढलने के बाद डेज़ी अचानक उससे मिलने आ गई। रमन ने उसे घर के हर कमरे में ले जाकर बताया कि इनमें उसके लिए क्या-क्या परिवर्तन किये जा रहे हैं। डेज़ी ने उनमें कोई रुचि नहीं दिखाई और यही कहा कि जैसा है, वही ठीक है। उसी को चलने दो।

लेकिन रमन ने कहा, 'अब यह मुझ पर छोड़ दो कि आराम से रहने के लिए मैं इसमें क्या-क्या करूँ। इस बात पर मैं तुम्हारी एक भी नहीं सुनूँगा।'

'जो चाहे करो,' यह कहकर वह चुप्पी में डूब गई, और रमन उसे विस्तार से बताने लगा कि बड़े कमरे की दीवारों पर वह कौन-सा रंग लगवायेगा, किचेन में क्या-कैसे करेगा, वगैरह-वगैरह; और वह अनमने भाव से उसकी हर बात पर मशीन की तरह सिर हिलाती चली गई। इसके बाद जब दोनों पूजा के कमरे में गये और रमन ने बताया कि 'यह कमरा तुम्हारा होगा, इसमें तुम अपनी मेज़-कुर्सी और फाइलें वगैरह रखोगी', तो उसने अंदर झांककर कहा, 'मुझे याद पड़ता है कि इसमें तुम्हारी चाची के देवी-देवता रहते थे। वे कहाँ गये?'

'उस कबर्ड में सुरक्षित हैं', रमन ने कहा।

'इसे तुम सुरक्षित कहते हो?' डेज़ी ने जैसे डरते हुए कहा। 'देवता हमारे इस व्यवहार के कारण हमें तंग तो नहीं करेंगे?' इस विचार पर रमन बड़े ज़ोर से हँसा, जिसमें कुछ बनावटीपन भी था। इसके बाद वे धार्मिक समस्याओं पर हँसी-मज़ाक करने लगे।

'क्या तुम देवता को ताले में बंद कर सकते हो?' डेज़ी ने पूछा।

'क्यों नहीं?' रमन ने उसी लहज़े में जवाब दिया।

'इतना मज़बूत ताला कौन लोहार बना सकता है? जब सेफ़ तोड़नेवाले आदमी मज़बूत से मज़बूत ताले भी तोड़ लेते हैं, क्या देवता भी यह नहीं कर सकता?' डेज़ी भी मज़ाक के मूड में आ गई थी।

'तुम्हें कमरे में अकेले डर तो नहीं लगेगा? तो मैं उन्हें हॉल के बड़े कबर्ड में बंद कर दूँगा।'

'तुम्हारे पास हर घटना के लिए पुराण की कहानी होती है। कोई ऐसी कहानी है जिसमें अलमारी में बंद देवता बाहर निकलकर आदमी के कान उमेठता हो?'

'देवता निकलकर औरत को बच्चा ज़रूर दे देता है—महाभारत में ऐसी बहुत-सी कहानियाँ है जिनमें देवता मनुष्यों के बीच घूम-घूमकर बच्चे पैदा करते रहते हैं।' वह धर्मविरोधी कोई तीखी बात कहकर डेज़ी का समर्थन पाने की कोशिश कर रहा था। 'हम इस तरह की कहानी बनायेंगे। ये कहानियाँ भी हमारे जैसे आदमियों ने ही बनाई होंगी।' वह अपने को बड़ा तार्किक दिखाना चाहता था, हालांकि वह यह निश्चय नहीं कर सका था कि पुराणों के देवी-देवता वास्तविक देवी-देवता होते थे, या लेखकों की कल्पना मात्र थे। जो हो, यह याद करके कि उसकी चाची को इन सबमें पूरा विश्वास था और वह ईश्वरीय इच्छा को वास्तविक मानती थी, उसने कहा, 'मेरी चाची इनमें पूरा विश्वास करती है और उस जैसी गंभीरता मैंने किसी और में आजतक नहीं देखी।'

'तो फिर देवताओं को हटाते क्यों हो? उन्हें अपनी जगह रहने दो,' डेज़ी ने हलके मन से कहा।

इस समय वे कमरे की चौखट पर खड़े थे। सड़क की तरफ का दरवाज़ा बंद था और उसकी कुंडी लगी थी, दीवार पर ऊपर लगी एक खिड़की से होकर कहीं से रोशनी की एक किरण नीचे आ रही थी। दूर बह रही नदी के किनारे लगे पीपल के पेड़ के पत्ते खड़-खड़ कर रहे थे; इस कविता के अनुरूप और हलकी रोशनी के वातावरण में रमन की कामना जगी। उसने हाथ बढ़ाकर डेज़ी को जकड़ना चाहा लेकिन उसने उसे झटक दिया और बोली, 'हर बात का समय और जगह होती है। यह तुम्हें क्या हो रहा है?'

मैं कितना मूर्ख हूँ कि मैंने उसके मूड पर ध्यान नहीं दिया, रमन ने सोचा। मुस्कराने का मूड और गंभीरता का मूड, बात करने का मूड और चुप रहने का मूड, दुलारने का मूड और झिड़कने का मूड! मुझे यह कैसे मालूम पड़े कि क्या करूँ और क्या न करूँ, कब क्या कहूँ और हर समय सही काम ही करूँ? यह मेरे लिए बहुत बड़ी समस्या है, क्योंकि मैं उसे किसी तरह नाराज़ नहीं करना चाहता। वह फौरन उससे दूर हट गया और व्यावहारिक लहज़े में बात करने लगा। 'इस बदलती स्थिति में मैं और क्या परिवर्तन कर सकता हूँ। लेकिन मेरा ख्याल है कि तुम को इस कमरे में आराम महसूस होगा।'

'हाँ, यह सब ठीक है। तुम्हें इस बारे में बहुत ज़्यादा चिंता करने की ज़रूरत नहीं है। मेरे लिए सब ठीक है।'

'यह जितना मेरा घर है, उतना ही तुम्हारा भी है। इसलिए कोई संकोच मत करो।' यह सुनकर डेज़ी चुप रही तो बड़े कमरे की तरफ़ इशारा करके उसने कहा, 'तुम पसंद करो तो यहाँ के लिए कुछ कुर्सियाँ ले ली जायें, जहाँ तुम अपने मिलने वालों से बातचीत कर सको।'

उसने कहा, 'लोग दफ्तर में ही आयेंगे, यहाँ किसी के आने की ज़रूरत नहीं है।' अब उसने किचेन दिखाया जिसमें हॉट प्लेट लगी थी। डेज़ी चुपचाप सब देखती रही। रमन यह सुनने के लिए बेताब था कि डेज़ी को यह पसंद आ रहा है, लेकिन वह चुप थी। खाना बनाना और खाना बहुत बेकार के काम हैं।

रमन ने माफ़ी माँगने के लहज़े में कहा, 'किचेन तो अच्छा ही होना चाहिए जिससे...'

डेज़ी बात काटकर बोली, 'मैं कुछ भी, कहीं भी खा लेती हूँ। मैं खाने, पकाने का सामान इकट्ठा करने के मामलों में परेशान नहीं होती। हमारे देश में लाखों लोगों को दिनभर कुछ भी खाने को नहीं मिलता। किसी भी रेस्तराँ का कोई भी खाना मेरे लिए सही होगा।'

'हाँ, हाँ, यह बात सच है, रेस्तराँओं के मालिक खाना बनाने के जानकार होते हैं। हमें इन बातों पर मगज़पच्ची करने की ज़रूरत नहीं है।'

'यह शक्ति की बरबादी है,' डेज़ी ने जोड़ा। रमन सोच रहा था कि कब यह "मैं" और "मेरे" की जगह "हम" और "अपने" शब्दों का इस्तेमाल करेगी। उसने पिछली बातें याद करने की कोशिश की, लेकिन हर बात वह अपने से ही जोड़कर कहती थी और यह कहती प्रतीत होती थी कि 'तुम जो चाहो, करो, मैं परवा नहीं करती, और मुझे तुम्हारा इन्तज़ाम नहीं चाहिए।' यह शादी किस तरह की साबित होगी? अलग-अलग ज़िंदगी और हर चीज़ अलग? सिर्फ छत ही एक होगी, और शायद बिस्तर भी—लेकिन यह कब तक एक रहेगा, इसका उसे विश्वास नहीं था। वह अपना कमरा बंद करके उसे बाहर भी रख सकती है। क्या वह उसके लिए 'नो एडमिशन' की पट्टी लिखकर शादी की भेंट के रूप में उसे प्रदान करे? ऐसे विचार उसके दिमाग़ में चक्कर काटते रहे, हालांकि ऊपर से वह इन्तज़ाम की बातें करता रहा। इस क्षण उसने पूछना चाहा कि क्या वह सिर्फ दो लोगों के मतलब की खाने की टेबिल का आर्डर दे, लेकिन यह सोचकर चुप रहा, कि कहीं वह फिर खाने-पीने में अपनी अरुचि की बात न करने लगे। कहे कि जिस देश के लाखों लोग रोज़ भूखे सोते हैं, वगैरह, जिसके जवाब में वह कोई तीखा मज़ाक भी कर सकता है—जिससे वह नाराज़ हो सकती है। इसके बाद वह उसे अपने कमरे में ले गया, जहाँ फर्श पर उसका बिस्तर रखा था। डेज़ी ने इतना ही कहा; 'तुम और तुम्हारी अद्भुत किताबें।' उसने यह कहने की अपनी इच्छा दबा ली कि इसे वह

दोनों का बेडरूम बना रहा है। बाद में इसका फैसला हो जायेगा। उसे डर लगा कि वह यह भी कह सकती थी, 'मैं अपने अपार्टमेन्ट में रहूँगी, तुम यहाँ रहो, हम अपाइंटमेन्ट करके समय-समय पर मिलेंगे—और बराबर दूरी बनाये रखकर एक-दूसरे की तरफ़ बढ़ेंगे।' निश्चय ही यह विवाहित दंपति का साथ जीवन बिताने का मौलिक ढंग होगा।

फिर वह डेज़ी को पीछे की तरफ़ ले गया। उसने कुएं के भीतर झाँका, फिर छोटी-सी दीवार के पार नदी की तरफ देखा। 'मुझे तुम्हारे घर के पीछे की यह नदी बहुत पसंद है।' यह सुनकर उसे परेशानी हुई कि उसने 'तुम्हारे' घर कहा, 'अपने' घर नहीं।

फिर उसने अपने काम की चीज़ों, लकड़ी के तख्ते, पेन्ट के डिब्बे और ब्रश दिखाते हुए कहा, 'यह मेरे काम करने की जगह है।'

जब वे घर में वापस लौटे, वह उसके कमरे में चटाई पर बैठ गई, और उसके बिस्तर का तकिया बनाकर आराम से पैर फैलाकर अधलेटी हो गई। 'थक गई हैं?' रमन ने चिंता दिखाते हुए कहा और उसके पैरों के पास बैठ गया, बस, इसका ध्यान रखा कि उसको छुए-वुए नहीं। उसने देखा कि डेज़ी के पैर आकर्षक नहीं हैं, उसकी एड़ियों की खाल चटक रही थी। 'तुम नंगे पैर चलती हो?' उसने पूछा।

'हाँ, जब ज़रूरत हो', डेज़ी ने कहा। उसका सामीप्य और शरीर से निकलती किसी मसाले की खुशबू रमन को नशा-सा दे रही थी, लेकिन उसने अपने को दृढ़ता से रोका। डेज़ी ने उसकी इच्छा को जैसे जान लिया और धीरे से कहा, इतनी दूर क्यों बैठे हो? चाहो तो पास आ जाओ।'

रमन ने कृतज्ञ भाव से दाँत निपोरे और सरक कर उसके पास आ गया और उसी की तरह बिस्तर से सिर टिका कर लेट सा गया। फिर धीरे से उसके कंधे अपनी बाँहों में ले लिये। 'अब यह मुझे अच्छा लग रहा है। आखिरकार हम शादीशुदा हैं।' उसने जानबूझकर 'पति' और 'पत्नी' शब्दों का प्रयोग नहीं किया। इस सावधानी से वह प्रसन्न-सी लगी, और वह उसके समीप सरक आई और उसे अपने शरीर पर हाथ फेरने दिया। वह आँखें बंद करके स्थिर-सी हो गई। दोनों के बीच यह परम सुख का क्षण था। रमन का एक हिस्सा भय के कारण कुछ कहना नहीं चाहता था, जिससे गहन भावना का यह क्षण नष्ट न हो जाये, लेकिन दूसरे व्यावहारिक पक्ष ने यह तय किया कि इस अवसर का फायदा उठाकर ज़रूरी बातें कर ली जायें, इसे नष्ट न होने दिया जाये। उसने फुसफुसाकर पूछा, 'नींद आ रही है?'

'ऊँ..., ऊँ...,' उसने बिना हिले आवाज़ की।

'मैं तुमसे कुछ पूछना चाहता हूँ।'

'क्या?' डेज़ी ने धीमी आवाज़ में पूछा।

'तुम यहाँ कब आ रही हो?' इसका कोई जवाब नहीं आया वह एक लय में धीरे-धीरे साँस ले रही थी। वह कुछ देर उसे देखता रहा, फिर धीरे से अपना सवाल दोहराया, और उसमें यह जोड़ा, 'तुम जानती हो, अब घर तैयार है।' फिर शांति रही, और साँस उसी तरह एक लय में चलती रही। रमन ने इन्तज़ार किया, और धीरज खोये बिना फिर बोला, 'तुमने इस पर विचार किया है?'

डेज़ी ने 'हाँ' में सिर हिलाया। वह इन्तज़ार करता रहा, तो उसने धीमी आवाज़ में कहा, 'दस तारीख़ ठीक रहेगी...। उस दिन मेरे फ्लैट की लीज़ बढ़ाई जानी है।'

'अब इसकी क्या ज़रूरत है? अब इसे खत्म कर दो। मैं गफ़ूर की टैक्सी भेज दूँगा...अच्छा आदमी है, मैं उसे जानता हूँ। इसमें तुम्हारा सब सामान आ जायेगा, तुम सवेरे पहला काम यहाँ आने का ही करना—सवेरे छह बजे।'

'आठ बजे कर लो,' उसने कहा।

'ठीक है, दस तारीख, सवेरे आठ बजे। मैं गफ़ूर से कह दूँगा। आज सात तारीख है...,' उसने फिर कहा, खुशी के मारे वह सही बोल नहीं पा रहा था। अब हमें एक-दूसरे के पीछे भागने की ज़रूरत नहीं पड़ेगी—।' वह सोच नहीं पा रहा था कि क्या कहना चाहिए, और उसने इस तरह बात खत्म की, 'अब हम एक-दूसरे से अलग नहीं होंगे—है न यह बात?' उसने उत्तर की प्रतीक्षा की, लेकिन वह सो गई थी। बेचारी...काफ़ी थक गई लगती है, जब जगेगी, उसे कुछ खाने-पीने को मिलना चाहिए। वह कोमलता से सराबोर था। उसने उसे धीरे से थपथपाया, हाथ छातियों पर ही रखे रहने दिये; इस समय उसके चेहरे पर जो गंभीरता छाई थी, वैसी उसने पहले कभी नहीं देखी थी। उसके कोने-काँटे और अपना प्रभाव डालने की वृत्ति समाप्त हो गई थी। उसे उसका आकार तथा स्वरूप आश्चर्यजनक लग रहा था, अचानक वह उसे निराकार रूप में देखने लगा—शायद वह एक देवी है जिस की आराधना की जानी चाहिए, सामान्य उँगलियों से छुई जाने पर वह अपवित्र हो सकती है। उसने बहुत धीरे से अपना हाथ उसके ऊपर से हटाया और ज़रा-सा खिसक गया। लेकिन उसने अचानक करवट ली और आँखें बंद किये ही अपनी बाँहें रमन के गले में डाल दीं और उसे अपने पास खींच लिया—रमन की उँगलियाँ उसके वस्त्रों से खेलने लगीं लेकिन वह इसे स्वीकार करती रही। वह डेज़ी के समर्पण से अभिभूत हो गया और फुसफुसाकर उसके कान में बोला, 'यह हमारी परिपूर्णता का क्षण है, अब मेरी छत के नीचे हमें अपराधी महसूस नहीं करना है। दुलहन घर आ गई है।'

नौ तारीख़ की शाम रमन डेज़ी के दफ्तर गया। वह कुछ औरतों से बात कर रही थी। उसने गैलरी में इन्तज़ार किया, फिर जैसे ही औरतें बाहर निकलीं, भीतर चला गया। डेज़ी कुर्सी में उठकर बैठ गई और सवालिया दृष्टि से उसकी ओर देखा। रमन को विश्वास था कि दोनों के बीच एक कोमल आंतरिकता स्थापित हो चुकी है, और पिछले दिन जो भावना उत्पन्न हुई थी, उसके लक्षण आज भी उसमें दिखाई देंगे। लेकिन उसने ऐसा कोई भाव व्यक्त नहीं किया और दफ्तरी ढंग से एक सीट पर बैठने का इशारा करके उसकी ओर देखने लगी। रमन को लगा, जैसे वह पहले दिन ही उससे मिलने आया हो और साइन बोर्ड बनाने का आर्डर लेना चाहता हो। उसने कहा, 'मैं इधर से गुज़र रहा था। इसी बिल्डिंग में...को साइन बोर्ड देना था।'

'बना लिया है तुमने?' डेज़ी ने पूछा, एक बार फिर मशीनी ढंग से व्यावहारिक, नपे-तुले प्रश्नोत्तर करके निश्चित कार्य करना...नुकीली, तीखी चोंचवाले बाज़ की तरह जो ऊपर आसमान में चक्कर काटता रहता है।

'हाँ, काम का पैसा भी मिल गया है—आजकल मैं पक्का व्यापारी हो गया हूँ। होना पड़ता है, है न?' यह कहकर उसने लंबी साँस ली।

डेज़ी मुस्कराई नहीं, कहने लगी, 'ये औरतें, जो अभी यहाँ से गई हैं, नगरी से आई थीं।' उसने एक चार्ट खोला और दिखाते हुए बोली, 'ये ज़्यादातर चटाई बुनती हैं और जंगलों में रहती हैं...।' एक रिपोर्ट पर नज़र डालकर कहा, 'इनकी स्थिति बहुत गंभीर है। पिछले साल इनकी संख्या नौ सौ थी, इस साल बारह सौ है, यानी तीस फ़ीसदी की बढ़त।'

'बहुत सारी शादियाँ हुई होंगी,' रमन ने उत्साह से कहा, वह चुप नहीं रह पाया। डेज़ी ने उसे आर-पार भेदती नज़र से देखा। 'तुम्हें समझना चाहिए कि यह गंभीर बात है। इसके लिए तुरंत कुछ करना चाहिए। आज शाम को ये औरतें आकर मुझे अपने यहाँ ले जायेंगी। मुझे जाकर देखना है कि क्या हो रहा है।'

वहाँ जाकर क्या करेगी यह, हरेक के बेडरूम में घुस-घुसकर दोनों को अलग करेगी? लेकिन उसने पूछा, 'मैं भी तुम्हारे साथ चलूँ?'

'कोई ज़रूरी नहीं है।'

'दीवारों पर लिखवाना नहीं है?'

'नहीं। उन्हें इससे कोई फ़ायदा नहीं होगा।' साक्षरता सिर्फ़ एक प्रतिशत है, आमने-सामने बात करके ही समझाया जा सकता है।'

'तुम्हारा मतलब है कि तुम सब बारह सौ लोगों से अलग-अलग बात करोगी?'

'क्यों नहीं करूँगी? मैं कर सकती हूँ, अगर मुझे उनके बीच रहना है। मैं दिल्ली तार कर रही हूँ कि एक मेडिकल टीम तुरंत भेज दें। कुल मिलाकर...लोगों को लेना

पड़ेगा।' उसने सामने बिलकुल नहीं देखा, अपने आँकड़ों में ही उलझती रही, एक कागज़ पर पेंसिल से कुछ लिखकर कहने लगी, 'यह औसत बनता है—ध्यान रहे, यह औसत ही है—हाँ, हर गाँव में चार सौ मर्दों का ऑपरेशन करना पड़ेगा या गर्भनिरोधक लगाने होंगे, और इस इलाक़े में बारह गाँव हैं। मतलब यह कि पूरे इलाके में कुल मिलाकर पाँच हज़ार लोगों को ठीक करना होगा। इसके बाद मैं भीतरी इलाके में जाऊँगी, शायद पैदल ही जाऊँ, क्योंकि जंगल के इन गाँवों से कोई भी सड़क नहीं गुज़रती होगी।' सेना के जनरल की तरह वह अभियान की योजना बना रही थी।

रमन ने चिंतित होकर पूछा, 'इसका कोई अंत नज़र आता है?'

'नहीं' इसका कोई अंत कैसे हो सकता है? हमारे देश में लाखों गाँव हैं और मैं हर रोज़ यह काम करती रहूँ, तो भी...'

डेज़ी आँकड़ों के पंखों पर उड़ रही थी, जो, रमन को लग रहा था, उसके दिमाग़ पर काफ़ी बुरा असर डाल रहा था, इसलिए उसने कहा, 'तुम दुनिया के हर आदमी के लिए काम नहीं कर सकतीं। जितना कर सको, करो, बाकी दूसरों को करने दो।'

'दूसरे क्या करते हैं या कर सकते हैं, इससे मुझे मतलब नहीं है। मिशनरी ने मुझे यह सिखाया है कि दूसरों के बारे में न सोचूँ और खुद जितना कर सकती हूँ, करूँ इसके अलावा और कोई ढंग मैं नहीं जानती।'

'और मैं कौन हूँ?' रमन ने दयनीय भाव से पूछा।

'कौन हो तुम?' डेज़ी ने कागज़ों से सिर उठाये बिना प्रश्न किया।

उसने शांति से कहा, 'कल दस तारीख है। सवेरे आठ बजे मैं गफूर को लेकर नंबर सात, थर्ड क्रास आऊँगा, तुम्हें घर ले जाने के लिए।'

डेज़ी एक क्षण चुप रही, फिर बोली, 'इस वक्त यह संभव नहीं लग रहा।'

'क्यों?' उसका दिल डूबने-सा लगा।

'बात यह है...', डेज़ी ने कहा।

रमन उसके ठंडेपन से चकित रह गया, चिल्लाकर बोला, 'तुममें कोई भावना नहीं है? तुम्हें याद नहीं रहता?'

डेज़ी ने कागज़ रख दिये और सिर उठाया। रमन का मन हुआ कि उसे कंधे से पकड़े और झकझोर डाले, लेकिन इस जगह यह संभव नहीं था। दफ्तर जैसे उसका हथियार था, और उसकी रक्षा करता था और नहीं तो बीच में यह मेज़ ही थी। उसने यह कह कर संतोष करना चाहा, 'मैं तुम्हारा पति हूँ, नहीं हूँ क्या?—जो अपनी पत्नी को, जैसा तय हुआ है, घर चलकर रहने को कह रहा है। और तुम यह दिखा रही हो कि यह बात महत्त्वपूर्ण नहीं है। अब तुम ही मुझे बताओ, मैं क्या करूँ?'

'तुम्हारा जो काम है, उसे करते रहो। तुम्हारी अपनी दुनिया है, जिसमें तुम खुशी से रहते हो, मुझसे मिलने से पहले भी रहते थे। वह दुनिया हमेशा तुम्हारी रहेगी—है न यह बात?'

'तुम मेरे साथ रहने कब चलोगी, या नहीं चलोगी? सीधा जवाब दो।' रमन ने यह कह तो दिया लेकिन तुरंत उसे अफ़सोस हुआ कि यह नहीं कहना चाहिए था।

डेज़ी ने इस चुनौती का उत्तर वही दिया, जो उसे यहाँ देना था—उसने सिर्फ यह कहा, 'यह दफ़्तर है। यहाँ चिल्लाने की ज़रूरत नहीं है। वे औरतें किसी भी मिनट यहाँ आनेवाली हैं, और मैं नहीं चाहती कि उनके सामने तुम कुछ तमाशा करो।'

रमन ने दोनों हाथ पागलों की तरह घुमाये और चिल्लाकर कहा, 'आने दो उन्हें, मैं उन्हें बताऊँगा कि हमने गंधर्व रीति से विवाह किया है, और कल तक हर रात हम साथ-साथ सोये हैं। आज तुम ग़रीब जनता की रक्षक बन रही हो। अगर तुम मुझे यहाँ से जाने को कहोगी, तो मैं सड़क पर खड़े होकर तब तक चिल्लाऊँगा, जब तक भीड़ न इकट्ठी हो जाये।'

'अगर तुम ऐसी कोई हरकत करना चाहते हो, तो यह...मैं नहीं जानती, क्या कहूँ।'

क्षण भर के लिए डेज़ी विचलित-सी प्रतीत हुई, फिर वह अपनी सीट से उठी, उसकी तरफ़ घूमकर आई और उसका हाथ अपने हाथ में ले लिया। उसका प्रभाव और उसके शरीर से निकलती मसालेदार खुशबू रमन को पिघला गई, और वह रोने-सुबकने लगा। 'मैं तुम्हारे साथ आऊँ?'

'नहीं, यह अब खत्म हो गया।'

'मैं किसी तरह का हस्तक्षेप नहीं करूँगा, जैसे तुम चाहोगी, रहूँगा, खुले में या झोंपड़ी में, नंगे पैर जंगलों में चलूँगा, तुम से कभी कुछ नहीं माँगूँगा। तुम्हारे साथ रहकर मैं सभी मुश्किलें सह लूँगा...मेहरबानी करके...।' यह कहते हुए वह बहुत निराश, और घटिया भी, महसूस कर रहा था, लेकिन डेज़ी का दिल पिघलाने के लिए वह सब कुछ कह गया।

'अब नहीं, अब सब खत्म है।'

'अब तुम मेरे यहाँ कभी नहीं आओगी, मेरा घर तैयार है, और हमेशा तुम्हारे लिए खुला और तैयार रहेगा।'

उसने फुसफुसाकर कहना शुरू किया, उसकी साँस रमन के चेहरे पर पड़ रही थी, 'हमें सच्चाई से मुँह नहीं फेरना चाहिए। विवाहित जीवन मेरे लिए नहीं है। मैंने इस पर बहुत बार सोचा है। इससे मुझे डर लगता है। जिस ज़िंदगी की तुम कल्पना करते हो, मैं उसके लिए नहीं बनी हूँ। मैं अकेली ही रह सकती हूँ। यह संबंध नहीं चलेगा।'

'अब तुम कभी वापस नहीं आओगी? किसी भी दिन, जब तुम इस पर फिर से सोचो, मेरा दरवाज़ा तुम्हारे लिए खुला रहेगा...याद रखना।'

डेज़ी ने उसकी कलाई मरोड़ी और कहने लगी, 'इसकी उम्मीद मत करो, यह संभव नहीं है। आज मैं जंगलों में उन गाँवों में जा रही हूँ, और तीन साल तक वहाँ से छुट्‌टी नहीं पाऊँगी। मैंने तुम्हें बताया है कि पाँच हज़ार औरतों और मर्दों पर तुरंत काम करना है। इसके बाद दफ्तर मुझे और कहीं भेज सकता है—जैसे अफ्रीका। मैं तो अपनी ज़िंदगी के बारे में सोच भी नहीं सकती।'

'तुम इस दफ्तर में वापस नहीं आओगी।'

'शायद नहीं। वे बहुत जल्द किसी और की यहाँ नियुक्ति कर देंगे, जिससे तुम अपना पैसा और आगे का काम ले सकते हो। इस बार मैंने उनसे कहा है कि किसी पुरुष को भेजें, जिससे तुम परेशानी में न पड़ो...मुझे समझने की कोशिश करो...शांत हो जाओ...।' रमन विश्वास नहीं कर पा रहा था कि सिर्फ अड़तालीस घंटे पहले यह औरत उसकी हुई थी। डेज़ी बोली, 'मैं चाहती हूँ कि अपने कमज़ोरी के क्षण मैं भूल जाऊँ...तुम भी भूल जाओ। बात खत्म।'

'तुम यह नहीं समझतीं कि तुमने मेरी ज़िंदगी तोड़ दी है, मेरी चाची को...।'

'एक तरह से यह उसके लिए अच्छा ही हुआ है। ज़िंदगी भर घर की गुलामी करने के बाद अब मुक्त हो गई हैं। उसके जो थोड़े से साल बचे हैं, वे तुम्हें खटकते क्यों हैं?'

'तुम्हारे लिए मैंने उसके देवी-देवताओं को भी ताले में बंद कर दिया।'

'उन्हें फिर अपनी जगह पधरा दो, नहीं तो तुम सोचोगे कि वे तुम्हें पागलों की तरह सज़ा दे रहे हैं। देवी-देवता अगर सचमुच होते हैं, तो वे मेरे दिमाग़ में झाँककर देखें कि मैंने जो रास्ता चुना है, वह सही है या नहीं; अगर मैं गलत होऊँ, तो मुझे मार डालें। मैं इसके लिए तैयार हूँ।' डेज़ी ने पहली दफ़ा देवताओं के बारे में गंभीरता से कुछ कहा था। वह उसके तर्क को सुनकर सन्न रह गया, फिर उसका हाथ झटककर वापस जाने को मुड़ा।

लेकिन वह पूछ बैठा, 'मैं सामान बाँधने में तुम्हारी कुछ मदद करूँ?'

'सब हो गया है,' यह कहकर वह वहाँ से हट गई। 'वे मेरे लिए ला रही हैं।' इसके बाद उसने मेज़ से अपने कागज़ और फाइलें समेटी—रमन अनिश्चय के भाव से खड़ा रहा, उसकी बुद्धि को जैसे लकवा मार गया था। डेज़ी अपने काम में लगी रही।

उसने कहना शुरू किया, 'डेज़ी...'

'हाँ?'

वह समझ नहीं पा रहा था कि क्या कहे, मुँह से शब्द ही नहीं निकल रहे थे। 'डेज़ी, तुम मुझे इस तरह छोड़कर नहीं जा सकतीं...'

डेज़ी ने सिर उठाकर कहा, 'शांत हो जाओ। तुम किसी और से शादी करके ही ज़्यादा सुखी रहोगे। वह मुझसे भिन्न होनी चाहिए। अपने लिए सही साथी की तलाश कर लो! ...यह मुश्किल नहीं है। कोई भी लड़की तुम्हें स्वीकार कर लेगी...नहीं, तुम्हारी इज्ज़त करेगी। हर लड़की जो चाहती है, वह तुममें है।' पहली दफ़ा वह भावुक होकर बात कर रही थी। रमन ने देखा, और उसे अच्छा लगा, कि उसकी आँखें गीली हो उठी हैं, एक ओंठ फड़क रहा है।

वह सोचने लगा कि वह उसके साथ ज़्यादती कर रहा है, और उसमें करुणा जाग्रत हो गई। वह बोला, 'अगर तुम्हें लगता है कि मैं इतना अच्छा हूँ तो मुझे किसी दूसरे के लिए छोड़ क्यों रही हो? यह तुम्हारे लिए कैसे संभव हो रहा है? यह कैसे हो सकता है? मैं तुम्हें समझ नहीं पा रहा। मैं सोचता हूँ कि तुम्हें समझने की कोशिश में मैं पागल हो जाऊँगा। उस दिन जब तुम मेरे कमरे में मेरी चटाई पर मेरी बाँहों में थीं, तुमने साथ रहने का निश्चय नहीं किया था, कि दस तारीख को, यानी कल, तुम मेरे घर आ जाओगी?'

'कुछ क्षण और मूड ऐसे होते हैं, जब हम कुछ कहते या करते हैं—जैसे हम नींद में बातें करते हैं।—लेकिन जाग उठने पर हम अपनी ग़लती समझ जाते हैं।...' इस तरह वह कुछ-कुछ कहती रही, लेकिन साफ़ तौर पर नहीं, और अंत में बोली, 'अब तुम मुझे माफ़ कर दो, गुमराह करने के लिए...'

अपनी ज़िंदगी में पहली बार डेज़ी अपने को छोटा करके कुछ कह रही थी। उसका वह शाही रुआब कहाँ चला गया? रमन को खुशी हुई कि उसने उसका कवच छेद दिया है। वह बोला, 'इससे साबित हुआ कि तुम क्षणिक कमज़ोरी में, जब तुममें प्रेम जाग उठे, यह कर सकती हो; तुमने दिखा दिया है कि तुम में प्रेम का भंडार भरा हुआ है, तुम किसी को नई ज़िंदगी दे सकती हो—फिर अब तुम अपनी इस क्षमता को नष्ट क्यों कर देना चाहती हो?'

डेज़ी ने उत्तर दिया, 'क्योंकि मेरे लिए एक भिन्न प्रकार की ज़िंदगी निश्चित की गई है।'

'किसने की है निश्चित? कौन है वह?' रमन ने चीख कर पूछा।

डेज़ी के हाथ अपने काम में लगे रहे, उसने बिना रमन की तरफ़ देखे जवाब दिया, 'इस वक्त मैं इन सब बातों के जवाब नहीं दे सकती। तुम मेरे ऊपर एक मेहरबानी करो, पिछली बातों की चर्चा मत करना और न उनके बारे में सोचना। मैं ये बातें अपने दिमाग़ से मिटा रही हूँ। मैं कर सकती हूँ यह...'

'मैं जानता हूँ कि तुम कर सकती हो। लेकिन मैं किसी को भी भूलने नहीं

दूँगा। मैं दुनिया भर को यह बताऊँगा कि हम एक-दूसरे के क्या रहे हैं। मैं क़सम खाता हूँ, मैं यह करके रहूँगा। इन तीन औरतों को आने दो, मैं सबसे पहले इन्हीं को बताऊँगा।'

'क्या कर रहे हो तुम, अपने दिमाग़ पर से काबू खो रहे हो।'

'हाँ, और उसकी वजह तुम हो, तुमने मेरी समझ को छिन्न-भिन्न कर दिया है। तुमने मुझे भ्रम में डाला है। मैं...' उसकी मनस्थिति का अगला विवरण वहीं रुक गया, क्योंकि तभी सीढ़ियों पर पैरों की आवाज़ सुनाई दी। तीनों औरतें दफ्तर में घुसीं,' उनमें से एक कह रही थी, 'कार तैयार है। आपका बक्स उसमें रख दिया है, हमने आपके घर की चाभी, जैसा आपने कहा था, पड़ोस के घर में दे दी है।'

रमन ने बड़बड़ाना शुरू किया, 'तीन औरतें! सबके लिए अशुभ–कुछ नहीं होगा। मैकबेथ की तीन चुड़ैलें, भाग्य की बहनें–जब तीनों जा जायें, तो आपका बुरा ही होगा।' फिर उनकी तरफ़ घूरते हुए पूछने लगा, 'और ये हैं कौन?' कुछ ऐसी नफ़रत से, जैसे वे इनके घरेलू मामलों में घुसपैठ कर रही हों।

डेज़ी एक हाथ से कागज़ सँभालती रही, दूसरे से एक-एक की तरफ़ इशारा कर उनके नाम बताने लगी। 'तीनों अलग-अलग जगहों से हैं, लेकिन हर केन्द्र में हमारी अवैतनिक कार्यकर्ता हैं, और अपने-अपने क्षेत्र में शानदार काम कर रही हैं।'

'फिर भी नगरी में आबादी तीस फ़ीसदी बढ़ी है। इसकी वजह क्या है?' रमन ने पूछा।

औरतें इस चर्चा से कुछ परेशान लगीं। 'इसकी कई वजहें हैं, साब! इस वक्त उन्हें बताना मुश्किल है। हम जाँच करके रिपोर्ट देंगीं...'

'आगे से ऐसा नहीं होगा,' डेज़ी बोली।

'ये साब कौन हैं?' एक औरत रमन के व्यवहार से प्रभावित होकर पूछने लगी।

डेज़ी ने तुरंत उत्तर दिया, 'ये साब...ये हैं...,' वह सोचने लगी कि क्या बताया जाये, और जब रमन ने बोलने के लिए मुँह खोला, तो वह डरी कि पता नहीं, क्या कह बैठे, इसलिए उसे चुप रहने का इशारा किया।

लेकिन वह बोला : मैं साइन बोर्ड बनाता हूँ और, और...और मैं अपने बारे में क्या बताऊँ?'

डेज़ी बीच में ही बोल पड़ी, 'ये लिखने के माहिर हैं। हमारी बड़ी मदद की है।'

रमन बोला, 'मैं कौन हूँ, यह बताऊँ तो आप कोई यकीन नहीं करेंगी।'

अब डेज़ी ने व्यस्तता दिखाते हुए कहा, 'अरे, ये खिड़कियाँ तो खुली ही हैं। रमन, तुम इन्हें बंद कर दो।'

रमन ने दौड़कर खिड़की बंद की, फिर बालकनी का दरवाज़ा बंद किया और डेज़ी के हाथों से कागज़ों का बंडल छीनकर बोला, 'मैडम, यह भी मुझे दीजिये।

मैं ले चलूँगा...।' डेज़ी अचरज से उसे देख रही थी। तीनों औरतें। सीढ़ियाँ उतरने लगीं। डेज़ी दफ्तर का दरवाज़ा बंद करने के लिए रुकी। औरतें बाहर चली गई थीं।

इस अँधेरे माहौल का फ़ायदा उठाने से रमन नहीं चूका। उसने कागज़ों का बंडल ज़मीन पर डाल दिया और डेज़ी को कसकर सीने से लगा लिया। 'मैं तुम्हारे अलावा किसी और को प्यार नहीं करूँगा। सुनो, तुम मेरी पत्नी हो। मेरे पास आ जाओ। मेरा घर हमेशा तुम्हारे लिए खुला रहेगा।'

डेज़ी बोली, 'मुझे जाने दो। देखो, कागज़ सारे उड़े जा रहे हैं।'

'मेरी प्यारी, मैं सब उठा लाता हूँ। तुम मेरे पास आ जाओ।'

'छोड़ो मुझे। वे इन्तज़ार कर रही हैं?'

'वादा करो कि लौट कर मेरे पास आओगी। मैं तुम्हारा पति हूँ। वादा...'

डेज़ी को उससे डर लग रहा था, फिर भी उसने कहा, 'मैं कोई वादा नहीं कर सकती।'

'जब भी तुम्हारा मन बदले, मेरे पास...,' यह कहकर वह कागज़ इकट्ठे करने को मुड़ा।

डेज़ी बोली, 'राम।' यह सुनकर वह खड़ा हो गया, उसका दिल तेज़ी से धड़कने लगा था। 'यह चाभी बिल्डिंग के पहरेदार को दे दो।' चाभी उसे देते हुए उसने रमन के हाथ ज़ोर से दबाये, उन्हें अपने ओठों तक ले गई, फिर उसे पीछे छोड़कर तेज़ी से सीढ़ियों से नीचे उतर आई। तीनों औरतें गाड़ी में बैठ चुकी थीं। रमन ने कार का दरवाज़ा खोलकर उसे कागज़ों का बंडल पकड़ा दिया।

'तैयार?' ड्राइवर ने मुड़ते हुए पूछा।

रमन ने उसे देखकर कहा, 'अरे, गफूर, तुम हो पुराने बदमाश, मैं तुम्हें कल बुलाना चाहता था, लेकिन अब कोई बात नहीं...इन सबको अच्छी तरह ले जाना। एक मिनट गफूर, जानते हो, अब मैं क्या करना चाहता हूँ?'

'अच्छा, राम, तुमसे मिलकर खुशी हुई। अच्छा, क्या करना चाहते हो?'

'तुम्हारे टायर में कील घुसाना चाहता हूँ।'

'तुम हमेशा बच्चे ही रहोगे। लेकिन क्यों?'

'यह मैं नहीं जानता। कारण मत पूछना। अच्छा, सबको नमस्कार।' उसने औरतों की तरफ़ देखकर ज़ोर से कहा...और ग़फूर की पुरानी शेवरले घर्र-घर्र करती धुआँ उड़ाती आगे की तरफ़ चल पड़ी।

रमन ने डेज़ी पर आखिरी नज़र डालने की कोशिश की, लेकिन उसका चेहरा अँधेरे में छिप गया था। वह सोचने लगा, हो सकता है, हम अगले जन्म में मिलें। हो सकता है, तब वह दूसरों को छोड़कर मेरे पास आ जाये।

उसने अपनी साइकिल उठाई। वह तब तक इन्तज़ार करता रहा, जब तक

शेवरले फव्वारे का चक्कर लगाकर धुआँ उड़ाती न्यू एक्सटेंशन की दिशा में और उससे आगे पहाड़ों को जाने वाली सड़क पर विलीन नहीं हो गई। उसने अपने हाथ की चाभी पर नज़र डाली। 'अब यह भाड़-चूल्हे में जाये' यह कहकर उसने चाभी को सूखे फव्वारे में फेंक दिया–यह करके उसे कुछ संतोष हुआ कि आखिरी काम उसने अपनी मर्ज़ी से किया है। फिर साइकिल पर सवार होकर वह बोर्डलैस की ओर चला–उन्नत आत्माओं की ठोस, असली दुनिया, जो अपने काम से काम रखती है।

❑❑❑